AF239621

DER LEHRMEISTER

THRILLER

CATHERINE SHEPHERD

Copyright der Originalausgabe © 2023
Catherine Shepherd
Veröffentlichung Taschenbuchausgabe durch
Kafel Verlag,
KFL Verlag GmbH, Bonner Straße 12, 51379 Leverkusen

Alle Rechte vorbehalten.
Das Werk darf – auch teilweise – nur mit Genehmigung der Autorin
wiedergegeben werden.

Lektorat: Gisa Marehn
Korrektorat: SW Korrekturen e.U. /
Mirjam Samira Volgmann

Covergestaltung: Alex Saskalidis
Covermotiv: © Guoqiang Xue / shutterstock.com

Druck: CPI Books GmbH, Birkstraße 10, 25917 Leck

www.catherine-shepherd.com
kontakt@catherine-shepherd.com

ISBN: 978-3-944676-53-1

TITEL VON CATHERINE SHEPHERD

Zons-Thriller:

Laura Kern-Thriller:

1. KRÄHENMUTTER (PIPER VERLAG OKTOBER 2016)
2. ENGELSSCHLAF (KAFEL VERLAG JULI 2017)
3. DER FLÜSTERMANN (KAFEL VERLAG JULI 2018)
4. DER BLÜTENJÄGER (KAFEL VERLAG JULI 2019)
5. DER BEHÜTER (KAFEL VERLAG JULI 2020)
6. DER BÖSE MANN (KAFEL VERLAG JULI 2021)
7. DER BEWUNDERER (KAFEL VERLAG JULI 2022)
8. DER LEHRMEISTER (KAFEL VERLAG JULI 2023)

Julia Schwarz-Thriller:

1. MOORESSCHWÄRZE (KAFEL VERLAG OKTOBER 2016)
2. NACHTSPIEL (KAFEL VERLAG NOVEMBER 2017)
3. WINTERKALT (KAFEL VERLAG NOVEMBER 2018)
4. DUNKLE BOTSCHAFT (KAFEL VERLAG NOVEMBER 2019)
5. ARTIGES MÄDCHEN (KAFEL VERLAG NOVEMBER 2020)
6. VERLOSCHEN (KAFEL VERLAG NOVEMBER 2021)
7. DÜSTERES WASSER (KAFEL VERLAG NOVEMBER 2022)
8. DIE EISKALTE KAMMER (KAFEL VERLAG NOVEMBER 2023)

Übersetzungen:

1. FATAL PUZZLE - ZONS CRIME (TITEL DER DEUTSCHEN ORIGINALAUSGABE: DER PUZZLEMÖRDER VON ZONS, AMAZONCROSSING JANUAR 2015)

2. THE REAPER OF ZONS - ZONS CRIME (TITEL DER DEUTSCHEN ORIGINALAUSGABE: ERNTEZEIT, AMAZONCROSSING FEBRUAR 2016)

Der Schmerz ist der große Lehrer der Menschen. Unter seinem Hauche entfalten sich die Seelen.

Freifrau Marie Ebner von Eschenbach

PROLOG

Ich komme mir irgendwie albern vor. Seit fünfzehn Minuten warte ich nun auf den großen Moment, doch nichts tut sich. Alles ist still. Nur das Rauschen der Baumkronen im Wind ist durch die dünnen Holzwände der kleinen Hütte zu hören. Ich sehe an mir hinunter. Meine Brüste quellen aus dem zu knappen Spitzen-BH. Die Strümpfe, die mir bis zum Oberschenkel reichen, beginnen langsam zu kratzen. Die viel zu engen Pumps schmerzen bereits seit geraumer Zeit. Aber die Aufregung lässt mich das alles ertragen. Ich spiele ein Spiel, lebe eine Fantasie, die ein berauschendes Glücksgefühl durch meinen Körper jagt. Ich forme einen Kussmund und überprüfe im Handspiegel den knallroten Lippenstift, der meine Lippen wie reife Erdbeeren aussehen lässt. Wie wird er mich ansehen, sobald die Tür aufgeht? Wird sein Herz auch schneller schlagen? Wird er ein unwiderstehliches

Verlangen spüren und mich küssen? Oder wird mein Anblick ihm die Sprache verschlagen und ihn womöglich abschrecken? Ich überlege kurz und verwerfe den letzten Gedanken. Nein, Männer mögen Frauen, die sich so anziehen. Sie wollen sie vielleicht nicht unbedingt heiraten, aber sie begehren Frauen, die ihre Weiblichkeit nicht verstecken, sondern sie selbstbewusst zur Schau tragen.

Vor einer Woche war ich ein braves Schulmädchen. Davor die frustrierte Hausfrau oder die Herrin, die eine Peitsche schwingt. Manchmal bin ich auch ein böses Mädchen. Wir spielen dieses Spiel seit Langem, und es gefällt mir, mich immer wieder neu zu erfinden. Trotzdem frage ich mich, ob ich es heute übertrieben habe. Wahrscheinlich sieht das Outfit ein wenig zu billig aus, wie das eines Straßenmädchens. Aber es geht mir nicht nur um das Eine. Ich sehne mich danach, jemand anderes zu sein, jedenfalls für eine Weile. Mein Wunsch, diesem Leben zu entfliehen und zu vergessen, wer ich eigentlich bin, ist übergroß. Ich möchte mich treiben lassen und erneut die Aufregung spüren, als ich zum ersten Mal einen Jungen küsste. Dieses erste Prickeln, das durch die Nervenbahnen strömt und so intensiv ist, dass selbst die Erinnerung daran stärker ist als jede Wiederholung.

Mein Handy piepst und ich lasse den Handspiegel sinken.

Sorry, verspäte mich ein bisschen, lese ich die Nachricht und Enttäuschung steigt in mir auf. Die prickelnde Stimmung schwindet.

Wann kommst du?, schreibe ich zurück und starre so lange auf das Display, bis es sich abschaltet. Er antwortet nicht, weil er es hasst, sich festzulegen.

Vielleicht hätten wir einen weniger abgelegenen Ort aussuchen sollen. Es war vorhersehbar, dass er es nicht pünktlich schafft. Auch Entbehrungen sind Teil unseres Spiels. Es ist gut möglich, dass er mir gleich schreibt und unser Treffen absagt. Ich frage mich, ob es nicht sogar besser wäre. Ich fühle mich nicht wohl in dieser Rolle. Normalerweise erfülle ich ihm gern seine Wünsche, doch irgendetwas stört mich an meinem heutigen Outfit. Ich bin kein Mädchen, das für Geld zu haben ist.

Ein erneuter Piepton reißt mich aus den Gedanken. Ich sehe nicht sofort auf das Handy, weil ich seine Absage nicht lesen möchte. Noch für einen Moment träume ich von ihm. Von uns. Von einem anderen Leben. Dann entsperre ich das Display und öffne die Nachricht. Der Inhalt überrascht mich.

Ich stehe vor der Tür. Lässt du mich rein? Dahinter steht ein Smiley.

Hastig springe ich auf und umfasse den Türknauf, doch im letzten Augenblick überlege ich es mir anders. Mit flinken Fingern tippe ich eine Antwort:

Es ist offen.

Anschließend setze ich mich auf die Decke und starre die Tür an. In mir breitet sich erneut ein wohliges Prickeln aus. Ich kann es kaum erwarten. Zehn, zwanzig Sekunden verharre ich regungslos. Dann zwickt es mich am Oberschenkel und ich verändere die Stellung. Nach weiteren zwanzig Sekunden stehe ich auf.

»Bist du noch da?«, frage ich durch die Tür und lausche. Draußen ist nur das Rauschen der Baumkronen zu hören. Ein merkwürdiges Gefühl überkommt mich und rasch stoße ich die Tür auf.

Ich schaue ins Grüne. Bäume, Sträucher, der schmale Pfad, der zur Hütte führt.

Er ist nicht hier.

Hat er sich hinter der Hütte versteckt? Langsam begreife ich, dass er mit mir spielt.

Wenn du nicht reinkommst, dann komme ich raus, schreibe ich und trete nach draußen, nur bekleidet mit Dessous, Spitzenstrümpfen und den unbequemen Pumps. Eilig umrunde ich die kleine Schutzhütte. Sie misst vielleicht drei mal vier Meter. Als ich wieder an der Tür ankomme, lausche ich abermals. Etwas knackt in meinem Rücken und ich fahre herum. Ein Tier huscht ins Dickicht. Ein Hase oder ein Kaninchen. Unschlüssig verharre ich auf der Stelle, das Handy noch in der Hand. Ein Signalton kündigt eine neue Nachricht an.

Wo bist du?, fragt er, und ich sehe mich erneut um.

An der Hütte, hinter dem Kiefernwäldchen, antworte ich. Meine Finger fliegen über die Buchstaben. *Hütte Nummer drei*, füge ich hastig hinzu.

Ich dachte, wir treffen uns in der zwei.

Ich beginne zu lächeln.

Die zwei liegt vor dem Kiefernwäldchen. Bleib dort. Ich bin unterwegs, tippe ich schnell.

Trotz der engen Pumps renne ich los, durch eine

Reihe grüner Kiefern. Endlich sehe ich ihn wieder. Ich habe ihn sehr vermisst. Ein Zweig schlägt mir ins Gesicht, doch das kann meine Freude nicht trüben. In einiger Entfernung taucht die andere Holzhütte auf. Wir haben nicht viel Zeit. Die Mittagspause dauert nicht ewig und ich will die wenigen Minuten auskosten. Jetzt, wo ich mich ihm nähere, erscheint alles so farbenfroh. Plötzlich höre ich sogar die Vögel zwitschern. Das Leben ist schön und berauschend. Die Sonne scheint warm herab. Ich habe es gleich geschafft, da knackt es neben mir. Ich sehe eine Bewegung zwischen den jungen Kiefern.

Mein Handy piept erneut. Ich bleibe stehen.

Überraschung, schreibt er und setzt abermals einen Smiley hinter den Text.

Ich schaue zu den Kiefern.

»Bist du das?«, frage ich und umklammere das Handy, als wäre es eine Waffe. Das Spiel gefällt mir nicht mehr.

Wieder ertönt ein Piepen.

Wer sollte es sonst sein?

Ich atme auf und marschiere auf die Stelle zwischen den Bäumen zu, wo es geknackt hat. Doch dort ist niemand.

Plötzlich knirscht es hinter mir. Jemand atmet. Das herbe Parfüm löst eine unwiderstehliche Sehnsucht in mir aus. Ich schließe die Augen und drehe mich nicht um. Seine Hände berühren meine Schultern. Ganz sanft streicht er mir über den Rücken und den Hals.

»Endlich sehen wir uns wieder«, flüstere ich heiser und wende mich zu ihm um.

Seine Finger fahren über meine Brüste. Ich stelle mich auf die Zehenspitzen, um ihn zu küssen. Aber irgendetwas ist anders. Er wirkt kleiner als sonst. Irritiert öffne ich die Augen und blicke in ein fremdes Gesicht.

1

Schweißperlen rannen Laura über die Stirn, während sie durch die Nacht joggte, die kaum kühler war als der Tag. Sie hatte nicht einschlafen können, weil das Monster sie verfolgte, sobald sie die Augen schloss. Der Rhythmus ihrer Schritte beruhigte sie und ließ die Ereignisse der Vergangenheit aus ihren Gedanken verschwinden. Sie war kein elfjähriges, hilfloses Mädchen mehr und das Monster war tot. Das hatte sie mit eigenen Augen gesehen. Sie hatte seine erschlaffte Haut berührt und sich davon überzeugt, dass sein Herz nicht mehr schlug. Dennoch lebte der Mann, der sie entführt und in einem alten Pumpwerk gefangen gehalten hatte, in ihren Träumen weiter. Es gab dann nur eine Möglichkeit, ihn loszuwerden: Sie musste raus auf ihre Joggingstrecke.

Die Schweißperlen tropften ihr vom Kinn auf die Brust. Laura beschleunigte ihre Schritte und wischte die Feuchtigkeit fort. Mit den Fingerkuppen glitt sie über die wulstigen Narben, die sich von der Brust aufwärts zum Schlüsselbein zogen. Auf ihrer Flucht vor dem Monster war sie durch ein schmales Rohr gekrochen, dessen Ende mit einem rostigen Eisengitter gesichert war. Sie hatte sich bei dem Versuch hinauszugelangen die Haut aufgerissen. Die Narben begleiteten sie bis heute und waren der Grund, warum sie stets hochgeschlossene Blusen und lange Hosen trug. Sie hatte sich damit abgefunden, niemals ein Kleid mit tiefem Ausschnitt zu tragen, egal wie heiß es war. Sie wollte nicht, dass jemand in ihr ein Opfer sah. Sie hatte sich auf die andere Seite geschlagen. Heute jagte sie die Verbrecher und sie war gut darin.

Laura schlug einen Haken und bog in den Park ein, der auf ihrer Laufstrecke lag. Sie sog den Duft der Bäume in sich auf und spürte den aufkommenden Wind, der ihren erhitzten Körper ein wenig abkühlte. Andreas Hobrecht, das Monster, war tot. Sie wollte nicht weiter an ihn denken oder von ihm träumen. Doch sie hatte keine Ahnung, wie sie Hobrecht aus ihrem Unterbewusstsein verbannen sollte. Sie lief langsamer und konzentrierte sich auf ihren Atem und anschließend auf die positiven Dinge im Leben. Da war zum Beispiel Taylor, der in ihrem Bett lag und friedlich schlief. Und Max, ihr Partner beim Landeskriminalamt Berlin. Sie wurden immer dann eingeschaltet, wenn es sich um besonders schwerwiegende Verbrechen handelte, bei denen die Polizei nicht weiterkam. Max war ihr Fels in der Brandung. Laura konnte sich blind auf ihn verlassen.

Sie spürte ein leichtes Brennen unter der rechten Fußsohle. In der Eile hatte sie die Socken vergessen. Vermutlich bildete sich gerade eine Blase. Laura biss sich auf die Unterlippe und zog das Tempo wieder an. Sie hatte bereits mehr als die Hälfte der Strecke zurückgelegt. Den letzten Kilometer würde sie jetzt auch noch schaffen. Sie fokussierte sich auf den Schein der Stirnlampe, die einen wippenden Lichtkegel vor ihren Füßen erzeugte. Außerhalb des Kegels verschlang die Finsternis den Park und die Bäume. Ein bisschen kam es ihr so vor, als würde sie in einer Art Luftblase laufen, die von der Außenwelt abgeschirmt war. Das Blut rauschte durch ihre Adern und vertrieb die bösen Gedanken. Als Laura den Park verließ und auf den Altbau zusteuerte, in dem ihre Wohnung lag, klingelte ihr Handy. Ohne stehen zu bleiben, wischte sie über das Display und stellte den Lautsprecher an.

»Laura Kern«, meldete sie sich und unterdrückte ein Keuchen.

»Ich hatte schon ein schlechtes Gewissen, Sie zu dieser Uhrzeit aus dem Bett zu holen. Aber offenbar sind Sie wach«, ertönte die Stimme ihres Vorgesetzten Joachim Beckstein durch das Telefon.

»Ich jogge«, erwiderte Laura und legte noch einen Zahn zu. Wenn Beckstein mitten in der Nacht anrief, bedeutete es nichts Gutes. »Was ist passiert?«

Ihr Chef seufzte am anderen Ende der Leitung. »Es wurde eine weibliche Leiche in einem Naturschutzgebiet im Norden Berlins entdeckt. Die Polizei geht von einem Mord aus, den sie aufgrund der besonderen Umstände bei uns sehen.«

Laura hastete die letzten Meter bis zum Hauseingang und schloss auf.

»Haben Sie gesagt, welche Umstände sie meinen?«

»Die Tote trägt etwas um den Hals«, erwiderte Beckstein. »Keine Ahnung, was das sein soll. Die Kollegen haben so etwas wohl noch nie gesehen und behaupten, es handelt sich keinesfalls um einen gewöhnlichen Mord. Sie brauchen unsere Unterstützung.« Beckstein gab Laura die Adresse des Leichenfundorts durch. »Holen Sie Max hinzu und berichten Sie mir umgehend.« Er legte auf.

Laura sah auf die Uhr. Viertel vor eins. Sie eilte die Treppen zur obersten Etage hinauf. Es gab keinen Fahrstuhl. Trotzdem liebte Laura ihre Wohnung, denn von der Dachterrasse hatte sie einen herrlichen Blick über Berlin.

Leise öffnete sie die Wohnungstür und schob den breiten eisernen Sicherheitsriegel von innen davor. Es war eine Angewohnheit, vielleicht auch eine Marotte, denn sie würde die Wohnung in spätestens zehn Minuten wieder verlassen. Doch mit dem Riegel vor der Tür fühlte Laura sich sicher. Monster konnten überall lauern und in ihre Wohnung sollte sich keines einschleichen.

Auf Zehenspitzen tapste sie ins Schlafzimmer und verzichtete darauf, das Licht einzuschalten. Sie holte eine lange Hose und eine Bluse aus dem Schrank und lauschte kurz Taylors tiefen Atemzügen. Sie würde einiges dafür geben, jetzt zu ihm ins warme Bett zu kriechen. Seinen Duft einzuatmen und die Hitze seiner Haut zu spüren. Laura verkniff sich ein Seufzen und schlich zum Bad, wo sie sich anzog und versuchte, Ordnung in ihre langen blonden Locken zu bringen. Eine Minute später gab sie auf und wählte Max' Nummer. Es klingelte gut zehnmal, bis er endlich ranging.

»Hartung«, brummte er verschlafen.

»Wir müssen zu einem Leichenfundort«, verkündete Laura und erzählte ihm, was sie bereits erfahren hatte. »Ich bin gleich bei dir.«

»Okay«, erwiderte Max knapp und legte auf.

Laura schnappte sich die Dienstwaffe, die Handtasche und den Wagenschlüssel. Das Auto parkte vor dem Haus. Genau acht Minuten später erreichte sie das Gebäude, in dem Max mit seiner Frau und den beiden Kindern lebte. Max erwartete sie schon. Er stand da wie in Hypnose versetzt. Als die Scheinwerfer ihres Wagens sein Gesicht streiften, kniff er die Augen zusammen und blinzelte.

»Verdammt«, brummte er und stieg auf der Beifahrerseite ein. »Warum werden eigentlich so viele Tote mitten in der Nacht entdeckt?« Er gähnte und sah sie an. »Verrätst du mir dein Geheimnis?«

»Welches?«, fragte Laura und trat aufs Gas.

»Wieso bist du nicht müde? Du wirkst total wach, als hättest du gar nicht geschlafen.«

»Das sieht nur so aus«, log sie.

Laura wollte nicht, dass Max von ihren Ängsten

erfuhr. Sie hatte keine Lust, eine Erklärung abliefern zu müssen und damit das Monster erneut zum Leben zu erwecken. Aus dem Augenwinkel nahm sie wahr, dass Max sie weiterhin musterte. Doch er schwieg. Laura starrte stur geradeaus auf die Straße und folgte den Anweisungen des Navigationssystems. Sie kamen zügig voran. Je weiter sie in nördlicher Richtung fuhren, desto mehr veränderte sich das Antlitz der Stadt. Die großen Wohnblöcke verwandelten sich in niedrige Häuser. Bäume säumten den Straßenrand. Dann verblassten die Lichter der Stadt und Laura war ausschließlich auf die Scheinwerfer ihres Wagens angewiesen. Irgendwann erblickte sie ein Schild, das sie in das Naturschutzgebiet führte. Sie setzte den Blinker, obwohl weit und breit kein anderes Fahrzeug in Sicht war, und bog in einen schmalen Waldweg ab. Nichts erinnerte mehr an eine Großstadt. Das grelle Licht der Scheinwerfer glitt über den Boden und verlieh der Umgebung eine unheimliche Atmosphäre. Die Bäume rechts und links des Weges schienen wie Wächter, die sie zum Umkehren bewegen wollten.

»Gruselig sieht es hier aus«, murmelte Max, als schwirrten ihm dieselben Gedanken durch den Kopf.

In einiger Entfernung erkannte Laura die blauen Blinklichter eines Streifenwagens. Sie steuerte darauf zu. Das Auto rumpelte durch ein tiefes Schlagloch und sie hielt schließlich hinter dem Streifenwagen an. Ein hochgewachsener Polizist wedelte mit seinen dürren Armen und näherte sich eilig.

»Sind Sie vom LKA?«, fragte er aufgeregt.

»Ja. Mein Name ist Laura Kern und das ist mein Partner Max Hartung.« Laura musterte den Polizisten. Auf seinem blassen Gesicht hatten sich einige rote Flecken gebildet. Seine Lippen verzogen sich zu einem schwachen Lächeln. Er deutete hinter sich.

»Dort liegt sie«, erklärte er und atmete auf.

»Brauchen Sie uns noch?«, stieß er hervor und gab sich keine Mühe, seine Erleichterung über Lauras und Max' Eintreffen zu verbergen.

»Das ist kein schöner Anblick. Uns war sofort klar, dass hier das LKA anrücken muss.« Er winkte seine Partnerin herbei, eine ebenso blasse junge Frau, die ihre schwarzen Haare zu einem Pferdeschwanz zusammengebunden hatte.

»Wir patrouillieren hier nur selten.« Seine Stimme senkte sich zu einem Flüstern. »Anna musste mal für kleine Mädchen. Dabei hat sie die Tote entdeckt.«

Die junge Frau nickte zur Bestätigung und zeigte auf eine Baumgruppe aus Kiefern.

»Ich habe schon mal einen Toten gesehen, aber das hier ist sehr ungewöhnlich«, krächzte sie leise. »Kommen Sie bitte.«

Laura und Max gingen hinter ihr her. Die Polizistin hielt ein Absperrband hoch und ließ sie darunter hindurchschlüpfen.

»Haben Sie schon die Spurensicherung gerufen?«, wollte Laura wissen und streifte sich Schutzhandschuhe über. Sie folgte der jungen Frau an ein paar kleinen Kieferbäumchen vorbei und hob dabei die Hände schützend vor das Gesicht.

»Ja. Die sollten jeden Moment hier eintreffen.« Die Polizistin blieb stehen, richtete ihre Taschenlampe auf den Boden und deutete schweigend auf den Lichtkegel. Laura und Max traten näher. Eine Frau, nur bekleidet mit Spitzenunterwäsche und schwarzen Netzstrümpfen, die mit Strapsen an einem Gürtel um ihre Hüften befestigt waren, lag ausgestreckt auf dem Rücken. Die Augen waren starr in den Himmel gerichtet. Der Mund stand offen. Die knallroten Lippen bildeten einen starken Kontrast zu dem blutleeren Gesicht. Lange dunkle Haare umrahmten den Kopf und die Brust der Frau. Laura schätzte ihr Alter auf Mitte zwanzig. Dem Zustand des Körpers nach war die Frau kaum länger als einen Tag tot.

»Was liegt da auf ihr?«, fragte sie und hockte sich hin. Um den Hals der Toten hing eine schwarze Schiefertafel an einer Schnur. Die Arme der Frau waren so drapiert, als würde sie die Tafel halten. Laura bemerkte den türkisen Lack auf den Nägeln ihrer Finger, die sich um die Schiefertafel krümmten. Kleine undeutliche Buchstaben standen mit Kreide darauf.

»Sünd und Schande bleibt nicht verborgen«, las Max vor und sah Hilfe suchend zu Laura. »Das kommt mir bekannt vor. Aber ich kann mich nicht erinnern, woher.«

Laura durchforstete ihr Gedächtnis. Sie hatte diesen Satz ebenfalls schon einmal gehört oder gelesen. Doch ihr fiel auch nicht ein, wo.

»Sie sieht aus wie eine Prostituierte. Knallrote Lippen, schwarze Spitzenunterwäsche mit Strapsen. Die

Worte passen jedenfalls irgendwie zu ihrer Aufmachung.« Sie tippte den Spruch von der Tafel in das Suchfenster ihres Smartphones ein.

»Das ist ein Zitat aus *Faust*«, sagte sie erstaunt, als die ersten Suchergebnisse auf dem Display aufgelistet wurden.

»Goethe?« Ungläubiges Staunen breitete sich auf Max' Gesicht aus. »Haben wir es hier mit einem Literaturliebhaber zu tun, der Spaß am Morden hat?«

Laura ließ sich die Worte durch den Kopf gehen. »Faust gehört häufig zur Standardliteratur in der Schule. Keine Ahnung, ob es gleich ein Liebhaber der Literatur sein muss. Aber in jedem Fall wollte uns der Täter etwas mitteilen. Vermutlich, dass das Opfer eine Prostituierte ist.«

Laura schaltete die eigene Taschenlampe ein und betrachtete die dunkelblauen, fast schwarzen Würgemale am Hals der Toten. Ein zopfartiges Muster war tief in die Haut eingeschnitten.

»Jemand hat sie mit einem Seil erdrosselt, das dicker ist als die Schnur an der Tafel«, stellte Laura fest und zupfte an dem Spitzenoberteil der toten Frau, um deren Bauch zu betrachten. »Ich sehe auf Anhieb keine weiteren Verletzungen.«

»Am linken Arm sind ein paar Kratzer«, bemerkte Max. Er drehte sich zu der Polizistin um, die ihnen immer noch leuchtete. »Hatte das Opfer etwas bei sich? Eine Handtasche, Handy oder Ausweis?«

Die Polizistin zog die Schultern hoch. »Wir haben sie nicht angerührt, um ehrlich zu sein.«

»Verstehe«, brummte Max und streifte sich nun ebenfalls Schutzhandschuhe über. Er begann die Taille der Toten vorsichtig abzutasten.

»Da wird sie wohl nichts versteckt haben.« Laura grinste Max an, wurde dann jedoch sofort wieder ernst. »Ich finde etwas merkwürdig«, sagte sie. Max ließ von der Toten ab und schaute sie erwartungsvoll an.

»Die Wäsche, die sie trägt, und auch die Pumps machen einen billigen Eindruck. Aber das Make-up, ihre Fingernägel und der Schmuck sehen recht hochwertig aus.« Laura schob eine Haarsträhne der Toten beiseite und deutete auf einen Perlenohrring. »Ich wette, der ist echt.«

Max zuckte mit den Achseln, als wüsste er nicht so recht, worauf sie hinauswollte.

»Ich glaube nicht, dass eine Prostituierte, die ihre Arbeit auf der Straße verrichtet, sich solchen Schmuck leisten kann. Schau mal die Uhr an. Die ist mit einem Edelstein verziert.«

»Weiß nicht, aber die Kleidung ist ziemlich eindeutig, und bisher wissen wir ja gar nicht, ob sie überhaupt hier getötet wurde. Sie könnte genauso gut in einer Luxusabsteige ermordet worden sein.«

Plötzlich hörte Laura heranrasende Fahrzeuge. Scheinwerfer durchbrachen das Dickicht. Autotüren klappten. Stimmengewirr setzte ein. Sie sah, wie der Polizist vom Weg in ihre Richtung wies.

»Das ist die Spurensicherung«, stellte Laura fest und stand auf. »Wir lassen denen am besten den Vortritt.«

Ein großer, rundlicher Mann schob sich durch das

Unterholz und blieb schnaufend hinter der Polizistin mit der Taschenlampe stehen. Dennis Struck, der seit Jahren für die Spurensicherung tätig war, wischte sich mit dem Handrücken über die Stirn. »Ich grüße Sie. War ja klar, dass ich Sie beide hier antreffe.« Er ignorierte die Polizistin, quetschte sich mit seinem massigen Körper an ihr vorbei und gesellte sich zu Laura. »Sie sind hoffentlich nicht allzu viel hier herumgetrampelt.« Er hielt ihr und Max zwei Paar transparente Schuhüberzieher hin. »Besser, Sie streifen die noch über.« Dann ging er ächzend in die Knie und betrachtete die Tote für eine Weile schweigend. »Sie scheint sich nicht sonderlich gewehrt zu haben«, stellte er fest. »Wir warten auf den Fotografen und drehen sie anschließend um.« Er erhob sich schwer atmend, als hätte er gerade einen Sprint hinter sich. »Ich lasse das Gelände weitläufig absperren. Falls sie nicht hier getötet wurde, werden wir möglicherweise Schleifspuren oder Ähnliches finden. Sollte sie getragen worden sein, vielleicht sogar einen brauchbaren Fußabdruck. Wissen wir schon, wer die Tote ist?«

»Leider nein. Max hat gerade nachgeschaut. Sie hat weder Papiere noch ein Handy bei sich«, antwortete Laura und blinzelte, weil gerade ein greller Strahler dort platziert wurde, wo die junge Polizistin gestanden hatte. Ein Fotograf begann Fotos von der Toten aufzunehmen.

Im hellen Licht wirkte die Tote völlig anders. Während sie bis eben relativ friedlich in den Himmel gestarrt hatte, glaubte Laura, jetzt die Angst zu sehen, die sich tief in ihre Augen eingegraben hatte. Eine Gänsehaut fuhr Laura über den Körper. Einem plötzlichen Instinkt folgend, ging sie neben Dennis Struck in die Hocke und griff nach der Schiefertafel.

»Ich schlage vor, wir drehen zuerst die Tafel um.« Laura löste vorsichtig die Finger der Toten und schaute auf die Rückseite der Schiefertafel. »Verdammt!«, stieß sie aus und zeigte Max, was in winziger Schrift in der linken unteren Ecke stand.

Max' Miene verwandelte sich zu Eis. Er sprach kein einziges Wort, sondern winkte den Fotografen näher heran, der sich sofort auf das Fundstück stürzte und es mit mehreren Klicks festhielt. Anschließend übergab Max die Schiefertafel an Dennis Struck, der bereits eine Asservatentüte in den Händen hielt.

»Wenn dieses Opfer die Nummer eins ist«, sagte Dennis Struck und tippte mit der Fingerspitze auf das Rautenzeichen und die unscheinbare Zahl, die auf der Rückseite der Schiefertafel geschrieben stand, »gibt es dann auch eine Nummer zwei oder drei?«

Er sprach nicht weiter, denn sie alle wussten, dass die kleine Zahl eins hinter der Raute kein gutes Zeichen war.

2

D as Telefon klingelte an diesem Morgen unaufhörlich. Melissa ignorierte die ersten fünf Male und griff schließlich doch widerwillig zum Hörer.

»Melissa Greinert, Kanzlei Meier, Schild und Partner, was kann ich für Sie tun?«

Ein Mann mit heiserer Stimme erklärte ihr unfreundlich, dass er seit Tagen auf seinen Schriftsatz wartete und endlich den überarbeiteten Entwurf sehen wollte. Melissa gab den Namen des Mandanten in den Computer ein und durchsuchte das Datenlaufwerk nach dem neuesten Dokument.

»Herr Schild bearbeitet den Schriftsatz gerade«, sagte sie freundlich, als sie die Uhrzeit der letzten Änderung in der Auflistung sah. »Sobald er fertig ist, wird er Ihnen das Dokument zusenden. Bitte haben Sie noch ein wenig Geduld.«

»Geduld?«, blaffte der Mann durch die Leitung.

»Haben Sie eigentlich eine Ahnung, um welche Summen es in diesem Fall geht? Stellen Sie mich sofort durch. Ich will mit Herrn Schild persönlich sprechen.«

Melissa rutschte das Herz in die Hose. Sie hatte von ihrem neuen Chef die klare Anweisung erhalten, dass er nicht gestört werden wollte, weil er einen wichtigen Gerichtstermin vorbereitete.

»Er ist jetzt in einem Termin«, sagte sie und biss sich sogleich auf die Unterlippe.

Der Mandant hatte ihren Fehler ebenfalls bemerkt.

»Sie haben mir doch eben erklärt, dass Herr Schild gerade meinen Schriftsatz bearbeitet. Wie kann er da gleichzeitig in einem Termin sein?«

Melissa suchte fieberhaft nach einer Antwort. Sie musste schnell etwas sagen, ansonsten würde sich der Mandant über sie beschweren, und das konnte sie im Augenblick überhaupt nicht gebrauchen. Sie hatte erst vor drei Wochen hier angefangen und wollte unbedingt einen guten Eindruck machen. Melissa blickte auf die Uhr und hatte eine Idee.

»Der Termin beginnt in dieser Minute. Es ist halb neun. Geben Sie mir eine Sekunde, und ich schaue, ob ich Ihnen das Dokument zusenden kann.« Sie legte den Hörer auf den Schreibtisch und zwang sich, ruhig zu atmen. Sie hasste solche Situationen. Beinahe täglich beschwerten sich Mandanten, dass die Bearbeitung viel zu lange dauerte, dabei schufteten sie in der Kanzlei bis in den späten Abend. Melissa wusste, dass die Arbeitsbelastung in etlichen Branchen zugenommen hatte. Die Welt war in den letzten Jahren verrückt geworden. Alles schien sich immer schneller zu drehen, obwohl sich die Themen nicht wesentlich geändert hatten. Unternehmen verhandelten Verträge, sie verklagten sich gegenseitig und einigten sich wieder. Bloß mit dem Unterschied, dass heutzutage alles doppelt so fix gehen musste. Melissa seufzte und erhob sich. Sie lief über den Flur zu der Tür, auf der in goldenen Buchstaben *Dr. Theodor Schild* stand, und klopfte leise an. Obwohl niemand »Herein« rief, zog sie die Tür einen Spaltbreit auf und spähte in das Büro.

Schild, der wichtigste Partner und Gründer der Kanzlei, schielte über den Rand eines Buches hinweg zu ihr und schnalzte mit der Zunge.

»Frau Greinert, jetzt erzählen Sie mir bitte nicht schon wieder, dass Sie nicht in der Lage waren, einen Mandanten abzuwimmeln. Ich habe Ihnen doch gesagt, dass ich heute Vormittag keine Zeit für Störungen jeglicher Art habe.« Sein Blick ging zurück in das Buch.

Obwohl Melissa wusste, dass sie besser gehen sollte, sagte sie: »Herr Hoffmann möchte unbedingt den neuesten Schriftsatz lesen. Ich habe gesehen, dass Sie vor zehn Minuten eine neue Version abgespeichert haben, und wollte Sie fragen, ob ich diese an ihn herausgeben darf.«

Zwischen Schilds Augenbrauen erschien eine tiefe Falte, und seine hellgrauen Augen durchbohrten sie wie spitze Pfeile. Sein Gesicht lief rot an. Er knallte das Buch auf den Tisch.

»Haben Sie mich nicht verstanden?«, donnerte seine Stimme herüber. »Keine Störung, und jetzt machen Sie sich wieder an Ihre Arbeit.« Er erhob sich und füllte mit seiner breitschultrigen Statur den ganzen Raum aus. Zumindest fühlte es sich für Melissa so an. Sie eilte hinaus und schloss die Tür hinter sich. Ihre Kehle schmerzte. Tränen stiegen in ihr auf. Sie hatte doch nur ihren Job machen wollen. Blind hastete sie zurück ins Sekretariat. Sie griff den Telefonhörer und entschuldigte sich bei Herrn Hoffmann.

»Die Unterlagen kommen bald«, fügte sie hinzu. »Es müssen noch einige Änderungen vorgenommen werden. Ich gebe Ihnen aber schnellstmöglich Bescheid.« Sie legte auf, bevor der Mandant etwas erwidern konnte. Als es erneut klingelte, hob sie nicht ab. Stattdessen verschränkte sie die Hände so fest ineinander, bis die Knöchel weiß hervorstanden und schmerzten. Ausgerechnet heute saß sie allein im Sekretariat, weil Frau Kampe einen Tag freihatte. Sie hätte sich gerne mit ihr ausgetauscht. Mit Tränen in den Augen starrte Melissa aus dem Fenster. Ihr Puls raste. Als er sich allmählich beruhigte, klopfte es an der Tür. Sie machte sich auf das Schlimmste gefasst.

»Alles in Ordnung?«, fragte Finn Altmann.

»Ach. Sie sind es.« Melissa atmete auf, als sie den kurz geschnittenen, dunklen Haarschopf des Kollegen erblickte.

»Sie haben da eben ja einiges abbekommen. Herr Schild ist heute ziemlich gestresst. Sie wissen ja, er steckt im größten Fall, den unsere Kanzlei in den letzten Jahren hatte. Nehmen Sie es nicht persönlich.« Finn

Altmanns Stimme klang ruhig, doch seine Augen musterten sie besorgt.

»Herr Hoffmann hat richtig Druck gemacht. Eigentlich völlig zu Recht. Er benötigt ein Dokument und ruft mich deswegen schon jeden Tag an.« Sie presste die Lippen zusammen und betrachtete den Anwalt, dessen Nadelstreifenanzug offenbar eine Maßanfertigung war.

»Ich spreche mal mit Martin Stieger. Ich habe gestern erfahren, dass Herr Schild mit ihm an dem Fall von Herrn Hoffmann arbeitet. Vielleicht nimmt er gleich mal Kontakt mit dem Mandanten auf.«

»Das würden Sie für mich tun?«, fragte Melissa erleichtert.

»Natürlich. Das mache ich gerne«, erwiderte Finn Altmann und lächelte.

Nachdem er das Büro verlassen hatte, spürte Melissa, wie heftig ihre Blase drückte. Sie eilte zur Tür und stoppte abrupt, weil die kräftige Gestalt von Dr. Schild plötzlich den Türrahmen versperrte.

»Ich muss mit Ihnen reden«, knurrte er, und Melissa rutschte erneut das Herz in die Hose.

3

»**U**nd es sind nirgendwo Fingerabdrücke zu finden?«, fragte Laura noch einmal nach.

»Nicht an der Leiche und auch nicht auf der Tafel«, wiederholte Dennis Struck und legte auf.

Laura seufzte. Es wäre zu schön gewesen, wenn sie bereits auf eine Spur zum Täter gestoßen wären.

»Der Täter hat den Mord offenbar gründlich geplant.« Sie sprang von ihrem Stuhl auf. »Die Spurensicherung hat im Umfeld des Fundortes nicht mal einen Schuhabdruck gefunden. Von Reifenspuren oder sonstigen Beweisen ganz zu schweigen.«

Max nickte verständnisvoll. »Und in der Vermisstendatenbank ist keine Frau erfasst, die auch nur annähernd auf die Tote passt.«

»Wir haben nichts.« Laura tippte resigniert auf das Whiteboard, auf dem bisher lediglich das ungefähre Alter der Toten notiert war und das Zitat, das auf der Schiefertafel stand. Laura nahm einen Stift zur Hand und schrieb die Ziffer eins auf das Board. Sie hatten die letzten Stunden damit verbracht, der Identität der Toten nachzugehen. Laura hatte eine Streife losgeschickt, die sich im Rotlicht-Milieu bei Prostituierten umhören sollte, die hauptsächlich auf der Straße unterwegs waren. Doch es schien keine der Frauen vermisst zu werden. Außerdem lag das Waldgebiet, in dem die Leiche gefunden wurde, zu weit außerhalb der Stadt. Keines der Mädchen bot dort seine Dienste an. Die meisten schleppten ihre Freier in billige Hotelzimmer. Niemand folgte einem fremden Mann in den Wald, jedenfalls nicht freiwillig. Selbst die hartgesottensten Prostituierten lieferten sich nicht völlig schutzlos aus. Laura betrachtete die Aufnahmen von der Toten, die am oberen Rand des Whiteboards aufgereiht waren.

»Wir bekommen ihre Identität nicht heraus, weil wir an der falschen Stelle suchen. Sie stammt vielleicht gar nicht aus dem Rotlicht-Milieu«, murmelte sie leise und schaute Max an. »Hast du die angrenzenden Polizeidienststellen schon informiert?«

»Die wissen alle Bescheid. Sobald eine Frau Mitte zwanzig als vermisst gemeldet wird, erfahren wir es, noch bevor jemand einen Eintrag in der Vermisstendatenbank vornimmt.«

»Das ist gut«, sagte Laura und begann vor dem Whiteboard auf und ab zu laufen. Sie sah die junge Frau vor sich, nur bekleidet in Unterwäsche und mit Pumps, die denkbar ungeeignet für den Wald waren. Egal, ob es sich um eine Prostituierte handelte oder nicht, in diesem Aufzug konnte sie nicht in den Wald gefahren sein.

Möglicherweise hatte der Täter sie an einem anderen Ort getötet.

Die Spurensicherung hatte versucht, im Waldboden Abdrücke von den Pumps der Toten sicherzustellen. Aber der Boden war entweder zu sandig oder von Dickicht überwuchert. Sie hatten nichts gefunden. Es war auch vorstellbar, dass der Täter sein Opfer getragen hatte. Laura rief sich die Kratzspuren an den Armen und Beinen der Toten ins Gedächtnis. Die Obduktion würde frühestens in ein paar Stunden, womöglich sogar erst am nächsten Tag, stattfinden. Alle Überlegungen basierten daher auf Spekulationen. Doch die Kratzer deuteten darauf hin, dass sie sich im Wald bewegt hatte, und zwar offensichtlich ohne weitere Bekleidung.

Nachdenklich kehrte Laura zurück zu ihrem Computer und öffnete eine Satellitenansicht vom Fundort. Kurz zuvor hatte sie bereits eine rote Markierung in die Karte gesetzt, die bis auf einen Meter genau die Position der Leiche anzeigte. Ihr Blick fiel auf die kleine Schutzhütte, ungefähr zehn Meter vom Fundort der Leiche entfernt. Die Spurensicherung hatte die Hütte untersucht. Es fanden sich dort Hunderte Fingerabdrücke, die noch mit denen der Toten abgeglichen werden mussten. Abdrücke der Pumps hatten sie nicht entdeckt und in der Hütte deutete auch nichts auf die vorherige Anwesenheit der jungen Frau oder ihres Mörders hin. Doch falls sich das Opfer mit einem Freier oder einem Liebhaber im Wald getroffen hatte, wäre dann diese Hütte nicht ein passender Ort gewesen? Sie hatten sich sicherlich nicht unter einem Baum oder im Gebüsch verabredet. Lauras Blick kreiste über dem Waldgebiet und blieb an einer weiteren Schutzhütte hängen, die sich ungefähr dreihundert Meter entfernt befand. Diese Hütte war von der Spurensicherung nicht untersucht worden. Was, wenn sie dort auf Spuren von Täter oder Opfer stießen?

»Wir sollten den Radius um den Fundort ausdehnen und uns die nähere Umgebung genauer anschauen«, schlug Laura vor und signalisierte Max, ihr zu folgen. Als sie schon fast im Flur stand, hielt sie verdutzt inne. Ihr Partner rührte sich nicht. Stattdessen starrte er fasziniert auf seinen Computerbildschirm.

»Hast du irgendetwas Wichtiges für unseren Fall entdeckt?«, fragte Laura.

Max schien sie jedoch überhaupt nicht zu hören. Sie ging zu ihm und tippte an seine Schulter.

»Bist du noch anwesend?«

»Was?« Max schaute zu ihr auf. »Hast du die Nachrichten gelesen?«

»Welche Nachrichten?«

Auf Max' Bildschirm war die Seite einer Tageszeitung geöffnet.

Sexuelle Belästigung in Berliner Polizeidirektion eins: Betroffene bricht ihr Schweigen, stand über einem ganzseitigen Artikel.

»Das ist doch das Revier von Christoph Althaus«, stellte Laura fest und überflog den Text.

»Und wenn du mich fragst, hat der jetzt ein ganz schönes Problem.« Max pfiff durch die Zähne. »Lies dir das mal durch. Jemand hat eine Polizistin genötigt. Hat sie im Fahrstuhl und in der Tiefgarage des Dienstgebäudes bedrängt. Ist das nicht krass?«

Laura sah sofort den Chef der Polizeidirektion vor sich und verzog die Lippen bei der Vorstellung, der aalglatte Christoph Althaus könnte ihr zu nahe kommen. Sie kannte niemanden aus dem Landeskriminalamt, der Althaus besonders gut leiden konnte. Selbst Joachim Beckstein ging Althaus lieber aus dem Weg. Die beiden gehörten sozusagen zwei verschiedenen Spezies an. Während Beckstein kurz vor der Pensionierung stand und eher pragmatisch veranlagt war, trat Althaus mit seinen Anfang vierzig stets perfekt gestylt auf und schielte vor allem auf die Erfolgsstatistik seines Reviers. Fälle, die ihm aussichtslos erschienen, wickelte er zügig ab oder versuchte, sie loszuwerden. Mehr als einmal war Althaus auch mit Taylor aneinandergeraten. Taylor arbeitete, seit er aus Amerika nach Deutschland gekommen war, für Althaus. Immerhin war es in den vergangenen Monaten zwischen Althaus und Taylor ruhiger zugegangen, fast so, als hätten zwei Alphamännchen ihr Revier abgesteckt und Frieden geschlossen. Laura konnte sich gut vorstellen, dass Christoph Althaus hinter jedem Rock hinterherlief, der nicht schnell genug das Weite suchte. Dieser Mann lebte von der Anerkennung, egal ob diese beruflich oder privat motiviert war. Eine Frau, die ihm keine Aufmerksamkeit schenkte, machte ihn vermutlich wahnsinnig. Laura dachte an ihre letzte Begegnung mit Althaus. Sie hatte sein herbes Parfüm schon gerochen, bevor er neben ihr stand. Annäherungsversuche hatte er allerdings nie gewagt, bestimmt auch, weil sie mit Taylor liiert war. Sie fand es trotzdem nicht abwegig, dass er eine Polizistin in eine unangenehme Situation gebracht haben könnte.

»Ich könnte mir vorstellen, dass es Althaus ist«, merkte sie an und überflog den Rest des Zeitungsartikels, in dem sich die nicht namentlich benannte Polizistin über eine sexuell aufgeheizte Stimmung im Revier beschwerte. Angeblich könne sie nicht über einen Flur gehen, ohne nicht wenigstens einmal einen anzüglichen Spruch zu kassieren.

»Ich möchte echt wissen, wer die Frau ist«, brummte Max, als hätte er Lauras nächste Frage erraten. »Kannst du das nicht mal rausfinden?« Er löste sich endlich vom Computerbildschirm und schaute zu ihr auf.

»Klar, ich kann Taylor heute Abend darauf ansprechen. Er sieht Christoph Althaus schließlich jeden Tag. Aber jetzt sollten wir uns auf den Weg machen. Ich will mich unbedingt noch einmal am Leichenfundort umsehen.«

Max saß immer noch auf seinem Stuhl und rieb sich nachdenklich über den kahl rasierten Schädel.

»Ich frage mich, wer für so ein Verhalten in Betracht kommen könnte«, sagte er nach einer Weile. »Da gibt es doch diesen einen Typen. Ich weiß nicht, ob du dich an ihn erinnern kannst. So ein kräftiger Kerl mit fettigen Haaren.«

»Du meinst Jörg Kramer von der Streife?«

Max' Zeigefinger schnellte in die Luft. »Genau den. War da nicht schon mal was vor ein paar Jahren?«

»Stimmt. Er hat eine Mitarbeiterin von der Poststelle

gestalkt. Die hat jedoch nie Anzeige erstattet oder die Presse kontaktiert. Würdest du das Kramer zutrauen?« Laura neigte den Kopf zur Seite. »Wie viele Männer arbeiten eigentlich im ersten Revier? Es könnte theoretisch jeder von ihnen sein.«

Max räusperte sich. »Ich kenne nicht alle, aber Kramer und Althaus sind definitiv schlimm. Althaus starrt dich immer an, als wollte er deine Bluse aufknöpfen.«

Laura wollte Max' Worte zunächst als völlig abwegig abtun, doch sein Tonfall war ernst geblieben. Nichts deutete darauf hin, dass er scherzte.

Trotzdem sagte sie: »Das kann ich mir ehrlich gesagt nicht vorstellen. Ich kann ihn nicht leiden und er mich genauso wenig. Der hat mich noch nie länger als eine Sekunde angesehen.«

Max bedachte sie mit einem zweifelnden Blick, erwiderte jedoch nichts mehr. Er erhob sich von seinem Stuhl und schob seine Geldbörse in die Hosentasche.

»Wir sollten uns besser um die wichtigen Dinge des Lebens kümmern. Jemand hat eine Frau erdrosselt, und wir müssen den oder die Täter schnappen, bevor wir eine verdammte Tafel mit der Ziffer zwei präsentiert bekommen.«

»Du triffst genau meine Gedanken.« Laura stürmte zur Tür hinaus und holte den Fahrstuhl.

Die Sonne stand hoch am Himmel. Um diese Zeit waren die Berliner Straßen gut gefüllt. Das LKA lag zentral am Platz der Luftbrücke. Nach Frohnau, einem Ortsteil ganz im Norden Berlins, benötigten sie über eine halbe Stunde. Die Sommerhitze flimmerte auf dem heißen Asphalt. Laura war froh, als sie in den schattigen Waldweg einbogen und ein wenig Wind aufkam. Bei Tag wirkte dieser Ort wie ein Urlaubsparadies, wenn man von der Tatsache absah, dass sich offenbar kaum Menschen mitten in der Woche hierher verirrten.

Sie parkte am Straßenrand und folgte Max. Vor dem Baum, wo die Tote gelegen hatte, blieb Laura stehen. Sie schirmte die Sonne mit der Hand ab und schaute sich um. Die Spurensicherung hatte das Gelände in einem Umkreis von ungefähr fünfzig Metern abgesperrt. Neongelbe Farbe markierte den Fundort. Laura holte tief Luft und füllte ihre Lungen mit dem Duft des Waldes. Sie sah die Frau vor sich, wie sie durch die Kiefernschonung lief.

»Die zweite Schutzhütte liegt da drüben«, sagte sie zu Max und umrundete die Absperrung, um von dort aus weiter in die genannte Richtung zu gehen. Junge Kiefern von knapp drei Metern Höhe ragten vor Laura auf. Es mussten Hunderte Bäumchen sein, die irgendwann einen dichten Wald bilden würden. Laura betrachtete die erste Baumreihe und suchte nach abgeknickten Ästen.

»Hier ist ein Abdruck«, rief Max, der ein Stückchen rechts von ihr gesucht hatte.

Laura musterte das kleine Loch im Waldboden.

»Könnte vom Absatz eines Pumps sein«, bestätigte sie und bewegte sich weiter auf die zweite Hütte zu.

»Verdammt«, fluchte Max und bog die Zweige einer breiten Kiefer zur Seite. »Ich kann mir nicht vorstellen, dass unser Opfer diesen Weg genommen hat. Sie war halb nackt, überall sind spitze Kiefernadeln. Das ist alles andere als Spaß.« Er schob den nächsten Zweig beiseite und folgte ihr eilig, da sie bereits weitergelaufen war.

»Wenn du zwischen den Reihen läufst, geht es«, sagte sie und inspizierte den Waldboden, ohne jedoch auf verdächtige Spuren zu stoßen. Durch die Baumstämme schimmerte etwas Helles hindurch.

»Da vorne ist es. Ist gar nicht so weit, wie es auf der Karte aussieht.« Laura legte einen Zahn zu und kämpfte sich durch den restlichen Kiefernwald. Ein schmaler Pfad führte zu der Hütte, die noch etwa zwanzig Meter entfernt war. Abrupt blieb sie stehen.

»Die Tür ist offen«, stellte sie leise fest und überprüfte automatisch die Dienstwaffe an ihrer Hüfte.

»Ich gehe hinten herum«, flüsterte Max und folgte dem Trampelpfad nach links. Laura näherte sich von der rechten Seite.

Als sie neben der offenen Tür stand, lauschte sie zuerst und fragte dann: »Hallo? Ist hier jemand?«

Laura zog die Waffe, sprang zur Türschwelle und warf einen Blick in die Hütte, die nur aus einem Raum bestand. Als sie niemanden sah, steckte sie die Pistole zurück ins Halfter.

»Hier ist keiner«, rief sie Max zu, der inzwischen die Hütte umrundet hatte.

»Ich habe auch nichts gesehen«, brummte er.

Laura betrat die Hütte. In einer Ecke auf dem Boden war eine Decke ausgebreitet, auf der eine Handtasche lag.

»Bingo!«, stieß sie aus und streifte sich Schutzhandschuhe über.»Wollen wir doch mal sehen, wem diese Tasche gehört.«

Sie öffnete den Reißverschluss. Eine Sonnenbrille, ein schmales Portemonnaie, eine Packung Taschentücher und Schminkutensilien kamen zum Vorschein. Laura griff nach der Geldbörse und zog neugierig den Personalausweis heraus, der im vordersten Fach steckte.

»Katharina Waidhofer, neunundzwanzig Jahre alt, wohnt in Berlin Mitte«, las Laura vor und zeigte Max das Foto.»Was meinst du? Das könnte sie sein, oder?«

Max schob nachdenklich die Unterlippe vor.»Ich weiß nicht«, murmelte er.»Die Haare sind kürzer, aber ansonsten kommt es hin.«

Laura entnahm als Nächstes den Führerschein.»Das Foto passt besser. Ich denke, sie ist es.«

Max warf ebenfalls einen Blick darauf und nickte. »Wow. Da hattest du aber die richtige Eingebung mit dieser Hütte. Ich rufe die Spurensicherung an, die haben hier einiges zu tun.« Er wählte die Nummer in seiner Kontaktliste aus und entfernte sich zum Telefonieren.

Laura betrachtete das hübsche Gesicht auf dem Führerschein noch einmal genau und schob ihn zurück in die Geldbörse. Sie nahm die Handtasche und kippte sie vorsichtig aus. Laura kräuselte die Stirn, denn sie hatte gehofft, dass sich Katharina Waidhofers Handy in der Tasche befand. Sie öffnete einen seitlichen Reißverschluss im Inneren der Handtasche, beförderte jedoch nur eine Packung mit Kopfschmerztabletten zutage.

»Verdammt«, fluchte sie und packte die Sachen

wieder ein. Sie hätte zu gern gewusst, mit wem das Opfer zuletzt Kontakt hatte. So würden sie auf den Mobilfunkanbieter angewiesen sein und für den bräuchten sie erst einen richterlichen Beschluss. Das konnte dauern. Sie schaute sich weiter um. Doch mehr als die Stoffdecke und die Handtasche hatte Katharina Waidhofer offenbar nicht zurückgelassen. Noch während Laura überlegte, ob die Frau als Prostituierte gearbeitet hatte, fiel ihr Blick auf die geöffnete Tür. Unwillkürlich fragte sie sich, ob sich hinter dem Türblatt etwas verbarg. Sie sah nach und entdeckte einen hellen, sehr hochwertigen Stoffmantel an einem Haken an der Wand. Neugierig durchsuchte sie die Manteltaschen und stieß in der rechten Außentasche auf ein Schlüsselbund.

Volltreffer, dachte sie, als sie es in der Hand hielt und den Autoschlüssel bemerkte, der an einem Ring mit drei weiteren Schlüsseln hing. Sie öffnete die Satellitenkarte auf ihrem Smartphone, die das Naturschutzgebiet zeigte, in dem sie sich mit Max befand. Sie vergrößerte das Bild, bis sie die Waldhütte sah. Dann folgte sie dem schmalen Trampelpfad und erreichte schließlich einen Parkplatz, der etwa fünfhundert Meter entfernt lag.

»Da bin ich ja gespannt, ob wir den passenden Wagen finden«, murmelte sie und steckte das Schlüsselbund ein.

4

Melissa Greinert betrachtete sich im Spiegel und tupfte vorsichtig die verlaufene Wimperntusche ab. Sie hatte nicht weinen wollen, doch Dr. Schild hatte sie für die Störung in Grund und Boden gestampft.

»Ich weiß Ihren Einsatz für unsere Mandanten zu schätzen, aber meine Anweisungen gehen stets vor, und ich habe keine Lust, Ihnen das noch einmal zu erklären. Betrachten Sie dieses Gespräch als letzte Warnung!«, hatte er ihr entgegengeschleudert und sie dabei mit strengem Blick fixiert.

Melissa war eigentlich hart im Nehmen, dachte sie bisher jedenfalls. Doch die Arbeit in der Kanzlei führte sie an ihre Grenzen. Das hohe Arbeitstempo, die unzähligen Aufgaben, die auf höchstem Niveau erledigt werden mussten, forderten ihr alles ab. Sie seufzte und erneuerte den Lidstrich unter ihren Augen. Sie hatte sich nach der Standpauke von Dr. Schild auf die

Damentoilette geflüchtet. Immerhin hatte der Kanzleichef ihre Tränen nicht gesehen. Sie hatte sie bis kurz vor der Toilette zurückhalten können. Aber nachdem sie die Tür zur Kabine verriegelt hatte, gab es kein Halten mehr. Ungefähr zehn Minuten verbrachte sie mit angezogenen Knien auf der Toilette, bis sie bloß noch schluchzen konnte. Weitere fünf Minuten hatte sie gebraucht, um sich zu beruhigen.

Dann war Melissa aufgestanden und hatte das Gesicht mit kaltem Wasser gewaschen. Obwohl sie ihr Make-up erneuert hatte, sah sie total verheult aus. Aus dem Spiegel blickte ihr eine Frau mit geröteten Augen entgegen. Da half wohl nur ein bisschen frische Luft. Auf keinen Fall wollte sie Dr. Schild in diesem Zustand über den Weg laufen. Er sollte nicht sehen, wie sehr seine Ansprache sie getroffen hatte. Sie würde nicht aufgeben, weil sie diesen Job brauchte. Egal, in welcher Kanzlei sie arbeitete, überall gab es diese aufbrausenden Persönlichkeiten. Sie musste damit klarkommen.

Die Tür schwang auf und Carolin Michels schwebte in ihrem schicken Kostüm herein. Melissa wandte sich ab, jedoch eine Sekunde zu spät.

»Ist alles in Ordnung?«, fragte die hochgewachsene schlanke Anwältin und blieb direkt vor ihr stehen. Sie musterte sie mit einer Intensität, die ihr unangenehm war.

Melissa nickte hastig und murmelte: »Ich komme klar. Danke.«

Carolin Michels, oder eigentlich Dr. Carolin Michels, rührte sich nicht vom Fleck und starrte sie weiter an.

Melissa verstaute ihren Kajalstift im Schminktäschchen und wollte verschwinden, aber die Anwältin hielt sie zurück.

»Ich sehe doch, dass Sie geweint haben.«

Melissa seufzte. »Das ist heute wohl nicht mein Tag. Ich bin mit Doktor Schild aneinandergeraten. Ist nicht schlimm.«

»Verstehe«, entgegnete die Anwältin, wobei ihre Stimme eher unterkühlt als mitfühlend klang. »Nehmen Sie es sich nicht zu Herzen. Er hat die Angelegenheit sicherlich längst wieder vergessen. So ist er nun mal. Mit uns Anwälten springt er auch nicht gerade zimperlich um.«

»Ich weiß. Ist wie gesagt nicht schlimm«, erwiderte Melissa, wobei sie sich kaum vorstellen konnte, dass eine selbstbewusste Frau wie Carolin Michels sich einen derartigen Ausbruch gefallen lassen würde. Sie konnte schließlich jederzeit in einer anderen Kanzlei anfangen, vielleicht sogar ihre eigene gründen. Sie hatte studiert und anschließend promoviert. Melissa hingegen hatte ihr Jura-Studium unterbrochen.

Sie wich der hochgewachsenen Frau aus und schritt eilig zur Tür hinaus. Sie brauchte frische Luft. Wenn sie ehrlich war, hatte sie ihr Studium gar nicht unterbrochen. Das erzählte sie ihren Eltern und ihren Freunden. In Wahrheit hatte sie es hingeschmissen, weil sie mit dem schwierigen Studienstoff nicht zurechtkam. Mit jedem Tag, der verging, wurde ihr klarer, dass sie nicht an die Uni zurückkehren würde. Immerhin verdiente sie jetzt ihr eigenes Geld und nicht mal gerade wenig. Sie stieß die Glastür zum Treppenhaus auf und nahm den Fahrstuhl nach unten. Ihr Büro befand sich in der achten Etage eines modernen Bürogebäudes am Potsdamer Platz. Melissa liebte diesen Ort mit seinen prächtigen Gebäuden und der Weite inmitten der großen Stadt. Geschäftige, gut gekleidete Menschen strömten an ihr vorbei. Auf einem riesigen Reklameschild erschien die blinkende Werbung für eine Luxus-Automarke. Erfolg und Geld hingen wie ein Versprechen in der Luft. Seit Melissa vor ein paar Wochen bei der Kanzlei Meier, Schild und Partner angefangen hatte, schien auch für sie ein Stückchen von dieser Welt greifbar zu sein. Und was waren schon die Wutausbrüche von Dr. Schild im Vergleich zu einer juristischen Klausur, in der sie Hunderte von Paragrafen und Theorien durchkämmen musste, nur um am Ende festzustellen, dass sie einem falschen Pfad gefolgt war. Die letzte Klausur war ihr um die Ohren geflogen, und ihr blieb bloß noch ein Versuch, bevor sie endgültig durchfiel und den Studienplatz aufgeben musste.

Melissa lief zielstrebig auf ein kleines Café zu. Ein Cappuccino würde ihr jetzt guttun. Danach wäre sie hoffentlich ein neuer Mensch, und vielleicht verhalf ihr ein selbstbewussteres Auftreten dazu, dass Dr. Schild in Zukunft anders mit ihr umging. Sie hatte von Anfang an gewusst, dass der Mann schwierig war. Die letzte Assistentin hatte es nur drei Monate mit ihm ausgehalten und die davor auch nicht viel länger. Melissa würde nicht so schnell aufgeben. Sie bestellte sich einen großen Cappuccino und kippte zwei Tütchen Zucker hinein. Bereits nach dem ersten Schluck ging es ihr besser. Zehn Minuten später fühlte sie sich wieder stark genug, um Dr. Schild erneut zu begegnen. Sie zahlte und machte sich auf den Rückweg. Als sie das Gebäude betrat und auf die Fahrstühle zusteuerte, winkte ihr der Mann am Empfang zu.

»Frau Greinert, warten Sie«, rief er und lächelte freundlich.

Melissa änderte ihre Richtung und schritt zum Empfangstresen. Daniel Kreutzer hielt einen Stapel Briefe in der Hand.

»Ich dachte mir, die können Sie gleich mitnehmen. Dann müssen Sie nachher nicht noch einmal vorbeikommen.«

Melissa betrachtete den Mann. Bereits an ihrem ersten Arbeitstag hatte sie sich gefragt, welche Tragödie ihn an einen Rollstuhl gefesselt hatte.

»Danke«, sagte sie und nahm ihm die Briefe ab.

»Gerne«, erwiderte Daniel Kreutzer knapp, denn das Telefon an seinem Platz klingelte.

Melissa sah ihm zu, wie er den Hörer an sein Ohr hob und freundlich den Namen der Kanzlei hineinsprach. Wenn sie nicht wüsste, dass er im Rollstuhl saß, würde sie es ihm nicht anmerken. Er wirkte fröhlich und unbekümmert, nicht wie jemand, der mit seinem Schicksal haderte. Sie mochte seine blauen Augen, das kantige Gesicht und seine zuvorkommende Art. Melissa riss ihren Blick von ihm los und begab sich zu den Fahrstühlen.

Als sich die Fahrstuhltüren zu ihrer Etage öffneten,

holte sie tief Luft und trat erhobenen Hauptes in den Flur. Sie schritt über den Marmorboden, am Büro von Carolin Michels entlang. Durch die schmale Glasscheibe in der Tür sah sie, dass die Anwältin telefonierte. Als Melissa um die Ecke bog und ihr Büro erreichte, wartete Finn Altmann vor der Tür auf sie.

»Kann ich etwas für Sie tun?«, fragte sie, schlüpfte an ihm vorbei und setzte sich an ihren Schreibtisch.

»Ich habe gute Neuigkeiten«, verkündete der Anwalt und strahlte sie an. »Herr Hoffmann hat seinen Schriftsatz vor einer halben Stunde erhalten. Martin Stieger hat sich um ihn gekümmert. Die Anrufe dieses Mandanten sollten in nächster Zeit also vorerst weniger werden.«

Melissa fiel ein Stein vom Herzen. Sie mochte den aufdringlichen Mandanten nicht sonderlich, auch wenn sie sein Drängen nachvollziehen konnte.

»Danke«, sagte sie und schenkte Finn Altmann ein Lächeln.

»Gern geschehen.« Er trat an ihren Tisch, räusperte sich umständlich und redete weiter: »Also, ich bin Finn. Meinetwegen können wir uns duzen.«

Melissa verschlug es für einen Moment die Sprache. Dann sprang sie von ihrem Stuhl auf und reichte Finn die Hand.

»Freut mich. Ich bin Melissa«, erwiderte sie ein wenig verlegen.

Finn hielt ihre Hand einen Augenblick zu lange fest. Als er sie freigab, schaute er auf seine Armbanduhr.

»Ich mache so in zwei Stunden Feierabend. Hast du

Lust, anschließend mit mir etwas trinken zu gehen?« Er lächelte und auf seinen Wangen erschienen zwei unwiderstehliche Grübchen.

Melissa überlief es heiß und kalt gleichzeitig. Sie brachte kein Wort hervor, nur ein Nicken. Finn schien sich nicht an ihrer Sprachlosigkeit zu stören.

»Dann sehen wir uns nachher«, sagte er und verließ das Büro.

Mit rasendem Herzen eilte Melissa zur Tür, um sie zu schließen. Doch vorher streckte sie den Kopf hinaus, weil sie Finn noch einen Blick hinterherwerfen wollte. Sein Büro befand sich gegenüber dem von Carolin Michels. Aber als sie in den Flur schaute, war Finn längst um die Ecke verschwunden. Stattdessen stand Carolin Michels dort und starrte sie an. In ihren Augen lag etwas, das Melissa Angst machte.

5

Laura stürmte den Wanderpfad entlang. Max schnaufte hinter ihr. »Wir hätten das Auto nehmen sollen«, schimpfte er und holte zu ihr auf. »Ist dir denn nicht zu heiß? Es sind fast dreißig Grad.«

Laura wischte sich eine Schweißperle von der Stirn.

»Komm schon, Max. Wir sind gleich da. Ich muss wissen, ob der Wagen von Katharina Waidhofer auf dem Parkplatz steht.« Sie zeigte ihm die Satellitenkarte. »Nur noch hundert Meter.«

Max schwieg und trottete neben ihr her. Laura folgte dem gewundenen Pfad und schlüpfte unter einem herabhängenden Kiefernast hindurch, während Max versuchte, einen Bogen um die spitzen Kiefernadeln zu machen. Brombeerpflanzen rankten über den Weg und kratzten an Lauras Hosenbeinen. Das Gestrüpp rechts und links des Pfades wurde immer dichter. Nichts deutete auf den Parkplatz hin, der unmittelbar vor ihnen liegen musste.

»Bist du dir sicher, dass wir hier richtig sind?«, brummte Max, der wieder hinter ihr lief, weil der Weg zu schmal war.

Unvermittelt lockerte sich das Dickicht vor ihnen auf. Der sandige Pfad mündete in einen breiteren Waldweg, der direkt zum Parkplatz führte. Alte, durch die Trockenheit braun gewordene Kiefern umgaben ihn. Nur ein einziges Auto parkte darauf.

»Das ist ein schickes Coupé«, stieß Max erstaunt aus und betrachtete den Fund genauer.

»Alle Achtung. Unser Opfer hatte Geschmack.« Er schaute durch eine Seitenscheibe hinein. »Der ist nagelneu und von innen wie geleckt«, stellte er fest.

Laura machte ein Foto vom Kennzeichen und drückte eine Taste auf dem gefundenen Autoschlüssel. Ein sattes Klicken ertönte.

»Es ist wirklich ihr Wagen«, sagte Laura und fragte sich, wie teuer die sportliche Luxuskarosse wohl gewesen war. Sie jedenfalls könnte sich ein solches Gefährt nicht leisten.

Max öffnete die Fahrertür und steckte seinen Kopf ins Wageninnere. Laura streifte sich rasch die Schutzhandschuhe wieder über und ging zur Beifahrerseite, wo sie das Staufach durchsuchte, in dem sich üblicherweise die Papiere befanden. Sie holte das Serviceheft heraus und blätterte darin.

»Du scheinst recht zu haben. Der Wagen muss ziemlich neu sein. Zumindest ist er laut diesem Heft noch nie in der Werkstatt gewesen.« Sie klappte die Mittelkonsole hoch. In dem Fach darunter lag eine Parkuhr aus blauem Plastik. In dem USB-Anschluss unter dem Radio steckte das Ladekabel für ein Smartphone.

»Vielleicht ist es auch gar nicht der Wagen von Katharina Waidhofer«, sagte sie zweifelnd und überprüfte den Kofferraum. Sie holte eine rote Sporttasche heraus und zog den Reißverschluss auf. Ein dunkelblaues Kostüm und eine ordentlich gefaltete weiße Bluse kamen zum Vorschein. Diese Kleidung gehörte definitiv einer Frau.

»Wow. Scheint wohl doch ihr Auto zu sein«, murmelte sie und griff in die Taschen des Blazers. Sie brachte ein paar Geldmünzen und ein unbenutztes Papiertaschentuch zutage. Der Rock hatte keine Taschen, die Bluse ebenfalls nicht und die Sporttasche enthielt keine weiteren Gegenstände.

»Was ist in der Tüte?«, fragte Max und zeigte auf eine weiße Plastiktüte neben der Tasche, die mit dem Markenlabel einer bekannten Supermarktkette bedruckt war. Er trug keine Handschuhe und wartete deshalb geduldig, bis Laura die Tüte hervorholte.

»Da sind Schuhe drin.« Sie betrachtete die High Heels, mit denen Katharina Waidhofer auf dem sandigen Wanderweg keine fünf Meter weit gekommen wäre, ohne den lackierten Absatz zu ruinieren. Laura ließ die High Heels sinken und versuchte, sich Katharina Waidhofer in dem dunkelblauen Kostüm vorzustellen. Allerdings gelang es ihr nicht, da der Kontrast zu der billigen Spitzenunterwäsche und den Strapsen, die sie zuletzt getragen hatte, einfach zu groß war.

»Wenn du mich fragst, könnte sich das Opfer hier umgezogen haben.« Laura klappte den Kofferraum zu.

Max umrundete das Fahrzeug ein weiteres Mal.

»Du meinst im Wagen?« Er schüttelte den Kopf. »Auf der Rücksitzbank bestimmt nicht. Das ist ein Coupé. Da passt nicht mal ein Kind rein.« Er blickte sich auf dem Parkplatz um. »Okay, da unter der Woche offenbar kaum jemand hierherkommt, wäre es wohl kein Problem gewesen, sich draußen umzuziehen. Das würde jedenfalls die Kleidung im Kofferraum erklären.«

»Wir sollten herausfinden, ob der Wagen auf sie zugelassen ist, und uns in ihrer Wohnung umschauen«, schlug Laura vor und verriegelte die Türen.

»Ich frage mich wirklich, was diese Frau hier gemacht hat. War sie nachts hier oder tagsüber? Und warum kam sie in einem schicken Kostüm hierher, um sich dann wie eine Prostituierte zu kleiden?«

Max warf Laura einen langen Blick zu.

»Vermutlich hat sie sich mit ihrem Liebhaber getroffen. Natürlich kann es auch ihr Partner gewesen sein. Vielleicht wollten sie ihre Beziehung aufpolieren, indem sie sich zum Sex an einem öffentlichen Ort verabredet haben.« Max grinste schief. »Sie war bestimmt nicht hier, um die frische Luft zu genießen oder im Wald spazieren zu gehen.«

Ohne dass sie es wollte, spürte Laura plötzlich Max' Lippen auf ihrer Haut. Sie wischte die Erinnerung an vergangene Zeiten sofort beiseite, allerdings zu spät.

Max schien ihre Gedanken erraten zu haben. Er sah sie mit diesem Blick an, in dem eine Mischung aus Verlangen und Bedauern lag. Vor einigen Jahren hatten sie eine kurze Affäre begonnen, in einer Zeit, als sich Max' Frau wegen eines anderen Mannes von ihm getrennt hatte. Doch Laura hatte sich aus dieser Beziehung gelöst, bevor sie oder Max tiefere Gefühle füreinander entwickeln konnten. Geblieben war eine innige Freundschaft. Eine Verbundenheit, die weit über eine schnelle Liebesbeziehung hinausging. Sie würde diese Freundschaft um nichts in der Welt gefährden, schon gar nicht für einen flüchtigen Funken, den die körperliche Anziehungskraft zwischen ihnen auslöste.

»Wie läuft es eigentlich mit Hannah?«, fragte sie bewusst, um nicht weiter an Max zu denken.

Max blinzelte geistesabwesend. »Sie hat mir verziehen. Allerdings darf ich sie nicht mehr fragen, wohin sie geht, sobald sie die Wohnung verlässt. Sie ist der Meinung, dass jeder von uns seine Freiheit braucht und ich ihr vertrauen sollte.« Er zuckte ein wenig hilflos mit den Schultern. »Es war eine bescheuerte Idee von mir, ihr hinterherzuspionieren.«

Laura nickte. »Ich bin froh, dass die Dinge zwischen euch geregelt sind.«

Sie verschlossen das Fahrzeug, sahen sich noch einmal auf dem Parkplatz um und traten anschließend den Rückweg an.

Nach wenigen Schritten fragte Max: »Wie läuft es mit Taylor?«

Laura ignorierte den bissigen Unterton in seiner

Stimme. Sie wusste, dass Max Taylor nicht über den Weg traute, auch wenn sie inzwischen so eine Art Waffenstillstand geschlossen hatten.

»Wir verstehen uns prächtig«, erwiderte sie und duckte sich erneut unter einen Kiefernzweig hindurch. »Schön«, sagte Max knapp. »Ich habe gehört, er ist immer noch an diesem Drogendealer dran.«

»Ja, sie kriegen ihn nicht zu fassen. Teilweise agiert er undercover. Ich hoffe, dass sie bald etwas in der Hand haben, um ihn zu überführen.«

»Dann seht ihr euch nicht oft?«

Laura blieb so abrupt stehen, dass Max gegen sie prallte.

»Hör bitte auf, mich nach Taylor auszufragen«, bat sie ein wenig genervt. »Zwischen uns ist alles in Ordnung. Und wir sehen uns jeden Abend.« Sie wusste, dass ihr letzter Satz Max mit Sicherheit einen Stich versetzte, doch in diesem Moment war es ihr egal. Sie hasste die Vorstellung, dass Max mit seinen Befürchtungen richtigliegen und Taylor sie hintergehen könnte. Sie wollte einfach, dass Max mit seinen dämlichen Fragen aufhörte. Dabei war ihr nur allzu bewusst, dass sie selbst das Thema aufgebracht hatte.

»Tut mir leid«, krächzte sie nach der nächsten Kurve. »Ich möchte keinen Streit.«

Max griff ihren Arm und hinderte sie am Weitergehen. »Schon okay. Ich auch nicht. Ich will bloß nicht, dass du verletzt wirst.«

»Ich weiß.« Laura wand sich aus seinem Griff. »Lass

uns den Fall lösen. Katharina Waidhofer hat es verdient, dass wir ihren Mörder hinter Gitter bringen.«

Als sie wieder an der Waldhütte ankamen, in der sie die Decke und die Handtasche des Opfers entdeckt hatten, machte sich bereits ein kräftiger Mann an der Tür zu schaffen. Drei weitere in weiße Schutzanzüge gehüllte Mitarbeiter der Spurensicherung suchten die äußeren Wände der Hütte und den Weg ab.

»Ich glaube, es bringt nichts, hier nach Fingerabdrücken zu suchen«, erklärte Dennis Struck und richtete sich ächzend auf. »Die Tür wurde anscheinend von mehr als fünfzig Menschen angefasst.«

»Was ist mit ihrer Handtasche?«, fragte Laura. »Vielleicht finden wir Abdrücke des Täters darauf.«

Struck nickte eifrig. »Die Tasche ist bereits auf dem Weg ins Labor. Ebenso die Decke und der Mantel. Wir suchen hier die gesamte Gegend ab, möglicherweise stoßen wir noch auf eine relevante Spur.«

Laura löste den Autoschlüssel des Opfers vom Schlüsselbund und drückte ihn Dennis Struck in die Hand. »Der Wagen steht auf dem nächstgelegenen Parkplatz. Sie werden ihn sofort erkennen. Es ist ein teures Coupé. Im Kofferraum befindet sich Kleidung von der Frau. Vielleicht können Sie herausfinden, ob Katharina Waidhofer alleine im Auto gefahren ist oder ob sie ihren Mörder sogar mit hierher genommen hat.«

»Alles klar. Wir werden jeden Zentimeter des Fahrzeugs untersuchen.«

Als sie wieder im Dienstwagen saßen, rief Laura ihre

Kollegin Martina Flemming an, die für die Recherche zuständig war.

»Können Sie feststellen, auf welchen Fahrzeughalter der Wagen zugelassen ist?«, bat Laura und gab das Kennzeichen durch.

Sie hörte, wie Martina Flemming ihre Tastatur bearbeitete. Nach einer Weile antwortete sie: »Der Wagen ist auf einen Mirco Neudorf zugelassen.«

»Mirco Neudorf?«, wiederholte Laura erstaunt. »Was wissen wir über diesen Mann?«

»Einen Moment bitte«, sagte Martina Flemming.

Max brauste um eine enge Kurve, als sie weitersprach: »Er ist gemeldet unter einer Adresse in Berlin Mitte, fünfundvierzig Jahre alt und er ist verheiratet mit einer gewissen Katharina Waidhofer.«

Laura verschlug es für einen Augenblick die Sprache. Sie musste unbedingt ein Team zusammenstellen und es briefen, damit sie in alle Richtungen ermitteln konnten. Martina Flemming gab ihr die Adresse durch. Laura musste sie nicht notieren. Sie kannte die Anschrift, es war dieselbe, die in Katharina Waidhofers Ausweis stand.

Das Viertel nahe dem Kurfürstendamm, in das sie gerade hineinfuhren, war durchzogen von hochwertigen Immobilien. Egal ob alt oder neu. Investoren hatten in den letzten Jahren eine Menge Geld ausgegeben und diesem

Stadtteil ein gepflegtes und exquisites Äußeres verpasst. Der Altbau, vor dem sie parkten, hatte nicht viel mit Lauras Wohnhaus gemeinsam. Die frisch gestrichene Fassade vermittelte mit den üppigen Stuckverzierungen einen herrschaftlichen Eindruck, der sich im Eingangsbereich fortsetzte. Der Boden war mit hellem Marmor ausgelegt und neben der Treppe hatten die Eigentümer einen auf Hochglanz polierten Edelstahl-Fahrstuhl eingebaut. Max drückte den Fahrstuhlknopf, denn die Wohnung von Katharina Waidhofer und Mirco Neudorf lag in der sechsten Etage. Es war ein Uhr mittags und Lauras Magen fing langsam an zu rebellieren. Trotzdem musste sie sich zuerst in der Wohnung des Opfers umsehen und mit dem Ehemann sprechen, falls er um diese Uhrzeit überhaupt zu Hause war. Der Fahrstuhl stoppte und sie stiegen aus. Laura klingelte an der Wohnungstür, vor der ein Fußabtreter mit dem Aufdruck *Willkommen* lag.

Tatsächlich öffnete kurz darauf ein breitschultriger Mann mit blondem kurz geschorenem Haar und sah sie neugierig an. In diesem Moment wurde Laura erst wieder bewusst, dass sie Mirco Neudorf jetzt die Nachricht vom Tod seiner Frau überbringen mussten. Das war der Teil ihres Jobs, den sie überhaupt nicht mochte. Der Tod eines Familienangehörigen riss eine tiefe Wunde in die Seele der Betroffenen. Eine Wunde, die meist zeitlebens nicht mehr verheilte.

»Kann ich Ihnen helfen? Ich bin allerdings gerade auf dem Sprung.« Mirco Neudorf schien völlig arglos. Laura kam sich vor wie ein trojanisches Pferd, weil sie seine heile Welt gleich zum Einsturz bringen würde.

Glücklicherweise kam Max ihr zuvor. Er stellte sie beide kurz vor und zeigte seinen Dienstausweis.

»Wir müssen mit Ihnen über Ihre Frau sprechen. Dürfen wir eintreten?«

Mirco Neudorfs Miene versteinerte sich. Er trat zur Seite und winkte sie durch den Flur. Sie nahmen auf der Couch im Wohnzimmer Platz. Mirco Neudorf setzte sich auf einen Sessel gegenüber und starrte sie argwöhnisch an.

»Wir haben Ihre Frau heute Nacht tot aufgefunden«, erklärte Max mit ruhiger Stimme. »Es tut uns sehr leid für Ihren Verlust.«

Mirco Neudorf sah ungläubig zwischen Max und Laura hin und her. Sein Mund öffnete sich, ohne dass ein Ton herauskam.

»Es fällt sicherlich schwer, aber würden Sie uns ein paar Fragen beantworten?«, fuhr Max fort.

Mirco Neudorf zeigte keine Regung. Er wirkte wie versteinert.

»Herr Neudorf, Sie haben unser tiefstes Mitgefühl. Wenn Sie erlauben, wäre es für uns wichtig, etwas mehr über Ihre Frau zu erfahren und uns in der Wohnung umzuschauen.«

Allmählich kehrte das Leben in Mirco Neudorf zurück. Zuerst zuckten seine Augenbrauen und dann begann seine Unterlippe zu zittern.

»Sie meinen Katharina?«, fragte er schockiert.

»Katharina Waidhofer«, bestätigte Max.

»Das kann ich nicht glauben«, stieß Neudorf aus. Sein Körper spannte sich an, nur um einen Augenblick später im Sessel zusammenzusacken. Er wirkte plötzlich viel kleiner.

»Was ist denn passiert?« Seine Stimme bebte.

»Wir haben Ihre Frau in einem Waldgebiet bei Frohnau aufgefunden. Sie wurde höchstwahrscheinlich erdrosselt. Können Sie uns sagen, wann Sie Katharina das letzte Mal gesprochen oder gesehen haben?«

Neudorf griff sich an die Stirn. Es dauerte ziemlich lange, bis er schließlich sagte: »Es war gestern.«

»Könnten Sie das ein wenig genauer eingrenzen?«, bat Laura und holte den Stift und einen kleinen Notizblock hervor.

»Es muss morgens gegen sieben gewesen sein, bevor sie zur Arbeit fuhr.«

»Und als sie abends nicht nach Hause kam, hat Sie das nicht gewundert?« Max sprach so ruhig, dass Laura nicht umhinkam, ihn zu bewundern. Es lag keinerlei Vorwurf oder Verwunderung in seiner Stimme. Es klang, als redete er über etwas völlig Selbstverständliches wie das Wetter am nächsten Tag. In Lauras Kopf ratterte es. Wenn Neudorf seine Frau gestern Morgen tatsächlich noch gesehen hatte, musste sie entweder am selben Tag oder in der darauffolgenden Nacht getötet worden sein. Das grenzte den Tatzeitraum schon einmal ein wenig ein. Die Rechtsmediziner würden sicherlich bald eine genauere Angabe machen können.

»Nein. Sie ist oft unterwegs. Ich dachte, sie hätte im Hotel übernachtet. Sie ist Projektentwicklerin für Hotelanlagen und hat immer viel um die Ohren.«

»Und Sie haben nicht versucht, sie anzurufen?«

Laura ärgerte sich über den leichten Zweifel in ihrem Tonfall.

Neudorfs Blick schnellte zu ihr herüber. Für den Bruchteil einer Sekunde schien Angst in seinen Augen aufzuflackern. Doch dann antwortete er mit ausdrucksloser Miene.

»Wir sind beruflich sehr eingespannt. Ich fürchte, ich habe die Termine meiner Frau nicht immer im Kopf, und in den letzten Tagen habe ich bis tief in die Nacht gearbeitet. Ich arbeite für eine Fondsgesellschaft und wir tätigen derzeit einige wichtige Transaktionen. Es ist reiner Zufall, dass Sie mich heute zu Haue antreffen. Ich hatte ein paar Unterlagen vergessen.« Er tippte auf seine Armbanduhr. »Leider muss ich kurz telefonieren. Ich weiß gar nicht wie, aber ich muss mich zumindest bei meinen Auftraggebern entschuldigen.« Er erhob sich und lief mit dem Handy am Ohr aus dem Zimmer.

Laura beugte sich zu Max und flüsterte: »Ich wette, dass dieser Mann etwas zu verbergen hat.«

Carolin Michels senkte den Blick und machte auf dem Absatz kehrt. Innerlich kochte sie. Wie konnte es sein, dass jemand wie Finn Altmann sich für eine Studienabbrecherin interessierte? Eine Frau, die offenbar nicht einmal eine halbwegs fähige Assistentin abgab. Dr. Schild war schließlich nicht umsonst ausgerastet. Carolin hatte sich erkundigt und konnte seine Reaktion nachvollziehen. Melissa Greinert war nicht in der Lage gewesen, seinen Anweisungen zu folgen, und hatte sich emotional vom Drängeln des Mandanten leiten lassen. Dr. Schild hatte deutlich gemacht, nicht gestört werden zu wollen. Niemand wäre auf die Idee gekommen, einfach die Wünsche des Seniorpartners und Gründers dieser renommierten Kanzlei zu missachten. Außer natürlich Melissa Greinert. Ein Dummchen mit viel zu tiefem Ausschnitt und billigem Make-up. Sie stand eindeutig mehrere Stufen unter ihr, und trotzdem hatte Carolin zu ihrem Entsetzen miterlebt, wie Finn Altmann sie zu einem Date eingeladen hatte. Sie kam an Finns Büro vorbei und blickte durch den gläsernen Schlitz in der. Finn tippte konzentriert auf der Tastatur seines Computers. Der Schriftsatz für einen wichtigen Mandanten sollte heute raus. Sicherlich musste er sich beeilen, wenn er es rechtzeitig zu seiner Verabredung mit Melissa schaffen wollte. Ihr Herz raste selbst jetzt noch, als sie sich wieder hinter ihren Schreibtisch setzte.

Carolin verzog die Lippen und dachte nach. Finn war ein attraktiver Mann. Er zählte zu den wenigen Anwärtern auf eine Partnerschaft in der Kanzlei. Er und Mark Friedberg. Beide hatte Carolin im Visier. Doch Mark war im Augenblick nicht ihr Problem. Er gehörte zu den Dauersingles, die sich in ihrer Arbeit verloren und vergaßen zu leben. Finn hingegen stürzte sich von einer Liaison in die nächste. Natürlich wollte Carolin nicht zu einer seiner zahllosen Affären werden. Nein. Sie trug sich mit dem Gedanken einer dauerhaften Beziehung. Deshalb hatte sie bisher die Finger von ihm gelassen. Sollte er sich ruhig erst einmal austoben. Allerdings hatte sie nicht mit seinem Interesse an der unterbelichteten Melissa gerechnet. Diese Frau konnte ihr gefährlich werden, denn sie hatte Finns Lächeln gesehen, als er aus ihrem Büro gekommen war. Außerdem scharwenzelte er schon viel zu lange um Melissa herum. Und er half ihr, ohne eine Gegenleistung zu erwarten. Das alles waren aus Carolins Sicht Anzeichen für ernsthafte Zuneigung. Sie musste verhindern, dass diese kleine Schlampe ihr Finn ausspannte. Er gehörte ihr. Er oder Mark. Sie wusste es noch nicht. Es kam auch ganz darauf an, wer von beiden den Sprung auf die nächste Karrierestufe schaffen würde.

Du willst also jemanden haben, der unter dir steht. Der zu dir aufsehen muss und der dich anhimmelt. Das sollst du haben, dachte sie und klemmte sich eine Haarsträhne hinters Ohr. Sie nahm einen kleinen Spiegel aus der obersten Schublade des Schreibtisches, machte einen Schmollmund und versuchte sich an einem hilflosen Blick. In ihrer Erinnerung sah sie Melissa, die auf der Damentoilette heulte und sich die verlaufene Schminke abwischte. Diesen Blick hatte sie auch drauf. Sie legte den Spiegel zurück und druckte den Entwurf des Dossiers aus, an dem sie den ganzen Tag gearbeitet hatte. Es war eine Abhandlung zu einer Rechtsunsicherheit, die beim Erwerb von Immobilien entstehen konnte. Sie nahm die Seiten aus dem Drucker, zupfte die Bluse zurecht und schlenderte zu Finns Büro. Zaghaft klopfte sie an.

»Kannst du mir vielleicht kurz helfen?«, fragte sie unsicher und schenkte ihm ihren schönsten Augenaufschlag.

Das Lächeln, das sich auf seinem Gesicht ausbreitete, machte ihr Mut.

»Na klar«, erwiderte er gönnerhaft.

Carolin stakste auf ihren hohen Absätzen um seinen Schreibtisch und blieb dicht neben ihm stehen.

7

In Lauras Augen schien Mirco Neudorf erstaunlich gefasst angesichts des Todes seiner Frau. Jeder andere hätte darüber seine Arbeit komplett vergessen. Außerdem hatte sie das Gefühl, dass ihn die Nachricht nicht sonderlich überrascht hatte. Sie hörte Neudorfs tiefe Stimme aus dem Nachbarzimmer, während sie mit Max immer noch auf der Couch im Wohnzimmer hockte. Sie fragte sich, wie lange dieser Mann brauchte, um seinen Auftraggebern mitzuteilen, dass seine Frau ermordet worden war und er sich gerade im Gespräch mit dem Landeskriminalamt befand.

»Der Kerl hat vielleicht Nerven«, brummte Max und lehnte sich zurück. »Wie lange telefoniert er eigentlich schon?«

Laura schaute auf die Uhr. »Seit knapp zehn Minuten«, stellte sie fest und erhob sich vom Sofa, um das Zimmer zu inspizieren.

Der große, lichtdurchflutete Raum bestach durch

klare Linien und wenige Möbel. Der riesige Fernseher nahm fast die gesamte Wand ein. Gegenüber stand ein Designerregal, auf dem sich auch ein paar Hochzeitsfotos von Katharina Waidhofer und Mirco Neudorf befanden. Die Braut lächelte glücklich in die Kamera, während ihr frischgebackener Ehemann kaum die Zähne auseinanderbekam. Offenbar gehörte es zu Neudorfs Persönlichkeit, eine sparsame Mimik an den Tag zu legen. Vielleicht konnte er weder lächeln noch trauern. Laura betrachtete die Bildbände, die ordentlich aufgereiht im Regal standen. Architektur, Landschaften und exotische Urlaubsorte machten den Großteil der Bücher aus. Alles in diesem Zimmer erschien hochwertig, jedoch auch irgendwie kalt und unpersönlich. Sie würde sich in dieser Wohnung nicht wohlfühlen, denn sie kam ihr vor wie ein gestyltes Hotelzimmer.

Neudorf verstummte nebenan und Sekunden später tauchte seine durchtrainierte Gestalt im Türrahmen auf. Zu Lauras Erstaunen wirkten seine Augen gerötet, fast so, als hätte er geweint. Vielleicht hatte er sie aber auch nur zu stark gerieben. Seine Stimme jedenfalls klang fest und war ohne Spur von Erschütterung.

»Tut mir leid, dass Sie warten mussten«, sagte er geschäftsmäßig und nahm wieder auf dem Sessel Platz.

Laura blieb vor dem Regal stehen und musterte Neudorf, während Max ihm die nächste Frage stellte.

»Wo haben Sie sich seit gestern aufgehalten? Erzählen Sie uns doch am besten, was Sie getan haben, nachdem Ihre Frau zur Arbeit gegangen ist.«

»Ich bin ebenfalls ins Büro und habe dort wie gesagt

bis tief in die Nacht gearbeitet. Ich war vermutlich gegen halb drei zu Hause und habe mich sofort ins Bett gelegt.«

»Kann das jemand bezeugen?«, wollte Max wissen.

Neudorf schüttelte den Kopf. »Katharina war nicht hier und sonst wohnt außer uns niemand in dieser Wohnung.«

»Hatten Sie vielleicht Kontakt zu einem Nachbarn oder hat ein Kollege Sie in der Nacht im Büro gesehen?«, hakte Laura nach und setzte sich wieder zu Max auf das Sofa. Sie nahm den Notizblock zur Hand, den sie zuvor auf dem Couchtisch abgelegt hatte.

Für einen Moment erschien es Laura, als würde Neudorf kurz grinsen. Etwas lag in seinem Blick, das sie nicht deuten konnte.

»Die Nachbarn schlafen um diese Uhrzeit. Mir ist vom Parkplatz bis in die Wohnung niemand begegnet. Aber mein Mitarbeiter kann Ihnen bestätigen, dass wir bis ungefähr zwei Uhr nachts im Büro waren und gearbeitet haben. Soll ich Ihnen seinen Namen und die Kontaktdaten geben?«

»Gerne«, erwiderte Laura und notierte sich Neudorfs Angaben.

»Und ist Ihnen in letzter Zeit etwas Ungewöhnliches aufgefallen? Wirkte Ihre Frau nervös oder hatte sie Streit mit jemandem?«

»Streit?«, fragte Neudorf und verzog das Gesicht. »Eher nicht. Katharina war ein absoluter Profi, wenn ich das so sagen darf. Sie hat Projekte in dreistelliger Millionenhöhe gemanagt und hatte ihre

Emotionen im Griff. Aber natürlich gab es viel Stress. An einer Projektentwicklung sind viele Parteien beteiligt. Stellen Sie sich eine große Hotelanlage vor. Sie brauchen ein Grundstück, einen Bauunternehmer, den Betreiber, die Baubehörde und noch etliche andere, um ein solches Vorhaben zum Laufen zu bringen. Sie hat zuletzt an einer Hotelanlage in Brandenburg gearbeitet. Es sollte eine nachhaltige Anlage werden. Sie wissen schon, mit Wärmepumpen, Solaranlagen, Wasserwiedergewinnung und vielem mehr. Ich habe mitbekommen, dass es Schwierigkeiten beim Kauf des Grundstückes gab. Der Verkäufer wollte wohl im letzten Moment zurückziehen.«

»Und können Sie uns zufälligerweise auch den Namen dieses Verkäufers nennen?«, fragte Max.

»Es handelte sich um eine Erbengemeinschaft. Das bringt oft Ärger mit sich. Die Familie heißt Wernicke. Soweit ich weiß, war der verstorbene Vater mehrfach verheiratet, und nun streiten die Kinder sich um sein Vermögen und darum, was mit den Ländereien geschehen soll.«

»Wie sieht es in der Familie Ihrer Frau aus? Hat sie Geschwister?«

»Nein. Katharina ist ... entschuldigen Sie bitte ... sie war ein Einzelkind. Mit ihren Eltern hatte sie eine gute Beziehung. Wissen sie bereits Bescheid?«

Max schüttelte den Kopf. »Sie sind der erste Angehörige, der von ihrem Tod erfährt. Wir stehen tatsächlich noch ganz am Anfang der Ermittlungen. Wann hat sie denn zuletzt mit ihren Eltern gesprochen? Ist Ihnen das bekannt?«

Mirco Neudorf hob die Schultern. »Keine Ahnung. Vielleicht vor ein paar Tagen?« Er fasste sich plötzlich an die Stirn. »Warten Sie, mir fällt ein, dass sie am Wochenende mit ihrer Mutter telefoniert hat. In drei Wochen hat der Vater Geburtstag, und sie haben überlegt, in welches Restaurant wir zur Feier gehen würden.«

Max ließ sich die Kontaktdaten der Eltern geben. Während er sie notierte, fragte Laura: »Wissen Sie, was Ihre Frau in dem Naturschutzgebiet in Frohnau getan haben könnte?«

Neudorfs Gesicht verfinsterte sich. »Nein. Ich habe keine Idee. Vielleicht plante sie ein neues Projekt und hat sich dort mit einem Investor verabredet.«

»Dürfen wir uns in der Wohnung umsehen? In Kürze wird auch die Spurensicherung hier aufschlagen. Wir würden Sie bitten, sich in den nächsten zwei Tagen ein Hotelzimmer zu nehmen. Es tut uns leid wegen der Umstände, aber wir müssen jeder Spur nachgehen.«

Mirco Neudorfs Lippen zuckten. Zum ersten Mal glaubte Laura, so etwas wie Trauer in seiner Miene zu sehen. Er schloss kurz die Augen und atmete tief ein.

»Natürlich. Sehen Sie sich um. Ich habe nichts zu verbergen.«

Laura warf einen Blick in das Schlafzimmer und Max nahm sich das Badezimmer vor. Sie durchkämmte den übergroßen Kleiderschrank des Opfers. Mindestens fünf Kostüme aus feinsten Stoffen hingen darin, dazu elegante Blusen und Kleider, aber auch hautenge Jeans und knappe T-Shirts. Laura inspizierte die Unterwäsche, fand jedoch weder Strapse noch Reizwäsche. Der gesamte Kleiderschrank enthielt nicht ein Stück, das nur annähernd dem Aufzug glich, in dem Katharina Waidhofer erdrosselt aufgefunden wurde.

Langsam fragte sie sich, ob das Opfer die Sachen vielleicht gar nicht freiwillig getragen hatte. Oder womöglich waren sie ihr vom Täter post mortem angezogen worden. Es war frustrierend, dass sie weiter auf die Ergebnisse der Rechtsmedizin warten mussten. Die Autopsie fand erst am späten Nachmittag statt. Laura schloss die Schranktüren und betrachtete das Doppelbett. Rechts auf dem Nachttisch stand ein Schmuckkästchen, offenbar war das die Seite von Katharina Waidhofer. Laura öffnete die Nachttischschublade. Schmuck, Papiertaschentücher und ein Roman lagen darin. Sie blätterte durch das Buch, entdeckte jedoch weder Notizen noch sonstige Auffälligkeiten. Wiederholt fragte sie sich, was eine erfolgreiche Geschäftsfrau in diesem Waldgebiet zu suchen hatte. Vor allem eine verheiratete Geschäftsfrau, deren Mann offenkundig völlig ahnungslos war. Oder spielte Mirco Neudorf ihnen etwas vor? Wieso hatte er seine Ehefrau nicht bereits am Abend ihres Verschwindens als vermisst gemeldet? Vielleicht war Laura ja altmodisch, aber sie fand es ungewöhnlich, dass er nicht einmal versucht hatte, seine Frau anzurufen. Außerdem störte sie das Pokerface, das er an den Tag legte. Konnte dieser Mann nicht trauern oder hatte er seine Frau umgebracht? Sollte Katharina Waidhofer nach zwei Uhr nachts ermordet worden sein, hätte Mirco Neudorf jedenfalls kein Alibi.

Laura verließ das Schlafzimmer und schaute sich in der Küche um. Am Kühlschrank hingen eine Einkaufsliste und Urlaubsfotos, die irgendwo in Thailand entstanden sein mussten. Tatsächlich wirkten beide Eheleute glücklich und entspannt. Allerdings sahen sie auf den Fotos auch noch jünger aus.

»Wir waren vor fünf Jahren in Asien«, erklärte Mirco Neudorf plötzlich. Laura hatte gar nicht bemerkt, dass er ihr in die Küche gefolgt war.

»Scheint ein schöner Urlaub gewesen zu sein«, sagte sie und betrachtete den durchtrainierten Oberkörper Neudorfs auf einem Strandfoto.

»Es waren unsere Flitterwochen. Wir waren sehr verliebt.«

Laura sah Neudorf direkt ins Gesicht. »Und zuletzt waren Sie nicht mehr verliebt?«

Er blickte sie verwirrt an. »Doch. Ich meine, natürlich nicht so wie am Anfang, aber unsere Ehe war absolut intakt. Leider konnten wir aufgrund unserer Berufe nur wenig Zeit miteinander verbringen. Vielleicht wäre Katharina noch am Leben, wenn ich mich häufiger um sie gekümmert hätte.«

Irgendetwas in Laura glaubte ihm, obwohl in seinem Gesicht kaum eine Emotion lag.

»Hatte Ihre Frau eine beste Freundin?«, wollte Laura wissen.

»Sie meinen aus der Schulzeit?«

»Egal, kann auch aus dem Studium oder dem Büro

sein. Ich würde gerne mit allen Personen sprechen, denen Ihre Frau nahestand. Vielleicht kann uns jemand sagen, was sie im Wald vorhatte oder ob es in letzter Zeit irgendwelche Probleme gab, von denen Sie womöglich nichts wussten.«

»Mit ihrer Assistentin kam sie gut klar. Ich würde sie nicht unbedingt als Freundin bezeichnen. Aber ich weiß, dass Katharina ihr vertraut hat. Ansonsten haben wir uns eigentlich über alles ausgetauscht. Ich denke nicht, dass meine Frau Geheimnisse vor mir hatte.«

Laura sah die Strapse und die Dessous vor sich.

»Hat Ihre Frau einen Laptop oder Computer? Wir würden gerne ihre letzten Aktivitäten überprüfen.«

»Sie können ihren Laptop mitnehmen. Aber Katharina war da seit Wochen nicht mehr dran. Sie hat hauptsächlich mit dem Laptop aus ihrem Büro gearbeitet.«

»Unser IT-Experte wird sich den Laptop ansehen. Danke. Was ist mit ihrem Handy? Wissen Sie, wo es ist?«

Mirco Neudorf sah sie mit großen Augen an. »Sie hat es immer bei sich. Sie ist ... ich meine ... sie war regelrecht mit dem Ding verwachsen.«

»Verstehe«, erwiderte Laura, die mit dieser Antwort gerechnet hatte, und drängte sich an ihm vorbei, um nach Max zu sehen.

»Auf Anhieb habe ich nichts gefunden«, erklärte Max, der im Flur die Taschen eines dunkelblauen Mantels durchforstete. »Ich denke, fürs Erste sind wir durch.« Er wandte sich an Mirco Neudorf, der Laura in den Flur gefolgt war. »Halten Sie sich bitte zur Verfügung. Wir werden bestimmt mit weiteren Fragen auf Sie zukommen.«

»Selbstverständlich.« Neudorf hielt ihnen die Tür auf und verabschiedete sie.

Laura und Max ließen den Fahrstuhl links liegen und nahmen die Treppe. Als sie im Auto saßen, telefonierte Laura mit Dennis Struck. Es musste sofort ein Team von der Spurensicherung in die Wohnung. Je eher, desto besser, damit Neudorf keine Chance hatte, Veränderungen vorzunehmen.

»Wir haben etwas bei der Hütte gefunden, in der sich die Handtasche und der Mantel des Opfers befanden. Gleich auf den ersten drei Metern des Wanderwegs lag eine Zugangskarte im Gestrüpp, und jetzt rate mal, von wem diese stammt?«

Laura stellte das Handy auf laut, damit Max mithören konnte.

»Von Katharina Waidhofer. Ist es die Zutrittskarte zu ihrem Büro?«

Am anderen Ende der Leitung herrschte Schweigen. Offenbar genoss Dennis Struck die Spannung. Mit triumphierender Stimme verkündete er schließlich:

»Es ist die Zugangskarte zum Bürogebäude von Mirco Neudorf, dem Ehemann des Opfers.«

»Wow«, entgegnete Laura überrascht. »Wir haben gerade mit ihm gesprochen und er wirkte nicht sonderlich mitgenommen. Möglicherweise wissen wir jetzt auch, warum.«

Max trat auf die Bremse und wendete den Wagen.

»Den schnappen wir uns«, rief er und drückte aufs Gas.

Laura legte auf. In ihrem Kopf wirbelten die Gedanken durcheinander. Sie sah Mirco Neudorfs ausdruckslose Miene vor sich. Allerdings auch seinen letzten Blick. Sie schwankte hin und her, was Neudorf anging. Ausschlaggebend mussten jedoch die Beweise sein. Sie war gespannt darauf, was er für eine Erklärung hervorbrachte, wenn sie ihn damit konfrontierten, dass seine Zutrittskarte am Fundort der Leiche seiner Ehefrau sichergestellt wurde.

Max drückte den Klingelknopf und ließ ihn nicht mehr los. Der Ton schrillte in Lauras Ohren und verursachte ein unangenehmes Stechen hinter ihrer Stirn. Endlich nahm Max den Finger von der Klingel. Es nützte nichts. Entweder öffnete Mirco Neudorf nicht oder er hatte die Wohnung verlassen.

»Schöner Mist«, fluchte Max und donnerte mit der Faust gegen die Wohnungstür. »Der ist nicht da. Wir sollten eine Fahndung nach ihm rausgeben, bevor er sich mit dem nächsten Flieger ins Ausland absetzt.«

»Wir können nicht mal sein Alibi überprüfen, weil wir den genauen Todeszeitpunkt noch nicht kennen. Auf keinen Fall dürfen wir jetzt überreagieren«, gab Laura zurück. »Vielleicht sitzt er auch einfach nur in seinem Büro oder ist zu diesem Meeting gefahren, von dem er uns erzählt hat.«

»Okay«, sagte Max und schnaufte wütend. »Wir fahren zu seinem Büro. Wenn dort niemand weiß, wo er ist, gebe ich die Fahndung raus.«

Sie eilten im Laufschritt zurück zum Dienstwagen.

Als Laura Platz genommen hatte, suchte sie die Adresse der Fondsgesellschaft heraus, für die Mirco Neudorf arbeitete, und gab sie ins Navigationssystem ein. Nach etwas mehr als fünfzehn Minuten erreichten sie das Backsteingebäude und klingelten. Eine junge Frau mit Kurzhaarfrisur begrüßte sie freundlich und ließ sie eintreten, nachdem sie ihr Anliegen vorgebracht hatten. Sie führte sie ins Sekretariat, wo Frau Ellert, die Assistentin von Herrn Neudorf, sie in Empfang nahm.

»Herr Neudorf telefoniert noch. Sobald er auflegt, können Sie ihn sprechen. Das ist wirklich eine ganz schreckliche Geschichte«, sagte die zierliche Frau mittleren Alters. »Herr Neudorf ist nicht mehr er selbst. Kein Wunder. Ich wüsste nicht, was ich tun würde, wenn mein Mann nicht mehr leben würde.«

Vermutlich würden Sie nicht zur Arbeit ins Büro fahren, dachte Laura, verkniff sich jedoch einen Kommentar.

»Wissen Sie denn schon, wie es passiert ist? Und wer es war?«

»Wir stehen am Anfang der Ermittlungen«, erklärte Max in seiner ruhigen Art. »Aber vielleicht könnten Sie uns helfen und uns sagen, wann sich Herr Neudorf in den letzten zwei Tagen im Büro aufgehalten hat.«

Die Augen der Assistentin wurden groß. »Sie verdächtigen doch nicht etwa Herrn Neudorf?«

»Natürlich nicht«, beruhigte Max sie. »Es ist reine Routine. Wir nehmen erst einmal alle Fakten auf und deshalb stellen wir viele Fragen.«

»Verstehe«, erwiderte Frau Ellert und nestelte an ihrer Halskette. »Wir haben momentan viel zu tun. Ich bin die vergangenen Tage erst gegen halb acht abends aus dem Büro und immer hat Herr Neudorf noch gearbeitet. Ich kann Ihnen allerdings nicht sagen wie lange, nur, dass er am nächsten Morgen um neun wieder hier war.«

Die Assistentin blickte auf ihr Telefon. »Er hat aufgelegt. Ich melde Sie an.« Sie klopfte zaghaft an die Bürotür und wartete, bis Neudorf mit tiefer Stimme »Herein« rief.

Frau Ellert kündigte Laura und Max mit zittriger Stimme an.

»Sie dürfen eintreten«, verkündete sie schließlich. »Falls Sie noch Fragen haben oder etwas brauchen, ich bin hier.«

»Vielen Dank«, sagte Max und betrat nach Laura das Büro.

»Ich habe nicht damit gerechnet, Sie so schnell wiederzusehen. Womit kann ich Ihnen helfen?«

»Es hat sich eine neue Sachlage ergeben«, erklärte Laura und wartete, bis Max die Tür geschlossen hatte. »Die Zutrittskarte zu Ihrem Büro wurde im selben Waldgebiet sichergestellt, in dem wir auch die Leiche Ihrer Frau gefunden haben. Können Sie uns das erklären?«

Mirco Neudorf kniff die Augen zusammen. Hinter

seiner Stirn arbeitete es. Schließlich schüttelte er den Kopf.

»Ich habe meine Karte vor zwei Wochen verloren. Vielleicht hatte Katharina sie gefunden und deshalb bei sich.«

»Es wäre genauso gut möglich, dass Sie mit Ihrer Frau in den Wald gefahren sind«, stellte Laura fest.

Neudorf rutschte unruhig auf seinem Stuhl herum.

»Wir haben uns gestritten«, erklärte er schließlich. »Sie fragen sich doch bestimmt die ganze Zeit, warum ich meine Frau nicht schon am Abend als vermisst gemeldet habe, richtig?«

Laura nickte.

»Wir hatten morgens Streit, bereits im Bett. Eigentlich hatten wir beide einen freien Tag und wollten es uns gemütlich machen. Aber Katharina hatte andere Pläne. Sie wollte auf der Arbeit nicht fehlen und den freien Tag verschieben.«

»Weshalb haben Sie das nicht gleich erzählt?«, fragte Max.

Neudorf verzog das Gesicht. »Ich habe oft genug im Fernsehen gesehen, dass der Ehemann immer verdächtigt wird. Ich wollte nicht noch Öl ins Feuer gießen.«

»Waren Sie mit Ihrer Frau in dem Waldstück bei Frohnau?«, hakte Laura nach.

»Nein. Wie gesagt, meine Zutrittskarte habe ich schon vor zwei Wochen verloren. Fragen Sie meine Assistentin. Sie hat für mich eine neue besorgt.« Er griff in seine Hosentasche und zeigte ihnen eine weiße Plastikkarte.

»Diese Antwort genügt uns nicht«, sagte Laura. »Wir möchten Sie bitten, uns zur weiteren Befragung mit aufs Revier zu begleiten.«

Mirco Neudorfs Blick wanderte zu einem Punkt hinter Laura. Sie drehte sich um und erblickte einen Mann im Anzug mit einer Hornbrille auf der Nase.

»Ich fürchte, daraus wird nichts«, erklärte der Mann in der Tür. »Wenn ich mich vorstellen darf. Mein Name ist Patrowski. Ich vertrete Herrn Neudorf, und ich möchte mir erst einmal die Akten ansehen, bevor wir uns zur Sache äußern.«

Laura stöhnte innerlich auf. Der Anwalt hatte ihr gerade noch gefehlt.

8

Melissa schleppte einen schweren Stapel Akten durch die Kanzlei. Als sie an Carolin Michels' Büro vorbeikam, beschleunigte sie ihre Schritte. Diese Frau hatte etwas gegen sie. Noch immer sah sie diesen Blick vor sich, den ihr Michels über den Flur zugeworfen hatte. In der Damentoilette hatte die Anwältin sie getröstet, doch vermutlich waren ihre Worte nicht echt gewesen. Bestimmt hatte sie Melissa einfach nur ausquetschen wollen, um anschließend besser tratschen zu können. Sie hatte sich mit Vanessa vom Empfang unterhalten, die schon fast ein Jahrzehnt für die Kanzlei arbeitete und jeden Mitarbeiter kannte. Dabei waren pikante Details herausgekommen. Angeblich hatte Carolin Michels vor einigen Jahren eine Affäre mit Dr. Schild gehabt. Melissa konnte sich das kaum vorstellen, aber Michels tat wohl alles für ihr Fortkommen. Immerhin war sie der jüngste Counsel der Kanzlei. Ohne eigene Mandate und lange Kanzleizugehörigkeit war sie die Karriereleiter hinaufgefallen. Nicht dass Melissa sich übermäßig am Tratsch in der Kanzlei beteiligte, doch frei machen konnte sie sich davon leider auch nicht. Jedenfalls ahnte sie jetzt, dass diese Frau sozusagen über Leichen ging, um an ihre Ziele zu gelangen. Besser, Melissa hielt sich von ihr fern. Sie wollte keinen Ärger und momentan war sie auf diesen Job angewiesen. Sie balancierte den Aktenstapel auf den Armen um die Ecke und versuchte, mit dem linken Fuß die Tür zu ihrem Büro aufzustoßen.

»Warten Sie«, erschallte eine tiefe Stimme. »Himmel, was schleppen Sie denn nur?«

Melissa linste an den Akten vorbei und erkannte Mark Friedberg, einen weiteren Anwalt in der Kanzlei, für den sie schon den ein oder anderen Auftrag erledigt hatte.

»Dr. Schild hat mich gebeten, neben dem Vertrag auch alle Anlagen und Nachträge auszudrucken. Da ist einiges zusammengekommen.« Sie watschelte in Richtung Schreibtisch und stolperte über irgendetwas am Boden.

»O nein«, stieß sie aus, als die oberste Akte vom Stapel rutschte und krachend hinabfiel.

»Moment«, sagte Mark Friedberg und nahm ihr den Aktenstapel ab. Er platzierte ihn auf dem Schreibtisch, während sie den heruntergefallenen Ordner aufhob.

»Sie sollten nicht so schwer tragen. Das ist nicht gut für den Rücken.« Er musterte sie mit sorgenvoller Miene und deutete auf ihre Unterarme. »Sie haben Abdrücke von den scharfen Kanten der Ordner. Wissen Sie was, geben Sie mir beim nächsten Mal Bescheid, wenn Doktor Schild wieder Unmögliches von Ihnen verlangt.«

Unmögliches?, fuhr es Melissa durch den Kopf. Sie senkte verlegen den Blick. Hatte die gesamte Kanzlei mitbekommen, dass sie mit dem Senior aneinandergeraten war?

»Das muss Ihnen nicht unangenehm sein.« Mark Friedberg machte eine wegwerfende Handbewegung. »Wir Anwälte sind manchmal etwas zu ruppig. Das liegt in der Natur der Dinge. Die Wahrheit ist, dass Doktor Schild Sie durchaus zu schätzen weiß.« Friedbergs Lippen wurden zu einem breiten Lächeln. »Nun machen Sie nicht so ein Gesicht. Er hat mich nach dem Vorfall angesprochen und beinahe hätte er sich für seinen Ausbruch bei Ihnen entschuldigt.« Mark Friedberg seufzte theatralisch. »Aber Sie wissen, wie er ist. Er hat es nicht fertiggebracht.«

»Wirklich? Das hat er vorgehabt?« Melissa schaute den Anwalt erstaunt an.

Mark Friedberg hob die rechte Hand und legte sie auf sein Herz. »Ich schwöre es hoch und heilig.«

»Ehrlich gesagt dachte ich schon, er würde mich rauswerfen.« Ihre Stimme zitterte ein wenig.

»Machen Sie sich mal keine Sorgen«, erwiderte Mark Friedberg. »Ich habe hier ja auch ein Wörtchen mitzureden und notfalls wechseln Sie zu mir. Ich könnte eine zweite helfende Hand gut gebrauchen.«

Melissa freute sich über das unverhoffte Angebot. »Danke. Kann ich noch etwas für Sie tun?«

»In der Tat. Am Empfang wurde Post für mich abgegeben. Könnten Sie diese für mich holen? Ich muss gleich telefonieren. Legen Sie die Dokumente einfach auf meinen Schreibtisch.« Er zwinkerte ihr zu und verließ das Sekretariat.

Melissa ließ die Aktenstapel auf dem Tisch liegen und machte sich auf den Weg zum Empfang. Um die Akten würde sie sich anschließend kümmern. Heute ging sowieso keine Post mehr raus.

Als sie am Empfang ankam, konnte sie Vanessa nicht entdecken. Hinter dem Tresen saß Daniel Kreutzer.

»Haben Sie Vanessa gesehen?«

Kreutzer schüttelte den Kopf. »Nein, aber ich kann Ihnen bestimmt weiterhelfen.«

Noch bevor Melissa den Mund öffnete, hatte er bereits einen braunen Briefumschlag hervorgeholt. »Der ist gerade per Schnellkurier für Doktor Friedberg angekommen. Sie sollen ihn abholen, richtig?«

»Ja, stimmt«, entgegnete Melissa und nahm ihm den Umschlag ab. »Sie können wohl Gedanken lesen?«

»Manchmal«, erwiderte Kreutzer und grinste. »Ich habe gehört, oben in der Chefetage herrscht dicke Luft«, fügte er leise hinzu. »Ich hoffe, Sie kommen klar.«

Melissa verdrehte die Augen. Diese Kanzlei war die reinste Tratschbude. Da Dr. Schild in der achten Etage sein Büro hatte, wurde sie als Chefetage bezeichnet. Es war die Etage mit den größten Umsätzen, in der nur Anwälte für Immobilien- und Unternehmenstransaktionen saßen. Auf den anderen Etagen verteilten sich Anwälte, die auf andere Themengebiete wie Steuern, Arbeitsrecht oder öffentliches Recht spezialisiert waren.

»Ich habe Doktor Schild gestört entgegen seiner Bitte und er hat mir den Kopf gewaschen.« Sie zuckte mit den Schultern. »Das war alles. Ich habe Besserung gelobt und hoffe, die Sache hat sich erledigt.«

Daniel Kreutzer blickte sie mitleidig an. »Mich hat der Alte auch schon mal zusammengefaltet«, gestand er flüsternd. »Ich bin mit dem Rollstuhl aus Versehen über ein paar Papiere gefahren, die er auf dem Boden in seinem Büro ausgebreitet hatte.« Er stieß ein pfeifendes Geräusch aus und hob die Augenbrauen. »Für einen Moment dachte ich, er haut mir eine runter.«

Melissa lachte los. Daniel Kreutzer hatte seine Miene so verzogen, dass sie nicht an sich halten konnte.

»Wirklich? Da bin ich echt froh, dass ich nicht die Einzige bin, die mit dem Chef aneinandergeraten ist«, entgegnete sie verschwörerisch. »Ich sollte ihm in nächster Zeit wohl besser aus dem Weg gehen.«

Daniel Kreutzer kicherte. »Das wäre klug.« Seine Miene wurde ernst. »Auf jeden Fall sollten Sie es nicht zu sehr an sich herankommen lassen. Der Kerl verfügt nicht über einen Hauch von Empathie.«

»Danke für die Aufmunterung«, sagte Melissa und begab sich nach oben. Sie hatte die Zeit komplett vergessen. Jeden Moment würde Finn sie abholen. Sie spürte, wie ihr Herz plötzlich gegen die Rippen pochte. Der smarte Finn Altmann und sie. Irgendwie gefiel ihr diese Vorstellung. Sie brachte rasch den Umschlag in Mark Friedbergs Büro. Er saß an seinem Schreibtisch und starrte auf den Computerbildschirm, während eine Männerstimme aus dem Lautsprecher seines Telefons ertönte. Er nahm sie kaum wahr, griff aber nach dem Brief, als sie ihn ablegte. Melissa tapste auf Zehenspitzen hinaus und schloss leise die Tür hinter sich. Dann huschte sie in ihr Büro und wartete auf ihre Verabredung.

9

Der Duft von frischem Kaffee drang Laura in die Nase und riss sie aus ihrem Traum. Sie rekelte sich unter der Bettdecke und schlug die Augen auf.

»Guten Morgen.« Taylor lächelte sie an und hielt ihr eine dampfende Tasse hin. »Du hast schon geschlafen, als ich heute Nacht nach Hause kam, und ich dachte mir, als Entschädigung hast du einen Kaffee am Bett verdient.«

»Danke.« Laura setzte sich auf und nahm vorsichtig einen Schluck. Dann stellte sie die Tasse ab und schlang die Arme um Taylor. »Du bist ja ein echter Gentleman«, flüsterte sie ihm ins Ohr und zog ihn fest an sich.

»Ich hab dich vermisst«, murmelte Taylor und drückte sie zurück aufs Bett.

»Ich dich auch«, erwiderte Laura und musste unwillkürlich an die tote Frau im Wald und deren Ehemann denken. Auch sie hatte Taylor ganze vierundzwanzig

Stunden nicht gesehen oder gesprochen. Am Abend war sie viel zu müde ins Bett gekrochen und eingeschlafen, ohne ihn noch einmal anzurufen und ihm gute Nacht zu sagen.

Taylor schien ähnliche Gedanken zu hegen.

»Ich konnte mich gestern nicht melden, weil wir einen Verdächtigen observiert haben.« Er nahm ihre Hand und küsste sie. »Aber ich habe sehr oft an dich gedacht.«

Laura wollte etwas erwidern, doch der Wecker schrillte los.

»Tut mir leid, Taylor. Ich muss gleich los. Wir haben ein Team zusammengestellt, und ich muss die Leute briefen, damit wir zügig vorankommen. Wir haben es vermutlich mit einem Serienkiller zu tun.«

Taylor rollte sich mit einem Seufzer von ihr herunter. »Heute Nacht habe ich keinen Einsatz und dann holen wir das nach«, sagte er und strich ihr zärtlich vom Hals bis hinunter zum Bauchnabel. Als er über die schwieligen Narben unter ihrem Schlüsselbein fuhr, zuckte Laura unwillkürlich zusammen. Taylor kannte ihre Narben, und trotzdem wollte sie nicht, dass er sie berührte. Es weckte die Erinnerung an das Monster. Hastig richtete sie sich auf und drückte ihm einen Kuss auf den Mund.

»Ich rufe dich an, sobald mir ein wenig Luft bleibt.« Sie fügte nicht hinzu, dass sie sich nicht auseinanderleben sollten. Das würde Taylor bestimmt missverstehen. Laura streifte das Nachthemd ab und nahm einen Slip aus dem Schrank. Obwohl sie Taylor nicht sah, wusste sie, dass er sie betrachtete. Lächelnd warf sie ihm einen Luftkuss zu. Dann griff sie nach einer Bluse und einer Hose und zog sich an. Auf dem Weg zum Badezimmer blieb sie auf der Türschwelle stehen.

»Übrigens, ich habe in der Zeitung von dem Vorfall in eurem Revier gelesen. Eine Kollegin von euch wurde belästigt. Weißt du zufällig, wer sie ist?«

Taylor stöhnte und ließ sich zurück in die Kissen fallen. »Jetzt fang du nicht auch noch an mit dieser Tratschgeschichte. Das hat wirklich extrem hohe Wellen bei uns geschlagen, und stell dir vor, wir dürfen uns nicht dazu äußern. Ist absolute Chefsache.«

»Ach, komm schon«, bat Laura und machte ein paar Schritte auf das Bett zu. »Du hast doch keine Geheimnisse vor mir, oder?« Sie setzte sich auf die Bettkante und beugte sich über ihn. »Sag es mir. Wir warten alle darauf, dass Althaus gefeuert wird.«

Taylor kicherte und schob sie mit sanftem Druck von sich. »Ich habe ab und an mit ihr zu tun gehabt. Aber ich verrate dir, dass sie nicht mehr bei uns tätig ist.«

»Was? Dann lügt die Presse und es ist überhaupt keine Polizistin?«

»Sie war bei uns, hat jedoch gekündigt und anschließend die Presse über die angeblich unhaltbaren Zustände informiert.«

»Sie soll im Fahrstuhl bedrängt worden sein.«

Taylor verzog die Lippen. »Glaubst du das ernsthaft? Ich habe es jedenfalls nicht mitbekommen.«

»Verrätst du mir ihren Namen? Sie arbeitet doch gar nicht mehr bei euch.«

Taylor hob resigniert die Schultern. »Also gut, aber du erzählst es nicht weiter. Sie heißt Annika Lippke.«

Laura kramte in ihrem Gedächtnis, hatte jedoch noch nie von dieser Frau gehört.

»Kenne ich nicht«, sagte sie, sprang auf und beeilte sich.

Knapp fünfundzwanzig Minuten später hastete sie in den Besprechungsraum, in dem sich bereits etliche Kollegen versammelt hatten. Max und Joachim Beckstein standen vor dem Whiteboard und nickten ihr freundlich zu, als sie den Raum betrat. Martina Flemming, die ein unscheinbares graues T-Shirt trug, hatte in der vordersten Reihe Platz genommen. Neben ihr blätterte Peter Meyer in seinen Unterlagen. Simon Fischer, der IT-Experte, der vor seiner Zeit beim Landeskriminalamt dem Chaos-Computerclub angehört hatte, grinste Laura an. Dennis Struck hinter ihm hielt die Augen halb geschlossen und wirkte, als ob er noch schliefe. Die Rechtsmedizinerin Luise Körner, die Laura am Abend zuvor zum Meeting hinzugebeten hatte, blickte hingegen hellwach in die Runde.

»Guten Morgen«, eröffnete Joachim Beckstein das Meeting, als Laura es zu ihm nach vorn geschafft hatte. »Wie Laura Kern Ihnen bereits mitgeteilt hat, bilden wir für die aktuellen Ermittlungen drei Teams. Peter Meyer führt Team eins an und übernimmt die Zeugenbefragungen und die Umfeldanalyse, Martina Flemming und ihre Leute aus Team zwei kümmern sich um die

Recherche und Simon Fischer bildet mit zwei weiteren IT-Experten Team drei. Laura Kern und Max Hartung führen unsere Sondereinheit hoffentlich schnell zu Erfolgen. Mich erreichte heute Morgen ein besorgter Anruf aus der Senatsverwaltung für Inneres. Die Presse hat von der toten Frau im Wald Wind bekommen und ihre Antennen bereits weit ausgefahren. Sehen Sie also zu, dass uns kein Journalist überholt oder ausbremst. Halten Sie sich bedeckt und erteilen Sie keinerlei Auskünfte, sondern melden Sie sich umgehend bei mir. Insbesondere möchte ich nicht in der Zeitung lesen, dass da draußen ein Serienkiller in den Wäldern vor der Stadt herumläuft.« Beckstein blickte streng in die Runde und übergab das Wort an Laura.

»Bevor wir anfangen, möchte ich noch einmal die Auffindesituation des Opfers zeigen und insbesondere die Schiefertafel mit dem Zitat aus Goethes Faust, die um den Hals der Toten hing.« Laura schaltete den Beamer ein und zeigte die verstörenden Aufnahmen.

»Sünd und Schande bleibt nicht verborgen«, las Laura vor. »Wir vermuten, dass der oder die Täter sich damit auf die Kleidung des Opfers beziehen wollte. Und wir befürchten, dass es nicht bei diesem einen Opfer bleiben wird.« Sie klickte weiter, bis das Foto von der Rückseite der Schiefertafel zu sehen war, und deutete auf die kleine Ziffer am unteren Rand der Tafel.

»Wir müssen herausfinden, woher die Schiefertafel und die Kreide stammen. Vielleicht handelt es sich um eine spezielle Ausführung, von der es keine Hunderte Exemplare im Handel gibt.« Laura machte eine kurze

Pause und blickte zu der Rechtsmedizinerin Luise Körner, bevor sie weitersprach.

»Vielleicht könnte uns Frau Körner zunächst die Ergebnisse der Obduktion schildern, die gestern durchgeführt wurde.«

Die Rechtsmedizinerin nickte und schlug den Hefter auf, der auf ihrem Schoß lag.

»Katharina Waidhofer, neunundzwanzig Jahre alt, verheiratet, keine Kinder und wohnhaft in Berlin Mitte, wurde erdrosselt. Eine Beschreibung des verwendeten Seils liefere ich im finalen Bericht. Ich kann derzeit mit Sicherheit sagen, dass die Schnur an der Schiefertafel nicht als Tatwerkzeug infrage kommt. Wir haben kaum Abwehrspuren an ihren Händen und Armen gefunden, sodass wir davon ausgehen, dass der Tod innerhalb weniger Minuten eintrat und sie vorher nicht misshandelt wurde. Des Weiteren fanden sich an Armen und Beinen diverse oberflächliche Kratzspuren, die sie sich höchstwahrscheinlich zugezogen hat, als sie durch den Kiefernwald rannte. Es handelt sich bei dem Opfer vorbehaltlich der Ergebnisse der Blutuntersuchung um eine völlig gesunde junge Frau ohne jegliche Erkrankungen.«

Die Rechtsmedizinerin machte eine bedeutungsvolle Pause, bevor sie hinzufügte: »Neben dem Todeszeitpunkt, den wir auf zwölf bis fünfzehn Uhr am Tag vor dem Auffinden des Leichnams schätzen, haben wir einen weiteren wichtigen Fund gemacht. In der Vagina des Opfers befand sich Sperma, wobei wir leider keinen

Treffer für die gefundene DNS in der Datenbank hatten.«

Abermals hielt Luise Körner inne und blätterte in ihren Unterlagen. »Eine Vergewaltigung können wir ausschließen, da es keine hinreichenden Verletzungen gibt. Ach so, noch eines: Aufgrund der sommerlichen Temperaturen ist der Verwesungszustand des Opfers recht weit fortgeschritten. Dasselbe gilt für den Spermafund. Wir können nicht sagen, zu welchem Zeitpunkt sie Geschlechtsverkehr hatte. Es könnte auch durchaus bereits am Abend vor ihrem Tod dazu gekommen sein.«

Laura meldete sich zu Wort. »Das heißt, sie könnte aber genauso gut kurz vor ihrem Tod Sex gehabt haben?«

Die Rechtsmedizinerin nickte. »Es lässt sich leider zeitlich nicht besser eingrenzen. Er könnte unmittelbar vor ihrem Tod oder auch vierundzwanzig Stunden früher stattgefunden haben.«

»Danke. Wir werden versuchen, eine DNS-Probe des Ehemannes zu bekommen.« Ihr Blick wanderte zu Dennis Struck. »Gibt es Erkenntnisse über die Zutrittskarte von Mirco Neudorf, die am Leichenfundort gefunden wurde?«

Durch Dennis Strucks massigen Körper ging ein Ruck. Er räusperte sich und riss die Augen auf. »Wir haben Fingerabdrücke sichergestellt. Sie stammen vom Opfer und von einer unbekannten Person, vermutlich einem Mann. In der Datenbank hatten wir allerdings keinen Treffer.«

Kein Treffer beim Sperma und keinen bei den Fingerabdrücken, stellte Laura fest.

»Haben Sie die Fingerabdrücke des Wagens mit denen auf der Karte abgeglichen?«, fragte sie.

»Noch nicht, aber in ein, spätestens zwei Stunden wissen wir mehr. Sollten die Abdrücke der unbekannten Person sich auch im Wageninneren befinden, dann stammen sie mit hoher Wahrscheinlichkeit vom Ehemann Mirco Neudorf. Da es seine Karte ist, wäre es nicht verwunderlich.«

Damit hatte Dennis Struck natürlich recht. Die Fingerabdrücke des Ehemanns brachten sie nicht wirklich weiter. Gleiches galt für das Sperma. Es würde nur beweisen, dass die Eheleute miteinander verkehrt hatten, mehr nicht.

Laura bedankte sich bei Dennis Struck und übergab das Wort an Peter Meyer.

»Wir haben inzwischen das Alibi von Mirco Neudorf überprüft«, berichtete dieser. »Sein Kollege hat bestätigt, bis nachts um zwei mit ihm im Büro gewesen zu sein.«

»Und was ist mit dem Rest des Tages?«, fragte Max. »Was hat er zwischen zwölf und fünfzehn Uhr gemacht, als seine Frau ermordet wurde?«

»Er hat angegeben, dass er in der Mittagspause spazieren war. Er konnte keine Zeugen benennen.«

Laura blickte zu Martina Flemming. »Konnten Sie schon herausfinden, ob ein weiterer Wagen auf Mirco Neudorf zugelassen ist?« Sie schaute hinüber zu Dennis Struck. »Oder gibt es Erkenntnisse, dass die beiden sogar gemeinsam in das Waldstück gefahren sind?«

Martina Flemming antwortete zuerst.

»Das Ehepaar besitzt nur ein Fahrzeug. Ich bin noch dabei, Taxifahrten zu überprüfen. Mit öffentlichen Verkehrsmitteln ist es so gut wie unmöglich, in vertretbarer Zeit von Berlin Mitte bis in das Waldgebiet bei Frohnau zu gelangen. Das würde jede Mittagspause sprengen.«

»Wir haben Spuren von Mirco Neudorf im Auto gefunden. Fingerabdrücke, Haare und Hautpartikel sowohl auf dem Fahrersitz als auch auf der Beifahrerseite und auf der Rücksitzbank. Leider können wir keine Aussage zum Zeitpunkt treffen. Aber es wäre möglich, dass Katharina Waidhofer zuletzt mit ihrem Ehemann unterwegs war.«

»Wir müssen das unbedingt herausfinden.« Laura wandte sich an Simon. »Könntest du nach Kameras in der Umgebung Ausschau halten? Vielleicht wurde der Wagen gefilmt und wir können feststellen, wer darin saß.«

Der IT-Experte grinste. »Wird gemacht.«

»Der Ehemann hat übrigens angegeben, dass er am Morgen vor dem Mord Streit mit seiner Frau hatte. Herr Meyer, könnten Sie und Ihr Team sich auf die Befragung der Nachbarn konzentrieren? Vielleicht hat ja doch jemand etwas mitbekommen oder das Opfer an dem Tag wegfahren sehen. Das Rechercheteam soll weiter alles über Katharina Waidhofer und ihren Ehemann herausfinden. Insbesondere die Daten des Mobilfunkanbieters sind von Interesse. Wir müssen wissen, wo Waidhofers Handy zum letzten Mal eingeloggt war. Max und

ich werden mit ihren Eltern und engen Bekannten spre-
chen. Simon Fischer und sein Team sollen einen Blick
auf ihren Laptop werfen.« Laura nahm das Nicken ihrer
Kollegen wahr. »Gibt es noch Fragen oder Hinweise?«
Als niemand reagierte, sagte sie: »Dann los, an die
Arbeit. Lassen Sie uns den Täter schnappen.«

* * *

»Es tut uns wirklich sehr leid«, murmelte Max, während
Laura unruhig auf dem harten Küchenstuhl hin und her
rutschte. Die Eltern von Katharina Waidhofer lebten in
einer eher bescheidenen Drei-Zimmer-Wohnung im
Osten Berlins und hatten sie in ihre Küche gebeten.
Natürlich hatte niemand von ihnen den frisch aufge-
brühten Kaffee auch nur angerührt. Laura sah sich zwei
Menschen gegenüber, die an einem Tag alles verloren
hatten, was ihnen lieb war. Katharina Waidhofer war ihr
einziges Kind, und Mirco Neudorf hatte nicht einmal
den Anstand besessen, sie zu kontaktieren. Katharina
Waidhofers Eltern saßen völlig geschockt und verstört
vor ihnen. Sie hatten vermutlich mit allem gerechnet,
jedoch nicht mit zwei Beamten vom LKA, die ihnen die
Nachricht vom Tod ihres Kindes überbrachten.

»Hatte Ihre Tochter in letzter Zeit Probleme oder
Streit? Gab es jemanden, der ihr schaden wollte?«

Die Mutter schüttelte den Kopf, der Vater kniff die
Lippen zusammen.

»Sie war unser liebes Mädchen«, brachte Frau
Waidhofer schließlich heraus. »Wir wollten

demnächst Manfreds Geburtstag feiern. Was machen wir denn jetzt bloß?« Sie sah Laura Hilfe suchend an. »Was für einen Sinn hat unser Leben noch ohne unser Kind?«

»Wir schicken jemanden zu Ihnen, der Sie in dieser schrecklichen Situation unterstützen wird.« Max versuchte, zuversichtlich zu klingen, doch seine Stimme vibrierte ein wenig. »Falls Ihnen etwas einfällt, was uns hilft, den Mörder zu fassen, scheuen Sie sich nicht, uns anzurufen.«

Katharina Waidhofers Mutter nickte mechanisch. Der Vater saß da wie eingefroren. Laura und Max erhoben sich. Es hatte keinen Sinn, weiter auf diese geschockten Menschen einzureden oder Antworten von ihnen zu erwarten. Sie brauchten Zeit, um die schrecklichen Geschehnisse zu verarbeiten. Sie würden ein paar Tage abwarten und anschließend noch einmal das Gespräch mit ihnen suchen. Womöglich konnten sie dann mehr zur Ehe ihrer Tochter sagen. Max drückte der Mutter seine Visitenkarte in die Hand und sie verabschiedeten sich.

Als sie endlich wieder im Freien standen, atmete Laura tief durch.

»Das war echt fürchterlich. Die beiden tun mir unheimlich leid«, sagte sie und nahm auf der Beifahrerseite des Dienstwagens Platz.

Max tippte die Adresse von Katharina Waidhofers Arbeitgeber ins Navigationssystem ein und fuhr los.

»Mirco Neudorf verhält sich ziemlich auffällig«, brummte er und bog auf eine Hauptstraße ab. »Ich fasse es nicht, dass er die Eltern nicht über den Tod ihrer Tochter informiert hat.«

»Mit dem Kerl stimmt jedenfalls etwas nicht. Ich habe ehrlich gesagt noch nie jemanden erlebt, der derartig unterkühlt auf den Tod seiner Ehefrau reagiert hat. Und jetzt, wo sein Anwalt ihm einen Maulkorb verpasst hat, werden wir von ihm vermutlich gar nichts mehr erfahren«, schimpfte Laura. »Trotzdem sollten wir seinen Anwalt auf die DNS-Probe ansprechen. Immerhin haben wir das Fahrzeug von Neudorf und seine Zutrittskarte vom Büro am Fundort der Leiche sichergestellt. Das könnte für einen richterlichen Beschluss genügen. Neudorfs Anwalt wird das wissen und vielleicht kooperieren.«

»Ja, das sollten wir tun«, stimmte Max zu und folgte einem Straßenschild Richtung Tegel.

Die Projektentwicklungsgesellschaft, für die Katharina Waidhofer tätig gewesen war, befand sich im Norden von Berlin, genauer gesagt in der Nähe des alten Flughafens und damit gar nicht so weit entfernt von dem Wäldchen, wo die Tote aufgefunden wurde.

Kurze Zeit später parkten sie vor einem gläsernen Bürogebäude, auf dem in roten Buchstaben der Name des Unternehmens *Terra Worldwide* angebracht war. Laura machte sich darauf gefasst, die Nachricht von Katharina Waidhofers Tod überbringen zu müssen. Sie kramte das Notizbuch aus der Handtasche und schlug die Seite auf, wo sie den Namen von Waidhofers Assistentin notiert hatte. Sie stieg aus und lief neben Max her, der die Tür aufhielt. Hinter einer Glasscheibe saß eine

Frau mit Brille und hochgesteckten Haaren. Sie blickte sie erwartungsvoll an.

»Was kann ich für Sie tun?«, fragte sie und lächelte.

»Wir möchten gerne mit Johanna Vogt sprechen«, erklärte Laura.

Die Empfangsdame griff zum Telefon und kündigte sie an.

»Bitte gehen Sie den Flur entlang zum Büro Nummer sechzehn. Frau Vogt erwartet Sie dort.«

Am Ende des Flurs nahm sie eine Frau mit blondierten Haaren im Hosenanzug in Empfang.

»Guten Tag, ich bin Johanna Vogt. Sie wollten mich sprechen?«

»Wir haben ein paar Fragen zu Katharina Waidhofer. Können wir irgendwo ungestört reden?«, fragte Laura, während Max seinen Dienstausweis vorzeigte.

Johanna Vogt führte sie in einen Besprechungsraum. Sie setzten sich an einen auf Hochglanz polierten Tisch, auf dem Gläser und Fläschchen mit Wasser oder Apfelsaft standen.

»Bedienen Sie sich gern«, sagte Johanna Vogt und biss sich auf die Unterlippe. »Ich weiß, weswegen Sie hier sind ... Ich ...« Weiter kam sie nicht, da ihr die Stimme versagte und ihr Tränen über die Wangen liefen. Sie wischte sie hastig mit dem Handrücken weg.

»Katharinas Mutter hat mir gerade Bescheid gegeben«, erklärte sie. »Sie hat gesagt, Katharina wurde ermordet.« In jedem ihrer Worte lag Ungläubigkeit.

Johanna Vogt blickte abwechselnd Max und Laura

an, als erwartete sie, dass es sich um ein Missverständnis handelte.

»Es tut uns sehr leid«, nuschelte Max. »Wir haben gehört, dass Sie sich nahestanden.«

Die Assistentin schlug die Hände vors Gesicht und schluchzte. Minutenlang brachte sie kein Wort heraus. Laura und Max warteten geduldig ab, bis sie sich einigermaßen beruhigt hatte. Max hielt der Assistentin ein Papiertaschentuch hin.

»Es wäre sehr wichtig, wenn Sie uns ein paar Fragen beantworten könnten«, sagte er sanft.

»Ich habe mich schon gewundert, warum ich so lange nichts von ihr gehört habe. Aber ich dachte, sie arbeitet von zu Hause aus. Das macht sie manchmal, insbesondere seit der verrückte Wernicke hier aufgetaucht ist und ihre Tür demoliert hat.«

»Wernicke? Ist das jemand aus der Erbengemeinschaft, die ein Grundstück für eine Hotelanlage verkaufen wollte?«, fragte Laura.

»Ja, aber einen Tag vor der notariellen Beurkundung haben sie mehr Geld verlangt und jetzt liegt der Deal auf Eis. Gerhard Wernicke ist abends hier hereinmarschiert und hat rumgeschrien. Angeblich hätten wir ihn hereingelegt, weil es eine Exklusivitätsvereinbarung gab, die ihn daran hindert, das Grundstück an einen höher bietenden Investor zu verkaufen. Dabei ist so eine Klausel absolut üblich. Katharina und ich waren allein hier und wir konnten die Security nicht erreichen. Wir haben uns in Katharinas Büro verbarrikadiert. Wernicke hat sich gegen die Tür geworfen und dagegen getreten.

Ich kann es Ihnen zeigen. Irgendwann ist er wieder abgehauen. Seitdem fühlen wir uns hier jedenfalls nicht mehr sicher, wenn sonst niemand im Büro ist.«

»Wann haben Sie Katharina Waidhofer denn zuletzt gesehen?«

»Das war vorgestern. Sie wollte eine längere Mittagspause machen. Gestern war ich nicht im Büro. Mir ging es nicht so gut, weil ich mir den Magen verdorben hatte. Und heute habe ich mich gewundert, wo sie steckt. Ich wollte sie gerade anrufen, als sich Katharinas Mutter bei mir meldete. Den Rest kennen Sie.«

»Verstehe«, erwiderte Max. »Wissen Sie, was Katharina Waidhofer in der Pause vorhatte?«

»Keine Ahnung. In letzter Zeit hat sie ein ziemliches Geheimnis daraus gemacht. Sie ist einmal in der Woche länger in der Mittagspause geblieben. Und seit dem Vorfall ist sie auch abends öfter mal früher weg.«

»Könnte sie sich mit ihrem Mann getroffen haben?«

Johanna Vogts Blick sagte alles. »Garantiert nicht. Die hatten sich doch nur noch in den Haaren. Es passte einfach vom Alter her nicht. Er ist über vierzig und will unbedingt die klassische Nummer fahren. Sie wissen schon, nach der Hochzeit kommen die Kinder und dann bleibt die brave Ehefrau am besten zu Hause. Katharina hat ... ich meine ... sie hatte völlig andere Vorstellungen von ihrem Leben. Sie ist ja auch erst neunundzwanzig. Wer denkt da schon ans Kinderkriegen? Aber Mirco hat sie immer wieder bedrängt. Er wollte sogar, dass sie sich einen Tag freinimmt, damit sie das Thema in Ruhe besprechen können.« Die Assistentin tippte sich an die

Stirn. »Was gibt es da schon zu reden? Sie wollte noch nicht und basta!«

»Die beiden hatten demnach bereits länger Streit?«, fragte Laura nach.

»Das kann ich Ihnen schriftlich geben«, bestätigte Johanna Vogt. »Sie können sich gar nicht vorstellen, wie oft sich Katharina deswegen bei mir ausgeheult hat.« Sie schlug sich abrupt die Hand vor den Mund und sah Laura mit aufgerissenen Augen an. »Sie glauben, er hat sie getötet? Weil sie keine Familie gründen wollte?«

»Trauen Sie ihm solch eine Tat denn zu?«

Johanna Vogt wurde kreidebleich im Gesicht. Sie zögerte mit einer Antwort. Schließlich zuckte sie mit den Schultern. »Mirco kann schon sehr aufbrausend sein. Ich hatte ihn ein paarmal am Telefon, weil er Katharina nicht erreichen konnte. Aber ob er so weit gehen würde? Ich weiß nicht.«

Max schaltete sich ein. »Gab es handgreifliche Auseinandersetzungen zwischen den beiden?«

»Eigentlich nicht. Nein. Er hat sie nicht geschlagen, wenn Sie das meinen. Aber verbal kann er ziemlich verletzend sein. Mirco Neudorf ist ein sehr dominanter Mensch.«

Laura überflog ihre Notizen, wobei sie mit dem Stift die Zeilen entlangfuhr.

»Kommen wir noch einmal kurz zurück zu dieser Erbengemeinschaft. Sie erwähnten, dass ein gewisser Gerhard Wernicke Sie und Katharina Waidhofer bedroht hätte. Haben Sie das zur Anzeige gebracht?«

Johanna Vogt schüttelte den Kopf. »Nein. Katharina

wollte das nicht. Sie wollte das Grundstück unbedingt für unsere Firma erwerben und den Verkäufer keinesfalls noch weiter verärgern. Kommen Sie, ich zeige Ihnen die beschädigte Tür.« Die Assistentin erhob sich und ging mit kleinen schnellen Schritten voraus. Sie liefen an drei Büros vorbei, dann blieb sie stehen und deutete auf die nächste Tür. Im unteren Bereich war der weiße Lack abgeplatzt.

»Er hat mit seinen Stiefeln dagegen getreten. Die Tür hat sich sogar ein wenig verbogen.« Johanna Vogt zeigte auf einen schmalen Spalt.

»Können Sie uns bitte die Kontaktdaten von Gerhard Wernicke geben? Wir müssen mit ihm sprechen.«

»Das mache ich. Diesem Kerl würde ich übrigens alles zutrauen, auch, dass er Katharina etwas angetan hat. Stellen Sie sich mal vor, er wollte dreißig Prozent mehr haben, als ursprünglich vereinbart war. Er besitzt über die Hälfte der Anteile der Erbengemeinschaft. Der Kerl hält sich für unantastbar. Und er glaubt, wir würden ihm jeden Preis zahlen.«

»Was passiert denn nun mit dem Vorhaben?«, fragte Max.

»Das muss der Chef entscheiden. Entweder er selbst übernimmt die Verhandlungen oder jemand anders aus dem Team springt ein. Da es eine große Projektentwicklung ist, werden sich die Kollegen darum reißen.«

»Können Sie uns weitere Personen benennen, mit denen Katharina Waidhofer Streit hatte?«

Johanna Vogt schüttelte sofort den Kopf. »Katharina

war sehr beliebt. Ich kenne niemanden, der ihr Böses wollte.«

Laura bat die Assistentin, sich bei ihr zu melden, falls ihr noch etwas einfiel. Sie verabschiedeten sich und verließen das Bürogebäude. Als sie wieder im Dienstwagen saßen, klingelte Lauras Handy. Im Display erkannte sie den Namen Simon Fischer. Sie hob ab.

»Wo steckst du?«, fragte Simon.

»Wir sind in einer halben Stunde zurück im LKA. Hast du was Neues für uns?«

»Und ob«, entgegnete Simon und Laura konnte sein breites Grinsen durch die Leitung erahnen. »Ob du es glaubst oder nicht. Ich habe eine Kamera ausfindig gemacht, die das Opfer bei der Einfahrt in das Waldgebiet gefilmt hat. Ist nur eine kleine Tankstelle, allerdings mit einer sehr guten technischen Ausstattung.«

»Saß sie alleine im Auto?«, unterbrach Laura ihn aufgeregt.

»Ja«, antwortete er zu ihrer Enttäuschung. »Aber ich habe noch etwas entdeckt. Da bleibt dir die Spucke weg.«

Laura hielt gespannt die Luft an.

»Sie wurde verfolgt, und sobald du hier bist, zeige ich dir, von wem.«

10

F inn Altmann hatte seine Pläne mit Melissa kurzerhand geändert. Statt mit ihr auf ein Bier in die nächste Kneipe zu gehen, hatte er sie zum Essen eingeladen. Das italienische Restaurant verfügte über eine kleine atmosphärische Terrasse, auf der sie etwas abgeschirmt von den übrigen Gästen in einer ruhigen Ecke saßen.

»Du bist also ein Naturfreund?«, fragte Melissa und spürte ein aufregendes Prickeln unter der Haut.

Finn musterte sie lächelnd. »Ich finde, es geht nichts über einen Waldspaziergang. Die Bäume, das Rauschen und der Duft. Ich liebe es, draußen zu sein. Und was ist mit dir? Würdest du mich begleiten, wenn ich dich auf einen Wandertrip einlade?«

»Gerne. Ich mag die Natur auch total. Alles ist so viel ruhiger, weniger hektisch, und jedes Mal spüre ich diese Verbundenheit. Der Mensch ist vermutlich nicht für

Städte geschaffen. Auf Dauer bedeutet das zu viel Stress.«

»Dann willst du Berlin irgendwann den Rücken kehren?« Finn nippte an seinem Rotwein.

»Ich weiß nicht. Vielleicht. Andererseits gefällt mir Berlin sehr gut. Außerdem ist es rundherum ziemlich grün, egal welche Richtung man einschlägt.«

»Das stimmt.« Finn blickte ihr lange in die Augen. »Ich bin froh, dass du bei uns in der Kanzlei angefangen hast.«

»Ich auch«, hauchte Melissa lächelnd.

»Ich habe gehört, du willst nur ein paar Monate bleiben, weil du dir eine Auszeit vom Studium nimmst.« Er verzog die Lippen, als würde er diese Entscheidung bedauern.

»Auch das weiß ich noch nicht«, gestand Melissa und rieb sich nervös den Nacken. »Ich finde das Jurastudium ehrlicherweise nicht sonderlich spannend.«

Finn lachte laut auf. Eine Frau, die an einem Tisch ein wenig entfernt mit ihrer Familie aß, drehte sich zu ihnen um.

»Ich denke, niemand auf der ganzen Welt findet das Büffeln von Paragrafen spannend«, erklärte er. »Aber ich verspreche dir, das wird es danach, nach der Uni. Echte Fälle zu haben und Mandanten in schwierigen Situationen zu beraten, macht mir richtig Spaß. Im Studium habe ich tatsächlich auch mehr als einmal mit dem Gedanken gespielt, es hinzuwerfen.«

»Wirklich?« Melissa machte große Augen. Sie konnte sich überhaupt nicht vorstellen, dass Finn jemals in seinem Leben an seine Grenzen gestoßen war. Er schien selbstsicher und entspannt trotz eines harten Arbeitstages, den er hinter sich hatte.

»Wie meine Mutter immer zu sagen pflegte: Es ist noch kein Meister vom Himmel gefallen und aller Anfang ist schwer.« Er beugte sich ein wenig zu ihr hinüber. »Du solltest nicht aufgeben. Schließlich kennst du jetzt eine Menge Anwälte, die dir helfen können.«

Melissa schwieg. Das Thema war ihr unangenehm. Sie wollte lieber direkt Geld verdienen, doch instinktiv sprach sie ihre Wünsche nicht aus. Finn würde es wahrscheinlich nicht verstehen. Melissa war keine Karrierefrau. Sie brauchte das Geld bereits jetzt und nicht irgendwann den Anwaltsberuf mit dem Nervenkitzel eines aufregenden Mandates. Sie musste nicht immer größere Aufträge mit bekannten Namen an Land ziehen, weil ihr das nichts geben würde. Finn schien das allerdings anders zu sehen.

»Zurzeit arbeite ich an einer wirklich spannenden Sache«, berichtete er und zählte ihr einige Fakten zu einer Immobilientransaktion auf, bei der es darum ging, mehrere ausländische Firmen zu gründen, um die Kosten für den Immobilienerwerb möglichst gering zu halten. Melissa hatte davon gehört. Es brauchte eine Menge juristisches Fachwissen, wovon sie nicht sonderlich viel zu bieten hatte.

»Wir wollten zunächst einen Asset-Deal konstruieren, aber dann wäre die Förderung vom Land weggefallen, also mussten wir einen Share-Deal basteln und dafür eine ausländische Firmenstruktur gründen.« Finn rieb sich die Stirn, und in diesem Augenblick schien es Melissa so, als nähme er sie gar nicht mehr wahr. Es vergingen einige Minuten, in denen er ununterbrochen von seiner Arbeit sprach. Plötzlich sah er sie wieder an.

»Ich langweile dich«, stellte er fest und ergriff ihre Hand. »Das tut mir leid. Es ist unser erstes Treffen und das solltest du in guter Erinnerung behalten. Wie wäre es mit einem Spaziergang oder möchtest du einen Nachtisch?«

Melissa schüttelte den Kopf, beeindruckt von seinem Einfühlungsvermögen. »Nein. Lass uns gehen«, erwiderte sie lächelnd und wartete, bis er ein paar Geldscheine auf den Tisch gelegt hatte.

»Ich kenne da einen sehr schönen Ort zum Spazierengehen. Er liegt ein wenig außerhalb, aber es lohnt sich. Wir nehmen meinen Wagen. Es wird dir bestimmt gefallen.«

11

Simon Fischer fuhr sich durch das dünne schwarze Haar und blinzelte Laura etwas enttäuscht an.

»Ihr habt eine Ewigkeit gebraucht«, beschwerte er sich und leerte ein Glas, in dem sich eine bläuliche Flüssigkeit befand, vermutlich ein Energydrink. »Seid ihr denn kein bisschen neugierig?«

Laura zuckte mit den Schultern. »Max ist so schnell gefahren, wie es ging. Allerdings kamen wir nur im Schneckentempo voran, weil auf den Straßen die Hölle los ist.«

Simon deutete auf seine Armbanduhr. »Euretwegen werde ich heute Abend meine Lieblingsserie verpassen.«

»Ich mache es wieder gut«, sagte Laura, setzte sich neben ihn und lächelte ihn an.

Simon grinste zurück und schob seine Brille die schmale Nase hinauf. »Okay«, erwiderte er und hob eine Augenbraue. »Dann lass dir mal was einfallen.« Er rollte die Augen und fixierte sie schließlich mit seinem Blick.

»Eins sag ich dir vorher noch: Ich bin ziemlich anspruchsvoll.«

»Ich weiß.« Laura lachte und legte ihm den Arm um die Schulter. »Ich verspreche dir, dass es höchstwahrscheinlich kein Außeneinsatz sein wird.«

Simon machte eine gespielt ernste Miene. »Das will ich hoffen. Dafür bin ich nicht geschaffen.«

Er schob Max einen Stuhl hin. »Setz dich, die Vorstellung beginnt sofort.« Simon klimperte kurz auf seiner Tastatur herum und startete ein Video, das die Straße zeigte, die ins Naturschutzgebiet führte.

»Auf der anderen Seite befindet sich ein Kiosk«, erklärte er. »Aber da hätten wir den Wagen des Opfers nur von hinten erwischt. Die Aufnahmen habe ich trotzdem gesichert. Man weiß ja nie.«

Laura sah auf die Uhrzeit und das Datum, die rechts oben im Bildschirm eingeblendet waren. Kurz nach zwölf. Die Straße war gähnend leer. Der Asphalt flimmerte in der Mittagshitze. Um zwölf Uhr siebzehn kam Bewegung ins Bild. Ein Coupé sauste heran und fuhr so schnell wieder aus dem Bild, dass Laura das Gesicht hinter dem Steuer nicht erfassen konnte.

»Kannst du mal kurz zurückspulen?«

Simon stoppte das Video an einer Stelle, wo Katharina Waidhofer deutlich zu erkennen war. Der Platz neben ihr war leer. Die Sicht auf die Rücksitzbank wurde durch die Kopfstütze verdeckt.

»Könnte hinten jemand sitzen?«, fragte Laura.

»Ich habe es vergrößert. Nur das Opfer sitzt im

Wagen«, sagte Simon und ließ die Aufnahme weiterlaufen.

Ein roter Mini brauste etwa dreißig Sekunden später hinter dem Coupé her. Von der anderen Seite näherte sich ein Lieferwagen. Die nächsten drei Minuten passierte nichts mehr. Simon spulte wieder zurück und zoomte den Mini heran.

»An dem Tag war wirklich nicht viel los auf der Strecke. Ich habe mit der Prüfung des Videos eine halbe Stunde vor dem Auftauchen des Opfers begonnen. Es kamen genau drei andere Wagen vorbei. Die Kennzeichen habe ich hier notiert, auch wenn sie vermutlich irrelevant sind.« Simon drückte Laura den Notizzettel in die Hand. »Interessant wird es jetzt.« Er tippte auf den Mini und vergrößerte den Mann hinter dem Steuer. »Der Wagen ist auf einen gewissen Torsten Lübke zugelassen. Ich habe ihn gegoogelt. Der Typ ist Bauunternehmer. Er hat eine kleine Firma, die hauptsächlich Straßen und Brücken baut. Nun ratet mal, welches Unternehmen auf der Website unter anderem als Partner angegeben ist?«

Max nannte die Fondsgesellschaft, für die Mirco Neudorf tätig war, doch Simon schüttelte den Kopf.

»Es ist Terra Worldwide, die Projektentwicklungsgesellschaft, für die das Opfer gearbeitet hat. Ist das nicht ein komischer Zufall?«

Laura kräuselte nachdenklich die Stirn. »Von diesem Mann hat uns Katharina Waidhofers Assistentin nichts erzählt. Nach deren Aussage hatte sie Streit mit einem gewissen Gerhard Wernicke. Kannst du herausfinden, ob es zwischen diesen beiden Männern eine Verbindung gibt?«

Simon nickte knapp und tippte die beiden Namen in seinen Computer ein. Ein Algorithmus begann das Netz zu durchforsten. Auf dem Bildschirm erschienen Textzeilen und Fotos, die auftauchten und wieder verschwanden. Am Ende stieß Simon einen leisen Seufzer aus.

»Ich werde mir das morgen noch genauer anschauen, aber auf den ersten Blick sieht es nicht danach aus.«

»Danke«, murmelte Laura und nahm eine ausgedruckte Seite von Simons Schreibtisch, auf der Torsten Lübke abgebildet war.

»Ist der Mann vorbestraft?«, wollte Max wissen.

»Nein. Es gibt keinerlei polizeilich festgehaltene Delikte bis auf drei Punkte in Flensburg, die allerdings über ein Jahr alt sind.«

»Was ist mit den Kameraauswertungen von dem Kiosk?«, fragte Laura nachdenklich. »Darauf müssten wir ja sehen, wie Torsten Lübke den Rückweg antritt.«

Simons Augen funkelten. »Richtig. Das wollte ich gerade überprüfen. Aber ich bin noch nicht dazu gekommen. Es war mir wichtiger, euch gleich Bescheid zu geben.«

Simon klickte abermals auf der Tastatur herum und öffnete ein neues Video, auf dem die gegenüberliegende Straßenseite zu erkennen war. »Ich lasse es durchlaufen«, erklärte er. »In einer Minute sollte der Wagen des Opfers auftauchen und danach der Mini.«

Max und Laura starrten gebannt auf den Bildschirm. Wie vorhergesagt erschien das Coupé und kurz darauf sein Verfolger. Simon erhöhte die Abspielgeschwindigkeit, sodass sie das Video im Zeitraffer ansahen. Es vergingen dreißig Minuten, ohne dass der Mini wieder auftauchte. Simon füllte sein Glas auf und nippte daran. Sie sahen sich dreißig Minuten am Stück an. Die Wagen, die auf dem Video in der Zeit die Straße passierten, ignorierten sie. Simon beschleunigte die Abspielzeit ein weiteres Mal, doch auch nach dem Ablauf von drei Stunden tauchte kein Mini auf.

»Vermutlich hat er einen anderen Rückweg genommen«, murmelte Laura und öffnete die Satellitenkarte auf ihrem Smartphone. »Es führen drei Straßen in das Waldgebiet. Könntest du versuchen, den Mini ausfindig zu machen? An den anderen Straßen gibt es vielleicht auch Kameras. Wenn wir wüssten, dass dieser Kerl genug Zeit hatte, um Katharina Waidhofer zu erwürgen, wären wir einen großen Schritt weiter.«

»Ich kümmere mich darum«, versprach Simon.

»Danke. Wir machen gleich einen kleinen Abstecher zu Torsten Lübke. Mal sehen, was er uns zu erzählen hat. Vorher schauen wir noch kurz bei Martina Flemming vorbei.« Laura erhob sich und wartete an der Tür, bis Max ihr folgte.

Sie begaben sich in die fünfte Etage. Laura betrat mit Max das Großraumbüro, in dem Martina Flemming saß.

»Hallo, Frau Flemming. Könnten Sie mir einen Gefallen tun und die Fahrzeughalter dieser drei Kennzeichen heraussuchen? Wir müssten wissen, ob es eine

Verbindung zum Opfer oder zu ihrem Ehemann gibt.« Sie drückte Martina Flemming den Notizzettel von Simon Fischer in die Hand. »Und dann wäre da noch etwas. Finden Sie bitte alles über Torsten Lübke heraus. Er ist Bauunternehmer und scheint Katharina am Tag ihres Todes gefolgt zu sein.« Laura nannte ihr die Automarke und das Kennzeichen.

Martina Flemming nickte eifrig und notierte sich Lauras Angaben. »Genügt es, wenn ich mich gleich morgen früh dransetze?«, fragte die unscheinbare Frau und deutete auf den schwarzen Bildschirm auf ihrem Schreibtisch. Anscheinend hatte sie ihren Computer gerade heruntergefahren. Lauras Blick schnellte zur Uhr. Kurz nach sieben.

»Ja, natürlich. Machen Sie Feierabend. Wir statten Lübke trotzdem noch einen kurzen Besuch ab«, erwiderte Laura.

Sie sah Max an, dessen Ohren sich ein wenig ins Rötliche verfärbt hatten.

»Ich bin heute mit den Kindern dran«, brummte er. »Aber wenn wir uns beeilen, schaffe ich es noch rechtzeitig zurück. Es kann allerdings gut sein, dass wir Torsten Lübke in seiner Baufirma um diese Uhrzeit nicht mehr antreffen werden.«

Laura seufzte. Vermutlich hatte Max recht. Sie würden es dennoch versuchen.

»Ich wünsche einen schönen Feierabend«, sagte sie an Martina Flemming gewandt.

Bevor sie zu Lübke aufbrachen, überprüften Laura und Max ihre Nachrichten im eigenen Büro. Laura überflog eine E-Mail von Dennis Struck. Er teilte ihr mit, dass die Fingerabdrücke, die neben denen des Opfers auf der Zugangskarte von Mirco Neudorf gefunden wurden, mit den Abdrücken im Inneren des Wagens auf den Armaturen übereinstimmten. Damit stand fest, dass es sich um Mirco Neudorfs Fingerabdrücke handeln dürfte. Laura durchsuchte ihre Nachrichten noch einmal nach Neudorfs Anwalt. Er hatte sich wegen der Zustimmung zur Entnahme einer DNS-Probe bisher nicht zurückgemeldet. Wenn er bis morgen nicht zustimmte, würde sie Joachim Beckstein um einen richterlichen Beschluss bitten. Sie wollte wissen, ob das Sperma von Neudorf stammte oder nicht. Schließlich suchte sie sich die Adresse des Bauunternehmers heraus und schaltete den Computer aus.

Sie wartete, bis Max seine Sachen zusammengesucht hatte. Dann begaben sie sich auf den Weg zu Torsten Lübkes Firma, die ungefähr zwanzig Minuten entfernt lag. Max folgte stumm den Anweisungen des Navigationssystems, während Laura gedankenverloren aus dem Fenster in das abendliche Berlin schaute. Immer wieder kam ihr dabei der Ehemann des Opfers in den Sinn. Hatte er sich seiner Frau entledigt, weil sie andere Vorstellungen von ihrem Zusammenleben gehabt hatte? Oder gab es etwas, das bis jetzt unentdeckt geblieben war? Sie fuhren an einem liegen gebliebenen Fahrzeug vorbei, dessen Warnleuchten blinkten. Nach wie vor konnte sie sich nicht erklären, warum eine erfolgreiche Geschäftsfrau wie Katharina Waidhofer in der Kleidung einer Prostituierten aufgefunden worden war. Die ordentlich verstaute Wechselkleidung im Kofferraum sprach jedenfalls gegen die These, dass ihr Mörder sie in die Strapse gesteckt hatte. Zudem trug Katharina Waidhofer auf den Videoaufnahmen noch ihre Arbeitskleidung. Offenbar war sie auf den Parkplatz gefahren und hatte sich dort umgezogen. Die Strecke zur Holzhütte hatte sie vermutlich zu Fuß in Dessous und Strapsen zurückgelegt. Und was war dann passiert? Sie hatte die Decke in der Hütte ausgebreitet und gewartet? Auf wen? Torsten Lübke, der ihr womöglich gefolgt war? Oder hatte es doch ein Treffen mit ihrem Ehemann gegeben? Vielleicht sollte dem morgendlichen Streit eine Versöhnung folgen.

Laura versuchte, in sich hineinzuhorchen und ihre Gedanken zu ordnen, während sie sich Lübkes Adresse näherten. Aber es gelang ihr nicht, den roten Faden zu finden, auch nicht, als sie zehn Minuten später vor einem heruntergekommenen Gebäude hielten, an dem ein verschmutztes Firmenlogo den Sitz von Torstens Lübkes Bauunternehmung anzeigte. Sie parkten neben einem grauen Lieferwagen und stiegen aus.

Laura betrachtete das Gebäude. Es war noch ziemlich hell, sodass in den Fenstern kein Licht brannte. An der Eingangstür gab es keine Klingel. Sie betraten den muffigen Flur, in dem rechter Hand ein weiteres Schild auf Lübkes Firma hinwies. Laura drückte auf die Klingel darunter. Es dauerte kaum eine Minute, bis sie schlurfende Schritte hinter der Tür vernahm. Ein gerötetes Gesicht erschien im Türspalt.

»Kann ich Ihnen helfen?«, fragte Torsten Lübke und

öffnete die Tür. Der massige Mann trug eine schmutzige Arbeitshose und ein kariertes Hemd. Die oberen Knöpfe waren geöffnet, sodass sein dunkles Brusthaar daraus hervorquoll. Um seinen Hals blitzte eine goldene Kette auf.

»Mein Name ist Laura Kern und das ist mein Partner Max Hartung. Wir sind Ermittler beim Landeskriminalamt Berlin und haben ein paar Fragen an Sie.«

»An mich?« Lübke zog die Augenbrauen zusammen und musterte sie kritisch. »Sie sind aber nicht vom Finanzamt oder so?«

»Nein. Wir ermitteln in einem Mordfall.«

Lübkes Augen wanderten über Laura hinweg zu Max, als wolle er sich vergewissern, dass sie nur zu zweit hergekommen waren.

»Bitte schön«, sagte er und winkte sie hinein.

»Gehen Sie durch. Am Ende des Ganges befindet sich unser Besprechungsraum.« Der schwere Mann folgte ihnen. Laura konnte jeden seiner Schritte deutlich hinter sich vernehmen.

Sie nahmen am Besprechungstisch Platz. Laura schlug ihr Notizbuch auf. Torsten Lübke setzte sich ebenfalls, wobei er einen Stuhl zwischen ihnen frei ließ.

»Um was geht es denn?«, wollte er wissen und rieb sich den Nacken. »Ich wollte gerade Feierabend machen.«

»Ich verspreche Ihnen, dass es nicht lange dauert.« Trotz des Abstandes konnte Laura eine Alkoholfahne riechen. Offenbar hatte Lübke den Feierabend längst eingeleitet.

»Wann haben Sie Katharina Waidhofer zuletzt gesehen?«, fragte sie und zuckte überrascht zusammen, als Lübke mit der Faust auf die Tischplatte donnerte und sie wütend ansah.

»Also doch«, polterte er los. »Sie sind vom Finanzamt. Die blöde Kuh hat Sie mir auf den Hals gehetzt. Stimmt's?«

Lauras Handy klingelte. Sie sah Simon Fischers Nummer auf dem Display.

»Entschuldigung, da muss ich kurz rangehen.«

»Verdammt noch mal, was hat Ihnen die Waidhofer gesteckt?«, brüllte Lübke.

Laura hob die Hand, damit er schwieg, und tatsächlich hielt ihn ihre Geste von einem weiteren Kommentar ab.

»Wo verdammt steckst du? In einer Dorfkneipe voller besoffener Tölpel?«, fragte Simon, wartete jedoch nicht auf eine Antwort. »Hör mal, ich habe den Mini schneller ausmachen können als gedacht. Die Tankstelle an der Zufahrtsstraße Richtung Westen hat mir ihre Aufnahmen per E-Mail geschickt. Torsten Lübke hat das Waldgebiet genau fünfzig Minuten später wieder verlassen oder anders gesagt: Er hat zwischendurch definitiv einen Halt gemacht. Für die Strecke zwischen den beiden Kameras hätte er nicht mehr als zehn Minuten gebraucht, eher weniger.«

»Sonst irgendwelche Auffälligkeiten?«, fragte Laura, ohne Torsten Lübke aus den Augen zu lassen. Der Kerl hockte auf seinem Stuhl und starrte sie und Max zornig an.

»Nein. Ich habe sein Gesicht herangezoomt. Sieht

ziemlich versteinert aus. Keine Ahnung, wie dieser Ausdruck zu interpretieren ist ...« Simon holte hörbar Luft und sagte: »Du bist bei diesem Kerl, Laura. Hab ich recht?«

»Ja, mit Max«, erwiderte sie knapp. »Danke dir, Simon.« Sie legte auf und steckte das Handy weg.

»Wir ermitteln in einem Mordfall«, begann sie erneut.

»Hören Sie auf mit dem Schwachsinn. Ich kenne Katharina Waidhofer. Immer hat sie noch irgendetwas in der Hinterhand.« Torsten Lübke hob die Hände. »Ich sage Ihnen gleich, bei mir ist nichts zu holen. Einem nackten Mann greift man nicht in die Tasche.« Ein gurgelndes Lachen stieg tief aus seinem Bauch auf. »Ich wusste, dass diese Frau mein Ruin ist.«

»Inwiefern?«, fragte Laura und versuchte, sich von Lübkes Gehabe nicht beeindrucken zu lassen. Das Verhalten des kräftigen Bauunternehmers und sein offensichtlich hoher Alkoholpegel gefielen ihr nicht.

»Wir können es wirklich kurz machen«, lallte Torsten Lübke und ballte die Hände zu Fäusten. »Ich hatte einen Auftrag. Ich brauchte diesen Auftrag, und Katharina Waidhofer wusste das. Ich bin platt, wenn ich die Straßen für die Hotelanlage nicht bauen darf. Ich hatte bereits etliche Baumaschinen für das Projekt reserviert. Meine Leute kann ich noch genau sechs Wochen bezahlen, dann ist Schluss. Sie verstehen also, wie ich mich gefühlt habe, als die blöde Waidhofer mir vor ein paar Tagen klarmachte, dass es diesen Auftrag nicht geben wird. Die Schlampe hat mich verdammt noch mal ausgebootet.« Er leckte sich über die ausgetrockneten Lippen und seufzte resigniert. »Ich bin am Ende. Mehr hab ich Ihnen nicht zu sagen. Kommen Sie morgen wieder, da ist die Buchhalterin hier und kann Ihnen alles belegen. Falls Sie Steuervorauszahlungen oder Sonstiges haben wollen ... Vergessen Sie es einfach.«

Laura ließ seine Worte nachhallen. Lübke war zu betrunken, um die Lage zu begreifen.

»Wir ermitteln nicht in Steuerangelegenheiten. Wir haben Katharina Waidhofer vor einem Tagen tot aufgefunden.« Sie machte eine Pause, damit Lübke ihre Worte verarbeiten konnte. Tatsächlich wich der Zorn in seinen Augen einem anderen Ausdruck, einer Mischung aus Ungläubigkeit und Panik. Er sprang auf und brachte Abstand zwischen sie.

»Sie ist tot?«

Seine aufgerissenen Augen und sein offen stehender Mund sprachen dafür, dass er wirklich überrascht war. Andererseits hatte Laura in ihrer Karriere bereits viele Täter gesprochen, die meisterhaft schauspielerten.

»Wo waren Sie denn vor zwei Tagen? Fangen wir vielleicht mit dem Frühstück an«, schaltete Max sich jetzt ein.

Torsten Lübke stand da und schloss den Mund. Er wankte vor und zurück, dann ging ein Ruck durch seinen Körper und er setzte sich wieder.

»Brauche ich nicht einen Anwalt?«

»Nicht, wenn Sie nichts zu verbergen haben«, erklärte Max, dessen Handy in dem Moment klingelte.

Laura erkannte bereits an seinem Gesicht, dass es

Hannah sein musste.

»Ich muss da ran. Bin gleich wieder da.« Max stürmte aus dem Besprechungszimmer und entfernte sich einige Meter.

»Na schön. Ich war auf einer Baustelle, ungefähr einen Kilometer weit weg von hier. Dort wird eine Brücke umgebaut. Ich teile mir den Auftrag mit ein paar anderen Bauunternehmen.«

»Von wann bis wann genau haben Sie auf dieser Baustelle gearbeitet?«

»Den ganzen Tag, von halb acht bis sechs Uhr abends. Danach bin ich nach Hause, hab mir was zu essen gemacht und ferngesehen.«

Laura sah keine Anzeichen für eine Lüge. Unter seinen Augen zuckte es nicht und er rieb sich auch nicht die Oberschenkel oder knetete die Finger. Doch sie wusste, dass er log, denn sie hatte ihn auf dem Überwachungsvideo erkannt.

»Und mittags? Was haben Sie da gemacht?«

Jetzt schien er den Braten zu riechen. Er rümpfte die Nase und kratzte sich anschließend am Hinterkopf.

»Bin ein bisschen durch die Gegend gefahren. Ich brauchte Freiraum. Meine Leute hätten mir sonst angemerkt, dass etwas nicht stimmt.«

Laura blickte ihn schweigend an. Torsten Lübke schluckte, wobei sein großer Adamsapfel hoch- und runterhüpfte.

»Ich wollte mit der Waidhofer sprechen. Also bin ich zu ihr hin, aber sie war gerade auf dem Abflug. Ich bin ihr hinterhergefahren.«

»Und dann?«

Lübke zuckte mit der Schulter. »Sie ist raus aus der Stadt und irgendwo hinter Frohnau habe ich sie verloren. Ich bin unverrichteter Dinge zurück und seitdem habe ich nichts mehr von ihr gehört.«

»Wo ist Ihnen denn Waidhofers Wagen entwischt?«

»Das weiß ich nicht mehr«, antwortete der Bauunternehmer aufbrausend und sprang abermals auf. »Was ist das hier? Ein Verhör? Dürfen Sie das überhaupt?«

Mit schweren Schritten stürmte er aus dem Besprechungsraum. Laura schaute ihm verdutzt hinterher. Sie wartete eine Weile ab und hoffte, er würde sich beruhigen. Aber Lübke kehrte nicht zurück.

»Herr Lübke?«, rief sie und ging zur Tür. »Ich kann Sie auch gerne morgen ins Revier kommen lassen. Wir benötigen Ihre Aussage.«

Laura durchquerte den Flur und sah in die angrenzenden Büros hinein. Von Torsten Lübke keine Spur. Die Büroetage schien wie ausgestorben. Auch Max war nirgends zu sehen.

»Herr Lübke?«, rief sie abermals. Als er sich nicht meldete, beschloss sie, es für heute gut sein zu lassen. Sie eilte zum Ausgang und drückte die Türklinke hinunter.

Verdammt!

Es war abgeschlossen.

Sie rüttelte an der Tür und schaute sich nach dem Schlüssel um.

»Machen Sie die Tür auf!«, forderte sie, doch der Bauunternehmer ließ sich nicht blicken.

Laura machte kehrt und suchte nach einem anderen Ausgang. Als sie keinen fand, ging sie zurück in den Besprechungsraum und versuchte, ein Fenster zu öffnen. Die Griffe waren jedoch ebenfalls abgeschlossen. Laura fluchte und probierte es im Nachbarraum. Wo zum Teufel steckte Max? Wenn sie raus wollte, musste sie wohl eine Scheibe einschlagen. Aber wie würde das aussehen? Sie waren zu zweit hier und durften sich doch nicht so einfach überrumpeln lassen.

»Verdammt noch mal, Herr Lübke! Hören Sie auf mit dem Quatsch. Schließen Sie die Tür auf und lassen Sie uns morgen weiterreden.«

Im selben Augenblick ertönte von draußen Max' Stimme. »Öffnen Sie die Tür! Sie behindern die Ermittlungen der Polizei und machen sich noch strafbar.«

»Versuch es an der Rückseite«, rief Laura Max zu. Sie vernahm eine Bewegung auf dem Flur und folgte ihr rasch in ein angrenzendes Büro. Dort stand ein Fenster sperrangelweit auf. Auf dem Hof sah Laura gerade noch Lübkes kräftige Gestalt hinter einem Bagger verschwinden.

»Stehen bleiben!«, brüllte sie, kletterte aus dem Fenster und stürzte hinterher.

Im Laufen tastete sie nach ihrer Waffe und zog sie aus dem Halfter, als sie den Bagger erreichte.

»Herr Lübke, machen Sie es nicht schlimmer, als es ist. Kommen Sie raus.«

Keine Antwort.

Unschlüssig verharrte Laura neben dem Fahrzeug und spähte in die Fahrerkabine. Sie war leer. Doch wo steckte Torsten Lübke dann? Hatte er es in den Schuppen geschafft?

Endlich kam Max um die Ecke gestürmt.

»Verflucht noch mal, der Kerl hat mich einfach ausgesperrt. Ich habe vor der Tür gestanden und mit Hannah telefoniert. Was fällt dem bloß ein?«

Laura betrachtete den Schuppen und verspürte wenig Lust, Lübke ohne weitere Verstärkung dort hinein zu folgen.

»Wir sollten Verstärkung rufen. Der Mann ist stark alkoholisiert und womöglich eine Gefahr.«

»Hab ich bereits erledigt.« Max grinste. »Der wird die Nacht schön in der Ausnüchterungszelle verbringen.«

Lauras Handy klingelte. Dieses Mal erschien Taylors Name auf dem Display. Ein Stich ging durch ihr Herz, weil sie den ganzen Tag nicht daran gedacht hatte, ihn anzurufen. Sie stellte sich so hin, dass sie den Hinterhof im Blick behielt, und hob ab.

»Ich befürchte, wir sehen uns heute Abend nicht zu Hause«, begann Taylor und der Unterton in seiner Stimme brachte in ihr alle Alarmglocken zum Schrillen. »Ich bin zu einem Leichenfundort gerufen worden und musste sofort an dich denken. Wir haben ein weibliches Opfer Mitte bis Ende zwanzig, erdrosselt und mit einer Schiefertafel um den Hals.«

Laura ließ sich die Adresse nennen und legte auf.

»Ich weiß nicht, wie du es Hannah beibringen willst, aber wir müssen zu einem neuen Leichenfundort«, eröffnete sie Max.

12

Carolin Michels fühlte ein dumpfes Pochen hinter der Stirn, während sie zügig auf der Tastatur tippte und auf die Vorwürfe der Gegenseite reagierte, die ihrem Mandanten die Verantwortung für die Verzögerung beim Bau einer Logistikhalle zuschreiben wollte. Im Raum stand die Erstattung des ausgefallenen Mietzinses für drei Monate, der sich bei dem riesigen Gelände auf einen sehr hohen Betrag summierte. Obwohl sie noch heute Abend mit der Antwort fertig werden wollte, fiel es ihr schwer, sich zu konzentrieren. Immer wieder schweiften ihre Gedanken zu Finn Altmann, der vor zwei Stunden mit Melissa zu einem Date aufgebrochen war. Carolin hatte mitbekommen, wie er bei einem Italiener einen Tisch auf der Terrasse reserviert hatte. Sie kannte das kleine Restaurant, das sehr nett eingerichtet war, über eine hervorragende Küche verfügte und perfekt für ein romantisches

Dinner geeignet war. Neulich hatte sie gespürt, dass sie Finn nicht gleichgültig war. Es gab eine gewisse Anziehung zwischen ihnen, aber offenbar hatte das Pendel zu Melissas Gunsten ausgeschlagen.

Carolin musste sich überlegen, wie sie das Ruder herumreißen konnte. Es wurmte sie so sehr, dass diese kleine Studienabbrecherin ihr in die Quere kam, dass sie entnervt die Tastatur beiseiteschob und nachdachte. Was konnte sie tun, um Finn davon zu überzeugen, dass Melissa nicht die richtige Frau für ihn war? Wenn sich beide auf eine Affäre einließen, hätte sie kein Problem damit. Nur etwas Ernstes durfte es nicht werden. Gedankenverloren griff sie nach dem Kugelschreiber und kritzelte auf einem Notizzettel. Sie könnte Finn selbst zu einem Essen einladen, aber das sah ihr zu sehr nach Verzweiflung aus. Männer wollten Frauen erobern, auch wenn Gleichberechtigung überall ganz groß geschrieben wurde. Sie verwarf diese Idee als nicht zielführend. Alternativ könnte sie Melissa bei Dr. Schild anschwärzen oder zum Beispiel dafür sorgen, dass sie einen wichtigen Termin vergaß oder einen Schriftsatz nicht rechtzeitig fertigstellte. Wenn Dr. Schild nur wütend genug war, würde er Melissa ohne weiter nachzudenken feuern. Der Senior der Kanzlei hatte Übung darin, es sich mit seinen Assistentinnen zu verderben. Niemand würde Verdacht schöpfen, dass sie, Carolin, dahintersteckte.

Doch wie würde Finn in einer solchen Situation reagieren? Er könnte sich für Melissa einsetzen. Und sollte es ihm nicht gelingen, eine Lösung herbeizuführen, wäre schlimmstenfalls Trösten angesagt. Carolin wollte jedoch auf keinen Fall, dass er Melissa tröstete. Das würde seine romantischen Gefühle für dieses Miststück noch anheizen. Sie verwarf auch diese Möglichkeit und dachte weiter nach. Sie musste etwas tun, das Finns Vertrauen in Melissa nachhaltig erschütterte. Sie durfte nicht mehr so unschuldig und hilflos wirken. Carolin stieß einen tiefen Seufzer aus. Das war es. Die Frau wirkte so unglaublich hilfsbedürftig, dass die Männer ihr wie Ritter zur Seite sprangen. Verflucht! Sie musste diese Frau aus dem Weg schaffen.

Plötzlich kam ihr eine Idee, die nicht nur Finns Vertrauen in Melissa schwächen, sondern auch noch sein verdammt großes Ego treffen würde. Was war zu diesem Zweck besser geeignet als ein schöner Strauß roter Rosen?

Sie wählte die Nummer eines Ladens, der noch geöffnet hatte, und gab ihre Bestellung auf.

»Bitte stellen Sie den Strauß gleich morgen früh zu.«

»Sollen wir ein Kärtchen mitliefern?«

»Ja, unbedingt. Schreiben Sie: *Für Melissa. In Liebe, P.*«

Carolin legte auf und grinste in sich hinein. Sie sah Finn vor sich, wie er den auffälligen Rosenstrauß auf Melissas Schreibtisch bemerkte und die Grußkarte las. Vermutlich würde er einen Großteil des Tages damit verbringen, herauszufinden, wer P. sein könnte. Und Melissa? Sie würde sich über die Blumen freuen und ebenfalls überlegen, wer der heimliche Verehrer war, der sie mit so viel Liebe überschüttete. Vielleicht geriet der gute Finn dadurch bei Melissa sogar ins Hintertreffen. Und dann gab es noch etwas, das sie tun konnte, um an Melissas Integrität zu sägen. Mark Friedberg war nicht nur Partnerkandidat für die Kanzlei, sondern auch Finn Altmanns bester Freund. Die beiden kannten sich aus dem Studium, und sie wettete darauf, dass die zwei sich über die wichtigen Dinge des Lebens austauschten.

Sie würde ihre Arbeit doch auf morgen verschieben müssen. Es gab noch Wichtigeres im Leben. Carolin fuhr den Computer herunter und schlenderte über den Flur. In der Tür zu Mark Friedbergs Büro blieb sie stehen.

»Mark, sag mal, hast du zufällig Melissa Greinert gesehen?«

Mark sah von seinem Bildschirm auf und zuckte mit den Achseln.

»Nein? Wieso? Sie hat längst Feierabend.« Sein Blick wanderte zur Uhr, die auf seinem Schreibtisch stand.

»Oh, dann ist sie wohl schon weg.« Carolin verzog das Gesicht und seufzte. »Sie hatte mir eigentlich versprochen, einige Dokumente für einen Mandanten auszudrucken. Die sollten heute noch per Express raus.«

»Hast du mal auf ihrem Schreibtisch nachgesehen? Vielleicht liegen sie dort. Sie hat das doch bestimmt erledigt.« Auf Marks Stirn bildeten sich ein paar Falten.

»Leider liegt da nichts. Egal, schon gut. Ich hab ja

noch ein wenig Zeit und ich erledige das schnell selbst.«
Carolin warf Mark ein gequältes Lächeln zu und machte
auf dem Absatz kehrt.

Sie kannte Mark. Er gehörte zu den Menschen, die
Ordnung und Zuverlässigkeit über alles schätzten. Dass
Melissa einfach nach Hause gegangen war, konnte ihm
nicht gefallen, und sobald Finn von seiner neuen Erobe-
rung schwärmte, würde er die Euphorie seines Freundes
wahrscheinlich ausbremsen.

Um den Schein zu wahren, ging Carolin in ihr Büro
zurück und fuhr den Computer wieder hoch. Dann
öffnete sie ein altes Dokument und druckte es aus.

»Ich kann dir gerne helfen.« Mark stand im
Türrahmen und lächelte sie an. »Es wäre doch blöd,
wenn du dich alleine durch den ganzen Papierkram
wühlen musst.«

»Ach was, ich schaffe das schon. Der Drucker ist
gleich fertig. Aber ich danke dir. Das ist wirklich sehr
nett.« Carolin ging an Mark vorbei zum Kopierraum und
holte die Ausdrucke. Als sie wieder an ihm vorbeikam,
nahm er ihr den Stapel ab.

»Ich habe eine Idee«, erklärte er, und plötzlich
veränderte sich sein Blick. »Ich helfe dir und du beglei-
test mich anschließend zum Essen. Ich habe einen
Bärenhunger, und wenn ich nicht bald etwas bekomme,
kippe ich um.«

Carolin lächelte erfreut. »Das sollten wir auf alle
Fälle verhindern.« Sie legte ihm ein paar Briefumschläge
oben auf den Stapel in seinen Armen. »Du kannst schon

einmal die Kopien sortieren und eintüten und ich drucke schnell das Adressetikett aus.«

Sie ging wieder an ihm vorbei und spürte seinen Blick im Rücken, als sie abermals im Kopierraum verschwand.

13

Nachdem die Verstärkung eingetroffen war, hatten sie Torsten Lübke zur Ausnüchterung in eine Zelle bringen lassen. Diese Aktion würde ein Nachspiel für den Bauunternehmer haben.

Max steuerte den Wagen auf die rot-weißen Absperrbänder der Polizei zu, die den neuen Leichenfundort markierten.

Taylor erwartete sie bereits.

»Hier entlang«, sagte er und zog Laura für einen kurzen Moment an sich. »Schön, dich zu sehen, trotz der Umstände«, murmelte er und drückte ihr einen Kuss auf die Wange.

Laura schaute sich um. Sie befanden sich in einem Park, der südlich des ersten Fundortes an einem großen See lag. An einer dicken Eiche hatten sich ein paar Beamte versammelt.

Taylor tippte einem Polizisten auf die Schulter. Der Mann drehte sich zu ihm um.

»Das LKA ist da«, erklärte Taylor und stellte Laura und Max der Gruppe vor.

Die Beamten traten zur Seite und gaben den Blick auf die Leiche frei. Ein Stich fuhr Laura durchs Herz, als sie die junge, hübsche Frau sah, die am Stamm der Eiche lehnte. Es hatte fast den Anschein, als wolle sie jeden Augenblick aufstehen. Doch an ihren Augen erkannte Laura, dass kein Leben mehr in ihr war. Das verblasste Blau und die trüben Pupillen verrieten ihr, dass die Frau bereits ein paar Stunden tot sein musste. Ihr Mund stand leicht offen und die Lippen schienen stark ausgetrocknet. Jede Farbe war aus ihnen gewichen. Um den Hals der Frau hing die gleiche Schiefertafel wie bei Katharina Waidhofer. Im Gegensatz zu dieser trug die Tote Jeans, ein T-Shirt und Sneakers. Unter dem Shirt zeichnete sich ein BH ab. Der Reißverschluss der Hose war geschlossen.

Laura beugte sich hinunter und las die Worte auf der Tafel vor: »Blut ist ein ganz besonderer Saft.«

Sie machte mit ihrem Smartphone ein Foto von der Aufschrift.

»Ich denke, das ist auch ein Zitat von Goethe«, mutmaßte Max.

»Wer hat die Tote entdeckt?«, fragte Laura.

»Eine Frau, die ein paar Hundert Meter weiter auf dem Campingplatz übernachtet und die mit ihrem Hund Gassi war. Sie hat den Notruf gewählt«, antwortete Taylor.

»Wir sollten gleich noch mit ihr reden.« Max unterdrückte ein Gähnen.

»Hat schon jemand auf die Rückseite der Tafel geschaut?«

Laura warf Taylor einen fragenden Blick zu. Er schüttelte den Kopf.

»Als ich hier eintraf und die Schiefertafel um ihren Hals sah, habe ich sofort deine Nummer gewählt, und ich wollte außerdem nichts anfassen, bevor die Spurensicherung eintrifft. Die sollten eigentlich jeden Moment hier sein.«

Laura zog ein Paar Schutzhandschuhe an und beugte sich über die Tote. Ihre Arme hingen schlaff am Körper herab und die Hände berührten den Boden, sodass Laura die Tafel umdrehen konnte, ohne die Tote zu bewegen.

Sie seufzte, als sie das Rautezeichen und die zwei erkannte.

»Es war definitiv derselbe Täter«, erklärte sie und drehte die Tafel wieder um. »Fragt sich nur, wie viele Menschen er noch umbringen will und warum.«

»Was stand auf der anderen Tafel?«, wollte Taylor wissen.

»Sünd und Schande bleibt nicht verborgen«, antwortete Laura. »Das erste Opfer war wie eine Prostituierte gekleidet. Das neue Zitat scheint jedoch nichts mit dem Aufzug des Opfers zu tun zu haben, oder fällt euch dazu etwas ein?« Sie betrachtete die Tote abermals und suchte auf den Jeans und dem Oberteil nach Blutflecken. Doch sie war wie auch die erste Frau erdrosselt worden. Laura konnte keinen einzigen Blutstropfen erkennen.

Blut ist ein ganz besonderer Saft.

Was zum Teufel meinte der Täter mit diesem Zitat? Es musste eine Bedeutung haben, oder wollte er sie in die Irre führen und vom eigentlichen Motiv ablenken? Sie dachte an Mirco Neudorf und fragte sich, ob er das neue Opfer kannte.

Vorsichtig tastete Laura die vorderen Hosentaschen ab und erfühlte einen festen Gegenstand.

»Da steckt etwas drin«, murmelte sie und schaute sich nach der Spurensicherung um. Doch die Kollegen ließen auf sich warten. Ganz langsam schob sie die Finger in die Hosentasche der Toten und beförderte eine weiße Plastikkarte heraus. In der Mitte stand eine sechsstellige Ziffer und rechts oben der Name einer Firma: *Kanzlei Meier, Schild und Partner.*

»Sieht aus wie eine Zugangskarte. Leider steht kein Name darauf. Vielleicht hat das Opfer für diese Kanzlei gearbeitet.« Sie verstaute die Karte in einer Asservatentüte.

Endlich traf die Spurensicherung ein. Dennis Struck stieg aus dem Wagen und eilte zu ihnen.

»Verdammt«, stieß er aus, als er Laura und Max erblickte. »Sagen Sie bitte nicht, dass es Nummer zwei ist.«

Niemand antwortete, stattdessen breitete sich eisiges Schweigen aus.

Dennis Struck kratzte sich an der Schläfe und seufzte. »Als ich von einer weiblichen Leiche an einem Baum hörte, war mir im Grunde schon alles klar. Der Mörder hat eine ganz schön schnelle Taktung. Hoffentlich geht es nicht in diesem Tempo weiter.«

Über die Taktung hatte Laura noch gar nicht nachgedacht. Aber Dennis Struck hatte recht, wenn es so weiterging, hatten sie bald täglich ein weiteres Opfer zu beklagen. Bisher liefen sie den Ereignissen nur hinterher. In der Kürze der Zeit hatten sie bereits viele Erkenntnisse zusammengetragen, doch für eine Verhaftung reichte es nicht aus. Weder gegen Katharina Waidhofers Ehemann Mirco Neudorf noch gegen den Bauunternehmer Torsten Lübke hatten sie ausreichend Beweise in der Hand. Gerhard Wernicke, der Erbe und Kunde von Katharina Waidhofer, der an ihrem Arbeitsplatz randaliert hatte, durften sie ebenfalls nicht aus den Augen lassen.

»Ich möchte die Tote gerne umdrehen. Vielleicht steckt eine Geldbörse oder der Ausweis in den hinteren Taschen ihrer Jeans«, erklärte Laura.

Dennis Struck winkte den Fotografen heran. Auf seiner Stirn hatten sich bereits Schweißperlen gebildet. Die Sonne ging langsam unter, trotzdem sanken die Temperaturen kaum. Ein dünner Mann mit Brille, der eine Kamera in der Hand hielt, eilte herbei. Er machte Aufnahmen von der Toten aus jedem erdenklichen Winkel. Als er endlich fertig war, hoben Taylor und Max die Tote an. Sie ließen den Körper vorsichtig auf den Boden gleiten und drehten ihn auf den Bauch. Max durchsuchte die Hosentaschen der Frau, schüttelte jedoch den Kopf.

»Da ist nichts drin«, sagte er und deutete auf die Umgebung. »Wir sollten das Gelände weitläufig absperren. Vielleicht liegt ihre Handtasche hier irgendwo im Gebüsch.«

Laura schaltete das Smartphone ein und rief die Satellitenkarte von Berlin auf. Sie zoomte dicht an den See heran und suchte die Gegend nach dem nächstgelegenen Parkplatz ab. Sie hatten zwar keinen Autoschlüssel bei der Toten gefunden, aber womöglich hatten sie Glück und entdeckten ihren Wagen. Das würde ihre Identifizierung erheblich beschleunigen.

Sie wandte sich an Dennis Struck. »Könnten Sie jemanden zu diesem Parkplatz schicken, der die parkenden Fahrzeuge überprüft? Das Auto des Opfers könnte darunter sein.«

Dennis Struck nickte und winkte eine Kollegin heran, die er mit der Aufgabe betraute.

»Auf der Website der Kanzlei kann ich die Tote nicht finden. Sie gehört zumindest nicht zu den Anwältinnen, die hier mit Foto und Namen aufgeführt sind.« Max hielt Laura sein Smartphone vor die Nase und wischte so langsam über das Display, dass sie die Personen auf der Seite einzeln betrachten konnte.

»Schade«, murmelte sie. »Dann werden wir uns dort wohl gleich morgen früh umsehen müssen. Irgendwie muss schließlich die Karte in die Hosentasche ihrer Jeans gekommen sein.«

»Wir sollten mit der Zeugin sprechen, die das Opfer entdeckt hat«, schlug Max vor.

»Macht das«, sagte Taylor. »Ich habe in der Gegend noch was zu erledigen. Wir sehen uns später.«

Laura lächelte, als sie das Glitzern in Taylors Augen

sah. Sie gab ihm einen Kuss und zog anschließend mit Max los in Richtung des Campingplatzes, wo die Zeugin auf sie wartete.

Während sie den breiten, mit Kies befestigten Waldweg entlangliefen, glitzerte ab und an der See zwischen den Bäumen hindurch. Das Blau hatte sich im Sonnenuntergang violett gefärbt. Obwohl Laura im Augenblick nicht der Sinn nach Romantik stand, hielt sie für einen Moment inne und bewunderte die Farben.

»Das hier ist absolut kein Ort, um zu sterben. Es ist viel zu schön«, brummte Max, der neben ihr stehen geblieben war.

»Glaubst du, der Täter hat bereits die nächste Frau im Visier?«

Max zog die Augenbrauen zusammen und wandte seinen Blick von dem See ab. »Ich fürchte ja«, antwortete er und ging weiter.

Laura eilte voraus, als sie die ersten Wohnwagen durch die Bäume sah.

»Taylor meinte, es wäre gleich der erste Campingwagen auf der linken Seite«, erklärte sie und deutete auf einen weißen Campingbus, auf dem in fetten roten Buchstaben *Freiheit* stand.

Vor dem Bus kniete eine Frau mit grauen Locken und zupfte Unkraut aus einem Kübel, der mit Kräutern bepflanzt war. Zu ihren Füßen ruhte ein großer schwarzer Hund, der nicht einmal den Kopf hob, als sie sich näherten.

»Guten Abend«, begrüßte Laura die Zeugin. »Mein Name ist Laura Kern und das ist mein Partner Max

Hartung. Wir sind vom Landeskriminalamt und möchten Ihnen einige Fragen stellen.«

Die Frau erhob sich und rieb sich seufzend das Kreuz. »Ich bin Monika Tiehlmann und habe das arme Mädchen gefunden. Kommen Sie«, sagte sie dann. »Nehmen Sie Platz.«

Laura setzte sich mit Max auf eine wacklige Holzbank, die unter ihrem Gewicht ächzte. Der Hund hob kurz den Kopf, schien sie jedoch nicht sonderlich interessant zu finden. Er leckte sich über die Nase und kauerte sich wieder hin.

»Können Sie uns berichten, wie Sie auf die Tote gestoßen sind?«

Monika Thielmann nahm auf einem Holzhocker Platz, hielt die Fingerspitzen an die Schläfen und schloss die Augen.

»Tut mir leid«, stieß sie leise hervor. »Ich stehe immer noch ein wenig unter Schock.«

»Das kann ich gut verstehen. Wer rechnet an einem so wunderschönen Sommertag schon mit solch einem grausigen Fund.«

Die Zeugin schielte unter ihren grauen Locken zu Laura und nickte.

»Ich habe es zuerst gar nicht begriffen. Lotte und ich sind wie jeden Abend raus. Sie braucht viel Bewegung, wissen Sie, und dieser Campingplatz ist für sie super. Nur ein paar Schritte, und man steht mitten im Wald ...« Monika Thielmann hielt kurz inne, weil ihr offenbar auffiel, dass sie nicht auf Lauras Frage antwortete. »Entschuldigung. Ich komme lieber direkt zur Sache. Ich bin mit Lotte los und war kaum dreihundert Meter gegangen, als Lotte anfing zu winseln. Sie rannte los, zu der Eiche, und schon von Weitem sah ich die Frau, die am Stamm lehnte. Ihr Kopf war merkwürdig verdreht, aber ich habe mir nichts dabei gedacht. Ich bin einfach weiter den Weg entlang, bis ich vor ihr stand.« Sie holte tief Luft und richtete die Augen zum Himmel. »Ich habe ihr ins Gesicht gesehen und wusste sofort, dass sie tot ist. Zum Glück hatte ich mein Handy dabei. Ich habe den Notruf gewählt und dann gewartet, bis die Polizei eintraf. Zuerst kam die Streife und dann so ein dunkelhaariger Polizist in Zivil. Er hat mir gesagt, dass ich in meinem Wohnwagen auf Sie warten soll.«

»Wissen Sie noch, wie spät es war, als Sie sich auf den Weg gemacht haben?«, fragte Laura.

»Ich schätze, es war zwischen acht und halb neun. Wir gehen jeden Tag zur selben Zeit unsere Runde.«

»Und ist Ihnen jemand begegnet?«, wollte Max wissen.

»Hier auf dem Campingplatz lief Hubert herum. Das ist der Mann von dort drüben.« Sie beugte sich zu Max vor. »Bei dem tickt es nicht mehr richtig.«

Als Max sie schweigend ansah, tippte sich Monika Thielmann an die Stirn. »Den haben sie aus der Klapse entlassen. Er hat keine Wohnung mehr und lebt hier das ganze Jahr über.«

»Und wie heißt dieser Mann mit Nachnamen?«

»Müller. Das ist Hubert Müller. Wenn Sie mit ihm sprechen, seien Sie vorsichtig. Ich glaube, er hat eine Pistole in seinem Wagen versteckt.«

»Können Sie uns sagen, aus welcher Richtung er kam und wohin er ging?«, fragte Laura und notierte sich den Namen des Mannes.

Monika Thielmann drehte sich zu Hubert Müllers Wohnwagen um. Dann flüsterte sie:»Er kam aus dem Wald.«

»Verstehe«, erwiderte Laura.»Das heißt, er muss an der toten Frau vorbeigekommen sein?«

»Na klar.« Monika Thielmann setzte ein gehässiges Lachen auf.»Der hat nur keine Augen im Kopf. Ist an ihr vorbeigelatscht und hat sie wahrscheinlich noch gegrüßt.« Ihre Hand fuhr durch die Luft, als wolle sie ein paar Fliegen verscheuchen.»Vielleicht hat er sie auch umgebracht. Allerdings habe ich bisher nie eine Frau in seinem Wohnwagen gesehen. Kein Wunder, wer könnte diesen Mann schon ertragen.«

»Und als Sie den Weg entlanggelaufen sind, ist Ihnen da auch jemand begegnet oder irgendetwas Ungewöhnliches aufgefallen?«

Monika Thielmann schloss abermals die Augen und dachte nach.

»Nein«, sagte sie schließlich und riss die Lider wieder auf.»Weder auf dem Weg noch im Wald. Als ich auf die Polizei gewartet habe, ging mir mächtig die Muffe. Sie hatte ja diese Würgemale am Hals. Ich hab gleich gesehen, dass das arme Ding erdrosselt wurde. Drosselmarken nennt man diese Stellen, richtig? Ich kenne mich ganz gut aus, weil ich gerne Krimis lese. Und dann dieser Satz auf der Tafel. Ich musste ehrlich gesagt sofort an Hubert denken. Das deutet doch alles auf einen Irren hin, oder?« Abermals holte sie tief Luft. »Vermutlich war er es. Und ich lebe nichts ahnend seit Monaten neben diesem Ungeheuer.« Sie neigte den Kopf zur Seite und schwieg.

»Waren Sie heute Abend das erste Mal auf diesem Waldweg?«, fragte Laura.

Monika Thielmann starrte noch eine Weile ins Leere, bevor sie antwortete: »Nein. Wir gehen dreimal am Tag unsere Runden und am Anfang ist der Weg immer der gleiche, bis wir tiefer im Wald sind. Wir umrunden den See mal links herum und dann wieder rechts. Und eines kann ich Ihnen sagen: Als ich mit Lotte die Mittagsrunde gemacht habe, da war die Tote noch nicht da.«

»Um welche Uhrzeit war das?«

»So gegen eins.«

»Ist Ihnen die Frau vielleicht zuvor schon einmal aufgefallen?«

Monika Thielmann sah Laura irritiert an. »Wie meinen Sie das?«

»Sie muss irgendwie hierhergekommen sein. Sie könnte da vorne am Campingplatz geparkt haben und dann hier entlanggelaufen sein.«

Monika Thielmann schüttelte energisch den Kopf. »Das ist ausgeschlossen. Auf unserem Parkplatz dürfen nur Camper parken. Wir zahlen eine extra Gebühr dafür. Glauben Sie mir, sollte sich da ein Fremder hinstellen, würde es keine fünf Minuten dauern, bis jemand Alarm schlägt und die Campingplatzverwaltung anruft. Nein, mir ist die Frau noch nie begegnet.«

Laura und Max bedankten sich und klopften anschließend am Wohnwagen von Hubert Müller an. Ein dickbäuchiger Mann um die sechzig öffnete die Tür. Laura zeigte ihm ihren Dienstausweis und bat Hubert Müller um ein kurzes Gespräch. Der Mann stieg eine Stufe hinab und warf einen prüfenden Blick zu seiner Nachbarin Monika Thielmann hinüber. Dann deutete er auf zwei Campingstühle und bat Laura und Max, Platz zu nehmen.

»Möchten Sie etwas trinken?«

»Nein, danke«, erwiderte Laura, nachdem Max den Kopf geschüttelt hatte.

»Es geht um ein Tötungsdelikt, und wir möchten erfahren, ob Ihnen etwas Verdächtiges aufgefallen ist.«

»Tötungsdelikt?«, brummte Müller. »Ich hab mich schon gewundert, was dahinten los ist. Die Blaulichter kann man bis hierher sehen.«

»Eine Frau wurde tot aufgefunden«, erklärte Laura. »Waren Sie heute im Wald? Und wann war das?«

Müller kratzte sich hinter dem Ohr. »Keine Ahnung, wie spät es war, jedenfalls bin ich heute raus zum See. Ich war vielleicht zwei Stunden unterwegs. Aber mir ist nichts aufgefallen.«

Max deutete auf die Blaulichter im Wald. »Ungefähr dahinten wurde die Frau entdeckt. Sie sind nach unseren Informationen direkt an ihr vorbeigegangen.«

»Moment mal«, sagte Hubert Müller und erhob sich. Er verschwand in seinem Wohnwagen und kehrte mit einer Wanderkarte in der Hand zurück. Er faltete die Karte auseinander und breitete sie vor ihnen auf dem

Tisch aus. »Sie sagen also, ungefähr an dieser Stelle soll eine tote Frau liegen?« Er tippte auf einen Punkt nahe am See.

Laura schüttelte den Kopf und deutete auf die Stelle unweit des Wanderweges, wo sie die Tote gefunden hatten.

»Gleich neben dem Weg?« Müller rieb sich das Kinn und fuhr mit dem Finger einen schmalen Pfad oberhalb des breiten Weges nach. »Ich nehme immer die Abkürzung zum See. Sie biegen gleich nach der Brücke links ab und gelangen auf dem Trampelpfad direkt hierher.« Seine Fingerspitze landete am Seeufer. »Wenn die Tote am Hauptweg im Wald lag, kann ich sie gar nicht gesehen haben, weil ich vorher abgebogen bin.«

Laura betrachtete die Karte. Nach dem Gespräch mit Monika Thielmann hatte sie von Müller anderes erwartet, doch seine Worte klangen plausibel. Trotzdem blieb sie misstrauisch.

»Ist Ihnen jemand begegnet auf Ihrem Ausflug?«

»Am See war heute viel los. Ist ja ein Traumwetter. Jede Menge Angler, aber auch ein paar Familien mit Kindern. Die toben sich allerdings eher am Ufer gegenüber aus.«

»Kennen Sie einen der Angler?«, wollte Max wissen.

»Nein. Aber der Anglerverein hat hier seinen Sitz in diesem Gebäude.« Hubert Müller zeigte auf ein helles Quadrat neben dem See. »Dort könnten Sie fragen.«

»Es gibt ziemlich viele Zugänge zum See und zum Wald«, merkte Laura an, während sie die Karte studierte.

Es würde schwierig werden, den Weg des Täters zu rekonstruieren.

»Nun ja, wir sind hier in einer sehr beliebten Gegend. Dort drüben grenzt das Naturschutzgebiet an und am Wochenende wimmelt es hier nur so von Besuchern.« Hubert Müller lehnte sich in seinem Campingstuhl zurück. »Wenn Sie mögen, dann nehmen Sie die Karte doch mit. Ich kann mir eine neue besorgen.«

»Vielen Dank«, sagte Laura, während Max die Karte zusammenfaltete. »Falls Ihnen noch etwas einfällt, melden Sie sich bitte bei uns.«

Als sie sich auf den Rückweg machten und die hohen Bäume erreichten, seufzte Laura schwer. »Ich glaube, dieser Fall wird uns noch an unsere Grenzen bringen.«

14

Zwanzig Jahre zuvor

Regen prasselte vom Himmel und die Fahrbahn glänzte, als bestände sie aus Eis. Er zählte die Tropfen, die gegen die Seitenscheibe des Wagens klatschten, in dem er saß. Er versuchte es zumindest. Doch es waren so viele, dass er keine Chance hatte. Zudem fielen die Tropfen auch aufeinander und verschwammen zu kleineren Rinnsalen, die wie lange durchsichtige Regenwürmer über die Scheibe krochen. Er wandte den Blick ab und hörte seiner kleinen Schwester zu, die unaufhörlich plapperte. Ihre Haare waren zu Zöpfen geflochten und mit rosafarbenen Gummibändern zusammengehalten. Sie hielt ein ebenso rosafarbenes Einhorn auf dem Schoß und kämmte inbrünstig die lange blonde Haarmähne des Plüschtiers.

»Kannst du nicht mal ruhig sein?«, blaffte er sie an und kramte einen Stoffdinosaurier aus der Tasche neben sich.

»Hört auf zu streiten«, befahl ihre Mutter vom Beifahrersitz. Ihr Kopf schnellte zu ihm herum und sie bestrafte ihn mit einem strengen Blick.

Er biss sich auf die Unterlippe und ließ den Dino über seine Oberschenkel wandern.

»Wie lange dauert es noch?«, fragte seine Schwester mit quengeliger Stimme.

»Wir sind gleich zu Hause«, brummte ihr Vater und bremste, damit er das nächste Verkehrsschild lesen konnte. Er drehte das Lenkrad nach links und beschleunigte wieder.

»Wann ist denn gleich?«, hakte er nach.

Abermals erntete er einen strengen Blick seiner Mutter.

»Seid nicht immer so ungeduldig. Ihr seht doch, dass es regnet und wir nicht so schnell fahren können.«

»Ich muss mal Pipi«, rief seine Schwester dazwischen.

Ihr Vater stöhnte genervt. »Kannst du es dir nicht noch ein bisschen verkneifen? Wir sind gleich da.«

Seine Schwester verzog das Gesicht. »Aber nur kurz«, protestierte sie und kämmte die Haare des Einhorns weiter.

Sie hatten das Wochenende an der Ostsee verbracht

und befanden sich auf dem Heimweg. Er sah wieder aus dem Fenster und langsam kam ihm die Gegend bekannt vor. Sein rechtes Bein kribbelte, weil er es zu lange nicht bewegt hatte. Er wackelte mit den Zehen, bis das unangenehme Gefühl verschwand.

Sein Dino fiel zu Boden, und er beugte sich vor, um ihn aufzuheben. Als er sich wieder aufrichtete, erkannte er eine Tankstelle, an der sie schon einmal waren. Sie brausten weiter die Landstraße hinunter und er sah wie gebannt durch die Frontscheibe. Es konnte nicht mehr lange dauern, bis sie endlich die Stadt erreichten. Die vielen Felder und Bäume ödeten ihn an. Während seine Eltern die Natur genossen, verbrachte er seine Freizeit am liebsten vor dem Fernseher. Da die kleine Ferienwohnung an der Ostsee kein Fernsehgerät hatte, freute er sich umso mehr auf zu Hause.

In der Ferne tauchte ein Mofa auf. Er liebte alles, was schnell war. Wenn er groß wäre, würde er sich auch ein Mofa oder noch viel lieber ein Motorrad kaufen. Er starrte das Zweirad an, das ihnen entgegenkam. Ein paar Jungs aus den oberen Klassen seiner Schule kamen morgens mit dem Mofa. Manchmal blieb er extra an der Straße stehen, um sie kommen zu sehen. Einige von ihnen hatten extrem coole Helme. Auch der Fahrer des Mofas, der auf sie zufuhr, unmittelbar vor ihnen trug einen solchen Helm mit einem grün-gelben Blitz. Er erkannte den Jungen.

»Das ist ein Junge aus meiner Schule«, rief er und in diesem Augenblick durchzuckte ein Blitz den Himmel.

Es krachte ohrenbetäubend. Der Junge auf dem Mofa zog auf die Gegenfahrbahn und sein Vater riss reflexartig das Lenkrad herum. Der Wagen brach nach rechts aus und hob ab, als sie über das Getreidefeld schossen. Er sah immer noch den Jungen auf dem Mofa vor sich. Alles lief wie in Zeitlupe ab. Sie überschlugen sich und durch die Seitenscheibe leuchtete ein weiterer Blitz am Himmel auf. Die Erde kam bedrohlich näher. Sie schlugen hart auf. Das Blech des Autos kreischte. Seine Mutter kreischte. Seine Schwester ebenfalls. Was sein Vater machte, wusste er nicht.

Dann herrschte Stille.

Und nach der ersten Stille ertönte immer noch kein Laut. Nur der Regen prasselte herab und hinterließ ein sanftes Rauschen. Hinter seiner Stirn pulsierte es. Sein Bein schmerzte und sein Arm war eingeklemmt. Er richtete sich ein wenig auf und blickte zu seiner Schwester. Ihr Kopf war ganz merkwürdig verdreht. Sie hatte die Augen geschlossen und hielt noch das Einhorn in der Hand. Seine Mutter war nach vorn gefallen, die Stirn aufs Armaturenbrett gepresst. Ihr linker Arm hing schlaff herab.

»Mama?«, krächzte er und wollte an ihr rütteln, doch er war eingeklemmt und konnte sich kaum bewegen.

»Mama?«

Stille.

»Papa?«

Sein Vater saß vor ihm. Er konnte ihn nicht sehen. Abermals rief er ihn, doch er reagierte nicht. Tränen schossen in ihm hoch und kullerten ihm über die Wangen. Er zerrte an seinem Bein und versuchte, es zu befreien. Es schmerzte wie die Hölle. Den Fuß konnte er nicht mehr spüren.

»Mama«, wimmerte er und streckte den freien Arm nach ihr aus. Sie rührte sich nicht. Ihr Körper wirkte so schlaff und so merkwürdig ruhig. Genau wie der seiner Schwester. Angst und Panik krochen in ihm hoch. Erneut zerrte er an seinem Bein. Mit dem Ellenbogen stieß er gegen die Tür. Doch die war total verbeult und ließ sich nicht öffnen. Er schlug mit aller Kraft dagegen, wieder und wieder, bis er vor Erschöpfung zu zittern begann. Irgendwann schloss er die Augen, weil er wusste, dass es keinen Zweck hatte. Er würde hier nicht herauskommen. Sie alle waren in diesem Auto gefangen.

Irgendwann, er hatte keine Ahnung, wie viel Zeit vergangen war, hörte er die Sirenen. Sie kamen schnell näher und kurz darauf hörte er Stimmen.

»Hilfe«, krächzte er, wobei nicht mehr als ein Flüstern aus seiner Kehle drang.

»Seid mal ruhig«, sagte eine Männerstimme.

»Hilfe«, wollte er noch einmal rufen, aber es kam kein Laut heraus. Er war völlig ausgetrocknet. Also hob er den Ellenbogen und rammte ihn mit letzter Kraft gegen die Tür.

»Da lebt noch einer«, hörte er, und gleich darauf ertönte das schrille Kreischen eines Werkzeuges.

Er dämmerte weg.

Viel später packten ihn kräftige Hände und zerrten

ihn ins Freie. Er spürte seine Beine nicht mehr. Grelles Licht fuhr über seine Augen.

»Pupillen reagieren«, sagte jemand.

Er konnte kaum noch atmen, und das Licht brannte so hell, dass er glaubte, er wäre im Himmel angekommen.

15

Punkt neun Uhr betraten morgens Laura und Max das Bürogebäude der Kanzlei Meier, Schild und Partner. Der Komplex befand sich am Potsdamer Platz, einer begehrten Lage mitten in Berlin. Die Kanzlei lief offenbar gut. In der Empfangshalle glänzte der Marmorboden so sehr, dass man vermutlich davon essen konnte. Am Empfangstresen saß ein Mann, dessen Gesicht zur Hälfte von einem Strauß roter Rosen verdeckt wurde. Sein Blick schweifte an Max und Laura vorbei zu einem Punkt hinter ihnen und plötzlich winkte er jemandem zu. Unsicher wandte Laura sich um. Er konnte unmöglich sie meinen. Tatsächlich war ihnen eine Frau ins Foyer gefolgt, die den Arm hob und zurückgrüßte.

»Frau Greinert, der Strauß hier wurde für Sie abgegeben«, erklärte der Mann hinterm Tresen aufgeregt.

»Für mich?«, fragte die Frau überrascht, die einen

schlichten Rock und eine weiße Bluse trug. Sie hastete an Laura und Max vorbei zum Tresen.

Der Mann am Empfang strahlte. »Sie sind eine gut aussehende Frau. Offenbar haben Sie einen Verehrer.« Er deutete auf die Karte, die an den Rosen hing.

Laura und Max beobachteten die Szene. Aus dem Augenwinkel nahm Laura einen weiteren Mann im Nadelstreifenanzug wahr, der sich mit großen Schritten näherte und im Vorübergehen höflich grüßte.

»Guten Morgen, Herr Kreutzer«, sagte er zu dem Mann am Empfang. Seine Augen wanderten von der Frau zu dem Rosenstrauß.

»Hi, Melissa.« Er sah sie forschend an. »Ist der für dich?«, wollte er wissen und griff, ohne zu fragen, nach dem Kärtchen, das am Strauß hing.

Laura erkannte die Worte: *Für Melissa. In Liebe. P.* Die Miene des Mannes verfinsterte sich für den Bruchteil einer Sekunde. Dann erschien ein künstliches Lächeln auf seinen Lippen.

»Wir sehen uns«, erklärte er kurz angebunden und rauschte mit eiligen Schritten auf die Fahrstühle zu.

»Von wem ist der? Ich kenne niemanden mit P«, sagte die junge Frau, die dem Mann im Nadelstreifen-anzug für einen Moment hinterhergeblickt hatte.

»Ich weiß nicht«, erwiderte der Empfangsmitarbeiter. »Er wurde von einem Boten abgegeben. Schauen Sie doch mal auf das Logo des Blumenladens.« Er schob den Strauß zu der Frau hinüber und fügte hinzu: »Entschuldigen Sie mich. Ich muss mich um unsere Gäste kümmern.«

Seine Augen richteten sich auf Laura und Max. »Tut mir leid, dass Sie warten mussten.«

Als er Lauras Dienstausweis betrachtete, versteinerte sich seine Miene, und er starrte darauf, als wäre es eine tickende Zeitbombe.

»Du liebe Güte, was ist heute bloß los?«, fragte er schockiert und bewegte sich rollend ein Stück nach hinten.

Erst in diesem Augenblick fiel Laura auf, dass er im Rollstuhl saß.

Nervös fuhr er sich durch die Haare und sagte: »Ich fürchte, ich muss Herrn Doktor Schild über Ihre Ankunft informieren. Er wird mir sonst den Kopf abreißen. Sie wissen schon, rede niemals ohne Anwalt.« Er grinste entschuldigend und tippte hastig eine Nummer in sein Telefon.

»Es tut mir wirklich leid für die Störung, aber das Landeskriminalamt ist hier.«

Laura konnte nicht verstehen, was am anderen Ende der Leitung gesprochen wurde.

»Es sind zwei. Ein Mann und eine Frau«, nuschelte der Rollstuhlfahrer und fügte hinzu: »Ich weiß nicht, warum sie hier sind. Ich wollte Sie zuallererst informieren.« Er blickte zu Laura hoch.

»Darf ich Sie fragen, worum es geht?«

»Wir möchten wissen, wem diese Karte gehört, die offenbar aus Ihrem Hause stammt.« Laura hielt ihm die Tüte mit der Zutrittskarte hin, sodass er das Logo der Kanzlei betrachten konnte.

»Sie haben eine Karte von unserer Kanzlei in einer Tüte«, sprach der Mann in den Hörer.

Wieder bekam er Anweisungen durch die Leitung.

»In Ordnung. Wird erledigt, Doktor Schild.« Er legte auf und wischte sich einen Schweißtropfen von der Stirn.

»Dürfte ich die Nummer auf der Karte sehen? Ich kann Ihnen dann sagen, wem sie gehört.«

Laura zeigte das Beweisstück.

»Wie lautet Ihr Name?«, fragte sie freundlich.

Der Mann blickte erschrocken auf. »Da-Daniel Kreutzer«, stotterte er.

»Keine Sorge, das ist reine Routine«, versuchte Laura ihn zu beruhigen.

»Verstehe«, entgegnete Daniel Kreutzer heiser und tippte die Nummer von der Karte ab.

Nach einer Weile sagte er: »Das ist die Zutrittskarte von Louisa Travertini, einer Sekretärin von uns. Das ist sie.« Er drehte seinen Bildschirm zu ihnen herum.

Laura schluckte, als sie das Foto von Louisa Travertini sah. Es handelte sich definitiv um die Frau, die am Abend zuvor ermordet im Wald aufgefunden wurde.

»Können wir gleich mit dem Leiter der Kanzlei sprechen?«, fragte sie.

Daniel Kreutzer nickte und brachte den Bildschirm wieder in die ursprüngliche Position. Er betrachtete das Foto von Louisa Travertini eine Weile. Dann brummte er: »Sie ist heute noch gar nicht zur Arbeit erschienen. Normalerweise trifft sie gegen halb neun ein.«

Laura überlegte, dem Mann die Wahrheit zu sagen, entschied sich jedoch dagegen. Wenn der Mann am Empfang Bescheid wusste, verbreitete sich die Nachricht von Louisa Travertinis Tod vermutlich wie ein Lauffeuer. Vom Leiter der Kanzlei, einem Rechtsanwalt, konnten sie hingegen Verschwiegenheit erwarten.

»Nehmen Sie den Fahrstuhl in die achte Etage. Doktor Schild erwartet Sie.«

Als sich oben die Fahrstuhltüren öffneten, begrüßte sie ein Mann zwischen fünfzig und sechzig mit zum Scheitel gekämmten Haaren und einem strengen Zug um den Mund.

»Guten Morgen, ich bin Theodor Schild und Managing Partner dieser Kanzlei. Folgen Sie mir bitte.«

Er stolzierte vor ihnen den Flur entlang, wobei er den Oberkörper so aufrecht hielt, dass Laura befürchtete, er könnte hintenüberkippen. An einer offenen Tür blieb er stehen. Auf dem rechten der beiden Schreibtische in dem Büro stand der üppige Rosenstrauß, dahinter saß die junge Frau, die sie gerade noch am Empfangstresen gesehen hatten.

»Frau Greinert, wären Sie so nett und bringen Sie uns einen Kaffee?« Er schaute sich fragend zu ihnen um. »Oder möchten Sie etwas anderes? Tee oder Kaltgetränke?«

»Kaffee wäre sehr nett«, entgegnete Max.

Die junge Frau nickte. Dr. Schild führte sie weiter durch die Kanzlei in einen Konferenzraum, wo er sofort die Tür hinter ihnen schloss. »Nehmen Sie bitte Platz«, sagte er und zupfte seine Krawatte zurecht.

Laura stellte sich und Max noch einmal kurz vor und

legte die Zutrittskarte von Louisa Travertini auf den runden Besprechungstisch.

»Ich fürchte, wir haben traurige Nachrichten«, begann sie. »Wir haben Frau Travertini vergangene Nacht tot aufgefunden.«

Dr. Schilds Augen weiteten sich entsetzt. »Louisa?« Er sah sie prüfend an. »Ist das ... also ...« Er räusperte sich. »Sind Sie sicher, dass es sich um Louisa Travertini handelt?«

»Ja, leider«, erwiderte Laura. Der Anwalt schluckte schwer und legte eine Hand auf seine Brust. Sein Gesicht wurde blass.

»Wann haben Sie Frau Travertini zuletzt gesehen?«, fragte Max und hielt Kugelschreiber und Notizblock bereit.

Dr. Schild runzelte die Stirn. »Ich hatte in den letzten Tagen wirklich sehr viel zu tun. Mmh. Warten Sie, ich muss nachdenken ...« Er nahm die Brille ab und rieb sich die Augen. »Ich meine, vorgestern hätte sie in ihrem Büro gesessen. Aber vielleicht fragen Sie lieber Herrn Friedberg. Frau Travertini ist seine Assistentin.«

Es klopfte und Melissa Greinert erschien im Türrahmen.

»Darf ich?«, fragte sie schüchtern.

Dr. Schild winkte sie herein. Sie sahen schweigend dabei zu, wie Melissa Greinert ein Tablett mit einer silbernen Thermoskanne, Kaltgetränken, Tassen und Gläsern hereintrug. Einen Moment lang befürchtete Laura, das schwere Tablett könnte ihr aus der Hand rutschen. Aber Melissa Greinert schien Übung zu haben. Sie stellte das Tablett mühelos ab und schenkte drei Tassen Kaffee ein. Erst als sie den Raum wieder verlassen hatte, sprach Max weiter.

»Sie hatten gerade erwähnt, dass Louisa Travertini vorgestern höchstwahrscheinlich im Büro war und dass Herr Friedberg vermutlich nähere Auskünfte geben könnte.«

»Das ist korrekt. Ich kann Herrn Friedberg auch in unsere Runde bitten, wenn Sie mögen.«

»Ja, tun Sie das bitte«, entgegnete Max.

Dr. Schild erhob sich und ging zu dem Sideboard, auf dem ein Telefon stand. Keine dreißig Sekunden später öffnete sich die Tür und ein Anwalt in dunkelgrauem Anzug trat ein.

Laura stellte sich und Max erneut vor und bemerkte, wie Mark Friedbergs Mundwinkel zu zittern begannen, als sie vom Tod seiner Assistentin berichtete.

»Sie war vorgestern noch hier. Den ganzen Tag. Gestern hatte sie frei«, erklärte er geschockt und fuhr sich durch das kurz geschnittene dunkle Haar, das bis dahin glatt am Kopf gelegen hatte. »Ich habe mich schon gewundert, dass sie noch nicht hier ist. Normalerweise fängt sie gegen halb neun an.« Er atmete tief ein. »Ich kann es nicht glauben. Sind Sie absolut sicher?«

»Leider ja«, entgegnete Max. »Wir müssen so viel wie möglich über Louisa Travertini wissen. Können Sie uns sagen, wann sie vorgestern Feierabend gemacht hat und ob sie Ihnen vielleicht erzählt hat, was sie an ihrem freien Tag vorhatte?«

Mark Friedberg knetete unruhig seine Finger. »Ich

bin mir nicht sicher, wie lange sie gearbeitet hat. Sie geht in der Regel zwischen neunzehn und zwanzig Uhr nach Hause, je nachdem, was anfällt. Ich hatte viel zu tun. Leider kann ich es nicht sagen und wir haben keine Zeiterfassung.« Er hielt kurz inne und tippte sich gegen die Stirn. »Aber wir können die Kamera von der Eingangshalle auswerten. Bestimmt sind die Aufnahmen noch nicht gelöscht.« Er holte sein Handy aus der Anzugtasche, wählte eine Nummer und bat die Sicherheitsfirma um die Übermittlung der Aufnahmen.

»Wir haben Glück. Die Überwachungsvideos werden achtundvierzig Stunden lang gespeichert.«

»Hat Louisa Travertini erzählt, was sie gestern vorhatte?«, hakte Laura nach.

Mark Friedberg zuckte mit den Schultern. »Ich glaube, sie erwähnte einen neuen Freund.«

»Einen neuen Freund?«

»Ja, sie wollte sich mit ihm treffen.«

»Kennen Sie den Namen dieses Freundes?«

»Tut mir leid. Ich wollte nicht indiskret sein und habe nicht gefragt.«

Max seufzte und bohrte mit der Kugelschreiberspitze ein Loch in den Notizblock. »Wer könnte denn wissen, mit wem sie sich getroffen hat?«

»Vielleicht ihre Eltern oder die Schwester? Keine Ahnung. Wir haben uns über private Dinge nicht allzu oft ausgetauscht.«

»Aber sie war Ihre Assistentin? Da hatten Sie doch häufig mit ihr zu tun, oder nicht?« Max vertiefte das

Loch in dem Block, während er Mark Friedberg
musterte.

»Ja, natürlich. Aber dies hier ist eine Kanzlei, in der
viel gearbeitet wird. Das Privatleben spielt im täglichen
Umgang keine große Rolle.«

»Mit welchen Kollegen hat sich Frau Travertini denn
besonders gut verstanden?«, versuchte Laura die Situation zu lösen.

»Mit den anderen Assistentinnen dieser Etage.«

»Ja, befragen Sie doch gleich Frau Greinert, Frau
Kampe und Frau Giesbarth«, pflichtete Dr. Schild
seinem Kollegen bei. »Das ist einfach schrecklich. Ich
habe das Gefühl, Frau Travertini kommt jeden Moment
zur Tür herein, dabei wird sie es nie wieder tun.«

Max notierte sich die Namen. »Ist Ihnen sonst etwas
an Frau Travertini aufgefallen? War sie in letzter Zeit
gestresst oder hatte sie Probleme?«

Mark Friedberg schüttelte den Kopf. »Nicht, dass ich
wüsste. Sie schien eigentlich recht glücklich, weil sie ja
gerade erst diesen neuen Freund kennengelernt hatte.«

»Und wie ist das bei Ihnen?«, fragte Laura an Dr.
Schild gerichtet. »Wie war Ihr Eindruck von Frau Travertini in den vergangenen Tagen?«

»Mir ist nichts aufgefallen, aber ich habe ja auch
wesentlich weniger mit ihr zu tun gehabt als mein
Kollege. Mir kam sie jedenfalls vor wie immer.«

Mark Friedberg räusperte sich. »Wenn ich kurz
unterbrechen darf«, sagte er und wedelte mit dem
Smartphone in der Hand. »Der Sicherheitsdienst hat
mir den Link zu dem Überwachungsvideo geschickt.« Er

wischte über das Display, startete die Aufnahme und legte das Telefon in die Mitte des Besprechungstisches.

Die Aufnahme begann um siebzehn Uhr. Der Bildausschnitt zeigte den Bereich vor der Eingangstür. Jeder, der aus dem Gebäude kam, wurde von hinten gefilmt, und diejenigen, die es betraten, von vorn. In den ersten zwanzig Minuten passierte überhaupt nichts. Dann verließ die Frau das Gebäude, die ihnen die Getränke gebracht hatte.

»Das ist Melissa Greinert«, merkte Dr. Schild sofort an. »Sie ist seit ein paar Wochen für mich tätig.«

Die junge Frau huschte mit gesenktem Kopf den Bürgersteig entlang, als hätte sie einen schweren Tag gehabt. Kurz darauf kam der Rollstuhlfahrer aus der Tür, gefolgt von dem Anwalt im Nadelstreifenanzug, die Laura beide zuvor am Empfang gesehen hatte.

»Wer sind die beiden?«, fragte sie.

»Der Mann im Rollstuhl heißt Daniel Kreutzer und dahinter kommt Finn Altmann, einer unserer besten Anwälte«, erklärte Dr. Schild. Er warf Mark Friedberg einen Seitenblick zu. »Natürlich neben unserem werten Kollegen Herrn Friedberg. Beide sind Anwärter auf eine Partnerschaft.«

»Verstehe«, murmelte Laura, ohne den Blick von dem Handydisplay zu nehmen.

Endlich, um achtzehn Uhr zweiunddreißig, öffnete sich die Tür und Louisa Travertini kam heraus. Im Gegensatz zu der anderen Assistentin trat sie erhobenen Hauptes auf die Straße. Doch sie ging nicht weiter, sondern blieb genau vor der Tür stehen. Dann hob sie plötzlich den Arm und winkte.

»Sie hat sich mit jemandem getroffen«, stellte Laura fest. »Leider können wir mit diesen Aufnahmen nicht feststellen, um wen es sich handelt. Gibt es noch weitere Kameras?«

Dr. Schild schüttelte den Kopf. »Wir würden niemals Fußgänger vor dem Gebäude mit einer Kamera aufnehmen. Das wäre illegal.«

Laura notierte sich die Uhrzeit.

»Können Sie uns dieses Video zur Verfügung stellen?«, fragte sie und schob Mark Friedberg eine Visitenkarte mit ihrer E-Mail-Adresse über den Tisch.

»Natürlich«, erwiderte der Anwalt.

»Sagt Ihnen der Spruch *Blut ist ein ganz besonderer Saft* etwas?«

Mark Friedberg und Dr. Schild tauschten überraschte Blicke aus. Schließlich zuckte der Kanzleichef mit den Achseln.

»Ehrlich gesagt, nein. Sollten wir Kenntnis hierüber haben?«

Laura reagierte nicht auf seine Frage, sondern zitierte den ersten Satz aus Faust, den sie auf der Schiefertafel um den Hals der ermordeten Katharina Waidhofer entdeckt hatten: »*Sünd und Schande bleibt nicht verborgen*, kommt Ihnen das bekannt vor?«

Abermals blickten sich die beiden Anwälte irritiert an. »Sie sprechen offen gestanden in Rätseln. In der Tat habe ich das irgendwo schon einmal gehört oder gelesen. Aber ich kann nicht sagen, wo.« Dr. Schild musterte Laura mit einer Intensität, die ihr unangenehm war.

Sie spürte einen Hauch von Aggression in seinem Blick. Der Mann schien auf den ersten Eindruck kein besonders netter Mensch zu sein. Doch möglicherweise war sein Verhalten auch der schlimmen Nachricht geschuldet.

Sie sah zu Max, und als dieser unmerklich den Kopf schüttelte, erhob sie sich.

»Ich danke Ihnen für Ihre Zeit. Im Moment haben wir keine weiteren Fragen. Wir lassen Ihnen noch einen richterlichen Beschluss zukommen, damit wir das Büro und den Computer von Frau Travertini durchsuchen können. Zudem würden wir gerne gleich mit den drei Assistentinnen sprechen. Aber vorher müssen wir uns vor dem Gebäude umsehen.«

Sie fuhren mit dem Fahrstuhl in die Eingangshalle. Laura stürmte ohne Umwege aus der Kanzlei und suchte die Straße nach anderen Überwachungskameras ab.

16

Melissa gefror das Lächeln, als sie Finn in die Augen sah. Sein Blick hatte sich völlig verändert. Nichts von dem, was sie am Abend zuvor darin gesehen hatte, war mehr da. Sein Interesse und seine Zuneigung schienen verschwunden. Ob das an den Rosen lag? Sie hatte bisher nicht herausgefunden, wer hinter P. steckte. Sie kannte niemanden, dessen Vorname mit diesem Buchstaben anfing. Und auch ein Bekannter, dessen Nachname mit P begann, fiel ihr nicht ein. Es gab einen Paul aus ihrer Schulzeit, doch den hatte sie seit Ewigkeiten nicht getroffen. Sie besaß nicht einmal seine Handynummer. Er konnte nicht wissen, dass sie für Meier, Schild und Partner arbeitete.

»Gibt es da noch jemanden?«, fragte Finn und starrte auf die Rosen.

»Ich weiß nicht, von wem die sind. Ich habe beim Blumenladen angerufen, aber die konnten mir keine Auskunft geben. Vielleicht war der Strauß für eine andere Melissa gedacht. Ich werde ihn gleich wieder zum Empfang bringen.« Sie schaute zu Finn, konnte jedoch kein Anzeichen von Erleichterung in seinen Augen erkennen.

Er glaubte ihr nicht. Und das nach allem, was zwischen ihnen geschehen war. Sie hatten sich geküsst und waren noch ein wenig weiter gegangen. Alles hatte sich absolut fantastisch angefühlt. Sie wollte gern dort weitermachen, wo sie gestern Abend in seinem Wagen vor ihrer Haustür aufgehört hatten. Fast hätte sie ihn mit hinauf in die Wohnung gebeten. Sie seufzte und beglückwünschte sich innerlich dazu, dass sie es nicht getan hatte. Verdammt. Wieso veranstaltete Finn ein solches Drama? Sie hatte nichts gegen ein wenig Eifersucht, aber Finn übertrieb es wirklich. Hoffentlich war er kein Kontrollfreak, der sie auf Schritt und Tritt verfolgte.

»Du weißt nicht, wer dir diesen riesigen Blumenstrauß geschickt hat?« Er biss sich auf die Unterlippe.

»Nein. Weiß ich nicht. Wir arbeiten hier in einem Gebäude mit über hundert Angestellten. Ich bin bestimmt nicht die einzige Melissa hier.« Sie seufzte und erhob sich. »Ich bringe den Strauß jetzt wieder zurück. Und du atmest vielleicht in der Zeit tief durch. Gestern Abend war zwischen uns alles in Ordnung und ehrlich gesagt hat sich seitdem nichts geändert. Jedenfalls nicht für mich.«

Er blinzelte, wobei seine Stirn noch immer in Falten lag.

»Tut mir leid«, stieß er aus. Er stürmte zur Tür und

sagte über die Schulter: »Es wäre mir trotzdem lieb, wenn wir das mit uns beiden vorerst für uns behalten könnten.« Er wartete keine Antwort ab und hastete hinaus.

Melissa packte die Vase und begab sich zum Fahrstuhl. In ihrem Magen rumorte es. »Du bist die außergewöhnlichste Frau, die ich bisher kennengelernt habe«, hatte Finn ihr gestern noch ins Ohr geflüstert.

Seine Augen hatten gefunkelt, und Melissa hatte gespürt, dass zwischen ihnen etwas wirklich Wundervolles geschehen könnte. Sie hätte ihn am liebsten nie wieder losgelassen. Wie konnten sich solche starken Gefühle innerhalb kürzester Zeit einfach in Luft auflösen? Hatte sie sich in Finn geirrt? War sie auf seinen Charme hereingefallen, den er womöglich bei jeder Frau versprühte, der er näherkam?

Die Fahrstuhltüren öffneten sich surrend, als sie unten ankam. Melissa ging auf den Empfangstresen zu, hinter dem Daniel Kreutzer saß und sich ganz offensichtlich zu langweilen schien. Er hatte das Kinn auf die Hand gestützt und die Augen halb geschlossen. Er bemerkte sie nicht einmal, als sie direkt vor ihm stand. Erst nachdem sie die Vase geräuschvoll auf dem Tresen abgestellt hatte, sah er auf.

»Was kann ich für Sie tun?« Er räusperte sich überrascht. »Ist mit den Blumen was nicht in Ordnung?«

»Die können nicht für mich sein«, erwiderte Melissa. »Vielleicht arbeitet noch eine andere Frau hier, die Melissa heißt. Könnten Sie sich einmal umhören? Ich kenne nämlich niemanden mit P., der mir Blumen schicken würde. Es wäre ja schade, wenn diese schönen Rosen nicht die richtige Empfängerin fänden.«

Daniel Kreutzer schob die Unterlippe hervor. »Ich glaube nicht, dass noch eine Melissa hier tätig ist. Aber ich schaue mal nach.« Er drückte ein paar Tasten und blickte auf den Bildschirm.

»Sie haben recht. Es gibt in der dritten Etage, bei den Steuerrechtlern, tatsächlich eine Melissa Hornbach. Oje. Das ist mir jetzt wirklich unangenehm. Ich habe sofort an Sie gedacht, als diese Rosen heute Morgen ankamen.« Er warf ihr einen schüchternen Blick zu. »Ich kümmere mich darum«, versprach er.

»Danke, das ist nett von Ihnen.« Melissa lächelte und begab sich wieder in den achten Stock.

Vor ihrem Büro wartete Frau Kampe, mit der sie sich das Büro teilte. Sie winkte Melissa aufgeregt zu sich.

»Die beiden LKA-Beamten, die vorhin mit Doktor Schild gesprochen haben, warten auf Sie im Konferenzraum.«

»Auf mich?«

»Ja, sie wollen mit jedem aus dieser Etage sprechen. Louisa Travertini wurde ermordet.«

»Was?« Melissa konnte nicht glauben, was sie gerade gehört hatte. »Ermordet?«

»Ja. Das ist eine ganz schreckliche Geschichte. Deshalb wollen sie von allen hören, was sie über Louisa wissen. Nun beeilen Sie sich schon. Die warten auf Sie, Sie sind die Letzte.«

Melissa schnappte nach Luft und begab sich umgehend zu dem Konferenzraum.

»Wie kann ich Ihnen helfen?«, fragte sie und setzte sich.

Es schockierte sie, was mit Louisa geschehen sein sollte. Sie befürchtete nur, dass sie nicht viele Fragen beantworten konnte, weil sie bloß am Rande mit ihr zu tun gehabt hatte.

»Wann haben Sie Louisa Travertini zuletzt gesehen?«, wollte Max Hartung wissen, dessen markante Gesichtszüge Melissa gefielen.

»Ich arbeite erst seit Kurzem hier, genauer gesagt seit drei Wochen, und ich muss zugeben, dass ich mit Frau Travertini nicht viel zu tun hatte. Soweit ich mich erinnere, hatte sie gestern frei, und am Tag davor sind wir uns ein paarmal am Kopierer begegnet.« Melissa überlegte. »Das letzte Mal war gegen vier. Da habe ich für Herrn Doktor Schild einen Schriftsatz ausgedruckt.«

»Wann haben Sie die Kanzlei vorgestern verlassen?«, fragte die Blonde, und irgendwie überkam Melissa das Gefühl, es handelte sich um eine Fangfrage. Die Beamtin blätterte in ihrem Notizblock und fuhr dann mit dem Stift über eine Seite, wo sie an einer Stelle stehen blieb. Sie warf Melissa einen freundlichen, aber forschenden Blick zu.

»Puh. Das ist eine schwierige Frage.« Melissa spürte Nervosität in sich aufsteigen. LKA, fuhr es ihr durch den Kopf. Mensch, sei nicht blöd, das sind Kriminalbeamte. Was, wenn sie eine Frage falsch beantwortete und unter Verdacht geriet?

»Hören Sie, ich weiß, Sie sind emotional aufgewühlt, und da fällt es schon mal schwer, sich richtig zu erinnern. Aber bitte versuchen Sie es. Wir wollen die letzten Tage und Stunden von Louisa Travertini rekonstruieren.«

»Wie kann das bloß sein? Was ist ihr denn passiert?«, stieß Melissa aus.

»Wir stehen noch am Anfang der Ermittlungen und dürfen keine Details preisgeben. Erzählen Sie uns bitte von Frau Travertini. Ist Ihnen irgendetwas Merkwürdiges an ihr aufgefallen? Schien sie vielleicht angespannt oder nervös? Hatte sie Ärger mit jemandem?«

Melissa dachte nach, doch in ihrem Kopf herrschte plötzlich ein völliges Durcheinander. Sie brachte keinen klaren Gedanken mehr zustande.

»Ich weiß nicht«, erwiderte sie zögerlich. »Ich habe nichts bemerkt, aber ich kannte sie noch nicht so gut. Sie hat hauptsächlich für Mark Friedberg gearbeitet, und es gab kaum Überschneidungen mit Doktor Schild, dem ich assistiere.«

»Ist Ihnen eingefallen, bis wann Sie vorgestern hier waren?«, fragte Max Hartung mit sanftem Tonfall.

Melissa zuckte mit der Schulter. »Vielleicht bis sechs? Ich hatte einiges zu tun an dem Tag.«

»Und gestern, wie lange haben Sie da gearbeitet?«

»Bis halb sieben«, schoss es aus ihr heraus, und sie schaffte es gerade noch, den nächsten Satz aufzuhalten. Niemand durfte von ihrer Verabredung mit Finn erfahren. Sonst würde sie es völlig vermasseln.

»Und warum wissen Sie das so genau? Hatten Sie etwas vor?«

Die blonde Beamtin war Melissa echt unheimlich. Konnte diese Frau ihre Gedanken lesen?

»Nein. Ich hab auf die Uhr geschaut, deshalb erinnere ich mich.«

Laura Kern glaubte ihr kein Wort. Sie sah es an dem Zucken um ihre Mundwinkel. Kein Wunder, eine blödere Begründung wäre auch gar nicht möglich gewesen. Was redete sie bloß für einen Schwachsinn?

Max Hartung drückte ihr seine Visitenkarte in die Hand.

»Sollte Ihnen noch etwas einfallen, rufen Sie uns bitte an. Uns ist jede Information willkommen, egal wie unwichtig sie Ihnen erscheinen mag.« Er lächelte und Melissa schmolz dahin. Der Mann gefiel ihr, oder war das nur ihr verletztes Ego, weil Finn heute ein anderer war als am Tag zuvor? Ihr Blick glitt zu seinen Fingern. War ja klar, fuhr es ihr durch den Kopf. Der Typ trug einen Ehering. Kein Wunder, er wirkte nett und sie hätte ihn bestimmt nicht von der Bettkante gestoßen. Aber alle guten Männer waren in ihrem Alter längst in festen Händen. Übrig blieben nur die mit Problemen. So wie Finn, dachte sie finster.

»Ich melde mich auf alle Fälle«, versprach sie und eilte ein wenig kopflos aus dem Besprechungsraum.

17

Laura wartete, bis Melissa Greinert die Tür hinter sich geschlossen hatte.

»Glaubst du ihr, dass sie nichts von den Gerüchten weiß?«

Max hob den Kopf. »Sie ist erst seit drei Wochen hier, allerdings waren ihre Angaben manchmal merkwürdig. Ich kann ja verstehen, dass sie nicht mehr weiß, wie lange sie an dem Abend im Büro gesessen hat. Aber ihre Antwort zu gestern kam wie aus der Pistole geschossen, doch dafür konnte oder wollte sie keinen vernünftigen Grund nennen.«

Laura packte ihre Sachen zusammen und erhob sich. »Das habe ich auch gedacht. Ich wette, sie hatte etwas vor. Irgendein Termin, für den sie exakt um halb sieben Feierabend gemacht hat.«

»Es muss nichts mit unserem Fall zu tun haben«, warf Max ein und hielt ihr die Tür auf. »Aber wieso lügt sie dann?«

»Sie verheimlicht etwas«, stellte Laura fest und steuerte auf die Aufzüge zu. »Und warum sollte sie noch nie von diesem Gerücht gehört haben, dass Louisa Travertini eine Affäre mit Mark Friedberg hatte? In der Kanzlei gibt es bestimmt den berühmten Flurfunk, der in jedem Unternehmen existiert. Ausgerechnet dieses Gerücht soll ihr entgangen sein? Sie hat schließlich eine wichtige Position. Sie ist die persönliche Assistentin des Kanzleichefs. Ich wette, jeder versucht, sich mit ihr gutzustellen, und da sind Klatsch und Tratsch sicher ein probates Mittel.«

Laura ignorierte die Fahrstühle und öffnete die Tür zum Treppenhaus. »Lass uns die Treppe nehmen. Ich brauche Bewegung. Dieses Herumsitzen macht mich ganz mürbe.«

»Ich komme mit.« Max folgte ihr die Treppen hinunter.

Sie hatten die Straße vor dem Gebäude nach weiteren Kameras abgesucht und auf Anhieb keine gefunden, mit der sie die andere Straßenseite einsehen konnten. Dabei wäre es vermutlich entscheidend, denjenigen zu identifizieren, der Louisa Travertini abgeholt hatte. Es könnte durchaus ihr Mörder gewesen sein. Bisher hatten sie nicht herausgefunden, was Louisa Travertini an ihrem freien Tag geplant hatte. Martina Flemming hielt sie mit ihren Recherchen auf dem Laufenden. Travertinis Eltern und die Schwester lebten in Italien. Sie telefonierten häufig miteinander, ungefähr einmal pro Woche. Trotzdem wusste keiner von ihnen etwas von einem neuen Freund. Louisa hatte nichts davon erwähnt, ebenso wenig wie die angebliche Affäre mit Friedberg. Sie war seit geraumer Zeit Single und ihr Ex-Freund wohnte im selben Dorf wie die Eltern. Er kam als Täter nicht infrage, sein Alibi hatte Martina Flemming bereits überprüft. Blieb nur zu hoffen, dass Simon Fischer etwas auf dem Computer aus der Kanzlei fand, sobald der richterliche Beschluss vorlag.

»Ich denke nicht, dass Melissa Greinert von der Affäre weiß«, nahm Max den Faden wieder auf, während sie sich dem Erdgeschoss näherten. »Ich glaube, es ist etwas anderes, was sie uns nicht gesagt hat. Ist aber nur ein Bauchgefühl.«

»Vielleicht«, erwiderte Laura nachdenklich. »Ich kann mir auch nicht vorstellen, dass ein Anwalt wie Mark Friedberg, der die Chance hat, Partner zu werden, eine Affäre mit seiner Assistentin hat. Denkst du, Frau Giesbarth liegt damit richtig?«

Sie hatten alle drei Assistentinnen aus der achten Etage befragt. Nur Marianne Giesbarth hatte von dieser Affäre berichtet. Sie erreichten das Erdgeschoss und schritten durch die Halle nach draußen.

»Ich weiß nicht«, sagte Max und holte den Autoschlüssel hervor. »Sie schien eifersüchtig, wenn du mich fragst. Und außerdem hat sie die Affäre bloß angedeutet. Sie hat es noch nicht mal ausgesprochen, sondern lediglich gesagt, dass Friedberg und Travertini ein außergewöhnlich intensives Arbeitsverhältnis miteinander hätten.«

»Und sie hat behauptet, dass es Monate her sei und

seitdem eine Art Eiszeit zwischen den beiden herrsch-te«, ergänzte Laura.

»Vielleicht sollten wir Mark Friedberg mit ihrer Aussage konfrontieren«, schlug Max vor.

»Lieber nicht. Stell dir vor, er ist der Täter. Damit schrecken wir ihn auf. Der Kerl steigt in den nächsten Flieger und wir sehen ihn nie wieder.«

»Da hast du wohl recht«, brummte Max und schloss den Dienstwagen auf.

Laura starrte aus dem Fenster, während Max beschleunigte, und dachte nach. Sie hatten zwei tote Frauen. Beide waren erdrosselt worden und hatten eine Schiefertafel mit einem Zitat aus Goethes Faust um den Hals. Beim ersten Opfer schien das Zitat mit der Aufmachung als Prostituierte zusammenzuhängen, doch das war bei der zweiten Toten nicht der Fall. Sie hatten versucht, weitere Zusammenhänge zwischen den Zitaten und den Opfern herzustellen, waren jedoch kläglich gescheitert. Die beiden Frauen wohnten in verschiedenen Stadtteilen. Auch die Leichenfundorte wichen voneinander ab. Wobei es zumindest eine Gemeinsamkeit gab. Der Täter bevorzugte offenbar Waldgebiete im nördlichen Raum Berlins. Vermutlich kannte er sich dort aus. Doch keiner der Verdächtigen lebte im Norden der Stadt. Weder Mirco Neudorf, Ehemann des ersten Opfers, noch Torsten Lübke, der Bauunternehmer, der jede Minute aus der Ausnüchte-rungszelle entlassen werden würde. Das hieß natürlich nicht, dass sie sich im Berliner Norden nicht auskannten. Und es blieb ein dritter möglicher Verdächtiger übrig, mit dem sie bisher nicht gesprochen hatten. Martina Flemming überprüfte Gerhard Wernicke derzeit. Gegen den Verkäufer eines großen Grundstücks hatte Katharina Waidhofer zwar keine Anzeige erstattet, aber sie wussten von ihrer Assistentin, dass Wernicke sie im Büro bedroht hatte. Laura warf einen Blick auf die Uhr. In drei Stunden würde der Mann zur Befragung im LKA erscheinen. Bis dahin mussten sie sich mit Torsten Lübke befassen und noch tausend andere Sachen erledigen.

Während Max den Dienstwagen in Richtung LKA steuerte, flogen die Gedanken nur so an Laura vorbei. Melissa Greinert, die Assistentin des Kanzleichefs, hatte am wenigsten zum zweiten Opfer sagen können. Trotzdem schien sie etwas vor ihnen zu verheimlichen, das konnte Laura spüren. Die zweite Assistentin Frau Kampe arbeitete seit Jahren mit Louisa Travertini zusammen. Sie hatte ausschließlich Gutes von ihr berichtet, jedoch nichts von einer angeblichen Affäre erwähnt. Sie kannte die Familie und auch den Ex-Freund, und sie hatte erzählt, dass Louisa aus dem kleinen italienischen Dorf hatte ausbrechen wollen und deshalb nach Deutschland gekommen war. Die dritte Assistentin bereitete Laura Kopfzerbrechen. Ihre Andeutungen zu einer Affäre zwischen Louisa Travertini und ihrem Vorgesetzten Mark Friedberg könnten entscheidend sein für die Ermittlungen. Oft kamen Täter aus dem sozialen Umfeld des Opfers. Eine Affäre gab möglicherweise ausreichend Anlass für einen Mord. Wenn es stimmte, könnte der smarte Mark Friedberg vielleicht sogar ein Motiv haben. Doch wie hing das Ganze mit Katharina Waidhofer, dem ersten Opfer, zusammen?

Max fuhr in die Tiefgarage des LKAs und parkte den Wagen dicht am Treppenaufgang.

Als sie ihr Büro erreichten, wartete bereits Martina Flemming auf sie.

»Ich habe wichtige Neuigkeiten.« Sie wedelte mit einem Dokument. »Der Anwalt von Mirco Neudorf hat einem DNS-Test zugestimmt. Eben ist das Ergebnis aus dem Labor angekommen.«

Lauras Herz schlug auf der Stelle schneller.

»Mit wem hatte Katharina Waidhofer Geschlechtsverkehr?«, wollte sie wissen und hielt die Luft an, während sie auf die Antwort wartete.

»Das Sperma stammt nicht von Mirco Neudorf. Sie hatte also kurz vor ihrem Tod keinen Sex mit ihrem Ehemann.«

»Und mit wem dann?«, fragte Max gespannt.

Martina Flemming verzog die Miene. »Das wissen wir nicht. Wer auch immer es war, ist nicht polizeilich erfasst.«

»Verdammt«, fluchte Laura und überlegte, was sich mit diesem Ergebnis für die Ermittlungen änderte. Was Mirco Neudorf als Verdächtigen anging, jedenfalls eine Menge. Die Tatsache, dass seine Ehefrau mit einem anderen Mann ungeschützten Geschlechtsverkehr hatte, bescherte Neudorf ein dringendes Tatmotiv. Laura seufzte. Sie waren offenbar in einem Sumpf voller undurchsichtiger sozialer Beziehungen gelandet.

»Danke für das Ergebnis«, sagte sie und fragte: »Wie sieht es mit Torsten Lübke aus? Ist der Kerl wieder nüchtern, sodass wir mit ihm reden können?«

Martina Flemming nickte eifrig. »Ich habe ihn in Verhörraum Nummer vier verfrachtet. Allerdings warten wir noch auf seinen Anwalt. Er wird vorher kein Wort sagen.«

»Das dachte ich mir«, erwiderte Laura. »Wir brauchen eine Verbindung zwischen den Verdächtigen und den Opfern. Und wir müssen herausfinden, mit wem Katharina Waidhofer intim war. Bitten Sie Peter Meyer, sich die Assistentin des Opfers erneut vorzunehmen. Die beiden waren angeblich so was wie beste Freundinnen. Johanna Vogt muss doch irgendetwas mitbekommen haben. Vielleicht hört er sich auch noch mal gezielt bei den Nachbarn um. Jemand muss diesen Mann gesehen haben.«

Laura wollte zu ihrem Schreibtisch und sich vor den Computer setzen, aber Martina Flemming rührte sich nicht von der Stelle.

»Gibt es noch etwas?«, fragte Laura neugierig, als sie den Gesichtsausdruck ihrer Kollegin bemerkte.

»Ich bin mir nicht sicher ... ich denke, Sie sollten es wissen«, stotterte Martina Flemming plötzlich.

Aus dem Augenwinkel nahm Laura wahr, wie Max die Kollegin mit einer Handbewegung zum Schweigen bringen wollte. Augenblicklich fuhr sie zu ihm herum.

»Was ist hier los?«

Max senkte den Blick. Sein Gesicht lief so rot an, als wäre er beim Abschreiben in der Schule erwischt worden.

»Da ist bestimmt gar nichts dran«, beeilte Martina Flemming sich zu sagen. »Es gibt da nur diesen Zeitungsbericht über den Belästigungsfall in der Polizeidirektion eins.«

»Den kenne ich doch schon. Ich weiß sogar, um welche ehemalige Kollegin es sich handelt.«

Martina Flemming biss sich auf die Unterlippe, dann holte sie tief Luft.

»Es wird eine offizielle Untersuchung geben.« Sie machte eine kurze Pause und sah aus, als müsste sie sich übergeben. »In der Zeitung steht, dass jemand, der aus den USA stammt, die Frau belästigt haben soll. Ich kenne nur einen Kollegen, auf den die Beschreibung passt.«

In Lauras Ohren begann es zu rauschen. Sie verstand kein Wort mehr. Musste sie auch nicht. Es war richtig, dass es im ersten Polizeirevier bloß einen Polizisten aus den USA gab. Taylor.

»Das kann nicht sein«, stieß sie aus und warf Max einen Hilfe suchenden Blick zu. Doch der wirkte alles andere als überrascht. In seinem Gesicht stand geschrieben: *Ich habe dich vor ihm gewarnt. Er hat keinen guten Ruf.*

Laura sah Martina Flemming an. In ihren Augen schimmerte Mitleid.

»Na toll«, sagte sie und griff zu ihrem Handy. Sie wählte Taylors Nummer, weil sie die Sache sofort klären wollte. Es konnte sich nur um ein Missverständnis handeln und sonst um gar nichts. Sie hatte mit Taylor über diesen Fall gesprochen. Mit keiner Silbe hatte er erwähnt, dass er auch bloß ansatzweise involviert war. Er hatte sie in dem Glauben gelassen, dass jemand anders der Übeltäter sei. Er hatte ihr sogar den Namen der Frau verraten. Annika Lippke.

Endlich ging Taylor ans Telefon.

»Ist es wichtig? Ich kann eigentlich gerade nicht sprechen«, flüsterte er. Im Hintergrund hörte Laura Stimmen, als wäre er in einer Einsatzbesprechung.

»Stimmt es, dass du in deinem Revier Frauen belästigst?«, fragte Laura geradeheraus.

Am anderen Ende der Leitung atmete Taylor schwer.

»Hör mal, können wir nachher in Ruhe darüber reden?«

Sein Tonfall machte Laura Angst. Plötzlich schoss eine Erinnerung in ihr hoch. Er hatte sie zum Fundort der zweiten Leiche gerufen, und dann hatte er sich verabschiedet, weil er noch etwas vorhatte. Das kam Laura auf einmal reichlich merkwürdig vor. Schließlich war es spät am Abend gewesen.

»Was hast du gestern noch gemacht, als Max und ich die Tote am See untersucht haben?«

Taylor seufzte. »Wirklich, Laura, es ist ein ganz schlechter Zeitpunkt. Ich wollte die Sache mit Annika klären. Sie wohnt ein paar Straßen weiter.«

Jedes einzelne Wort traf Laura wie ein Hammerschlag. Er wollte die Sache klären? Mit der Hauptbetroffenen, die mit der Presse in regelmäßigem Kontakt stand und jetzt seinen Namen ausposaunt hatte.

»Bitte, warte bis heute Abend. Es wird sich alles regeln.« Taylor legte auf.

Einfach so. Ohne ein weiteres Wort und offenbar ohne das Ausmaß seines Handelns zu erkennen. Wie konnte er sie derartig abblitzen lassen? Ihr Handy gab keinen Laut mehr von sich. Dann wurde ihr bewusst, dass Max und Martina Flemming sie anstarrten.

Wütend schnappte Laura nach Luft. »Ich brauche eine Pause.«

Sie rauschte davon, ab ins Treppenhaus und hinunter bis zur Tiefgarage. Zum Glück hatte sie den Autoschlüssel eingesteckt. Sie startete den Wagen und brauste los, egal in welche Richtung. Vermutlich hatte sie es ihrem Schutzengel zu verdanken, dass sie niemanden anfuhr oder ein Rotlicht übersah. Wie ferngesteuert fuhr sie durch die Straßen und kam erst wieder zu sich, als sie auf einen Waldweg abbog. Sie stoppte rechts am Rand und schloss die Augen.

Noch immer brannten sich Max' und Martina Flemmings Blicke in ihr Hirn. Sie hasste es, ein Opfer zu sein.

Verdammt! Sie war kein Opfer.

Nicht das von Andreas Hobrecht, dem Monster, und auch keines, das von seinem Freund hintergangen wurde. Sie kannte Taylor. Er liebte sie. Nur sie.

Oder etwa doch nicht?

Wer zum Teufel war diese Annika Lippke? Würde sie die Presse anlügen? Und warum sollte ein Journalist ihre Aussage ungeprüft veröffentlichen?

Laura wusste selbst, wie unwahrscheinlich das war. Irgendetwas an der Sache musste stimmen. Sie wischte wütend eine Träne weg und atmete tief durch. Dann startete sie den Motor und fuhr weiter. Die Gegend kam ihr bekannt vor. Sie befand sich in der Nähe des zweiten Fundortes. Sie beschloss, dorthin zu fahren, und parkte hinter den Einsatzwagen der Spurensicherung. Doch sie stieg noch nicht aus.

Alles würde sich klären, hatte Taylor gesagt. Auch wenn es in ihrem Magen grummelte, sie musste bis heute Abend abwarten. Es brachte nichts, sich verrückt zu machen. Trotzdem nahm sie das Handy aus der Tasche und suchte den Artikel über Taylors Polizeirevier heraus. Sie überflog die Angaben, die genau dem entsprachen, was Martina Flemming ihr erzählt hatte. Die offizielle Untersuchung würde in den nächsten Tagen starten, und Ergebnisse wären in spätestens drei Wochen zu erwarten. Laura legte das Handy weg und schloss die Augen. Es dauerte eine ganze Weile, bis sich ihr Herzschlag beruhigte.

Plötzlich klopfte es an der Seitenscheibe ihres Wagens. Sie zuckte zusammen und erkannte Dennis Struck von der Spurensicherung.

»Ich wollte Sie gerade anrufen«, erklärte Dennis Struck und lächelte.

»Haben Sie etwas Neues entdeckt?« Laura öffnete die Wagentür und stieg aus.

»Leider nicht. Weder die Handtasche noch sonstige persönliche Gegenstände, und zudem ist unklar, wie

Louisa Travertini hierhergekommen ist. Sie besitzt nämlich keinen Wagen.«

»Okay. Dann werden wir prüfen, ob sie mit öffentlichen Verkehrsmitteln oder einem Taxi hierherkam. Wir können natürlich nicht ausschließen, dass der Täter sie hergebracht hat.«

Dennis Struck lief neben ihr her. Sie bewegten sich auf die Eiche zu, an der die Tote gelehnt hatte. »Wir haben die Fingerabdrücke von beiden Fundorten miteinander verglichen. Es gab keine Übereinstimmungen. Ich gehe davon aus, dass der oder die Täter Handschuhe getragen haben.«

Damit hatte Laura bereits gerechnet. Sie zeigte in Richtung der Campingwagen. »Was ist mit Hubert Müller? Hat er wirklich eine Abkürzung zum See benutzt?«

Dennis Struck nickte. »Sieht danach aus. Zumindest gibt es einen schmalen Trampelpfad durch den Wald bis zum Campingplatz. An dem Baum, an dem die Tote gefunden wurde, führt dieser Pfad nicht vorbei. Allerdings scheint er häufig genutzt zu werden. Wir haben diverse Schuhabdrücke sichergestellt. Es wimmelt dort von Spuren.« Dennis Struck kratzte sich am Hals. Er wirkte unzufrieden. »Tut mir echt leid, dass Sie umsonst hierhergefahren sind. Aber die Spurenlage gibt wirklich nicht viel her.«

»Ist schon okay«, erwiderte Laura. Die Ablenkung hatte ihr gutgetan. Ihr Fokus lag wieder auf dem Fall und Taylor geisterte nicht länger durch ihre Gedanken.

Sie verabschiedete sich und fuhr zurück zum Landeskriminalamt.

Gerade als sie die Treppe zu ihrem Büro hinaufstieg, klingelte ihr Handy. Simon Fischer wollte sie erreichen.

»Bist du im Büro?«, fragte er.

»Im Treppenhaus. Soll ich vorbeikommen?«

»Dringend. Ich muss dir etwas zeigen.«

18

Neunzehn Jahre zuvor

Schmerz! Das war alles, was er noch empfinden konnte. Er spürte den rechten Unterschenkel, der längst amputiert war und trotzdem unvorstellbar wehtat. Eine Mischung aus Ziehen, Stechen und Brennen. Jeder Schritt glich der Hölle. Aber was weit mehr schmerzte, war sein Herz. Er war allein. Mutterseelenallein. Sein Vater, seine Mutter und seine Schwester lagen vor ihm unter einer grauen Granitplatte, vergraben in der Erde. Sie würden nie wieder das Licht sehen. Und während er weiterleben musste, waren sie wenigstens im Tod vereint. Warum hatten sie ihn nicht mitgenommen? Weshalb waren sie einfach gestorben? Ohne ihn? Wie konnten sie das tun?

Manchmal träumte er von ihnen. Wie sie oben im

Himmel lebten, hoch über den Wolken. Wie seine Schwester ununterbrochen redete. Seine Mutter lächelte und sein Vater konzentrierte sich auf ein Buch und ignorierte die Welt um sich herum.

»Stell die Blumen hier rein«, sagte seine Betreuerin sanft und hielt ihm eine Vase hin.

Er steckte den Strauß in das Gefäß und versuchte, ihn auf dem Grabstein abzustellen. Doch die Krücke drohte ihm wegzurutschen. Er geriet ins Schlingern.

»Ich mach das.« Die Betreuerin griff ihm unter die Arme und richtete ihn wieder auf. Anschließend nahm sie ihm die Vase aus der Hand und platzierte sie auf dem Grab.

»Du hast wirklich einen wunderschönen Strauß ausgesucht.« Sie nickte ihm zu.

Er schwieg. Wer außer ihnen sah schon seine Blumen? Alle waren tot. Nächtelang hatte er um ein Lebenszeichen gefleht und sich dann in den Schlaf geweint. Sehnsüchtig hatte er auf irgendein Zeichen gewartet. Aber es kam nichts. Nicht einmal ein Traum, in dem seine Mutter sich wenigstens von ihm verabschiedete. Stattdessen starrte sie ihn aus toten, stumpfen Augen an, in denen er nichts mehr von ihr erkannte. Alles, was ihr Wesen ausgemacht hatte, war fort. Geblieben war Leere. Ein Vakuum, das ihn aufzufressen drohte.

Er trat einen Schritt vom Grab zurück, weil er die Vorstellung nicht länger ertragen konnte, dass seine Familie unter diesem Stein lag. Sein Phantomfuß jagte einen spitzen Schmerz durch seine Nervenbahnen. Er würde nie wieder ohne Prothese laufen können, hatten ihm die Ärzte gesagt. Aber er wäre ein Glückspilz, denn er hätte überlebt und könnte auch ohne den rechten Unterschenkel ein mehr oder weniger normales Leben führen. Dass er nicht lachte! Er war ein Kind, gerade einmal zwölf Jahre alt und Vollwaise. Es gab keine Überlebenden, und er hatte keine Verwandten, zu denen er gehen könnte. Sie hatten ihn in ein Heim gesteckt, weil er traumatisiert war. Sie hatten ihn mit der Begründung abgeschoben, dass ihn in diesem Zustand keine Familie aufnehmen würde. Er hatte all seine Freunde verloren, denn das Kinderheim befand sich in einer anderen Stadt. Niemand besuchte ihn. Sie hatten ihn vergessen. Vielleicht wollten sie auch nur seinen Schmerz nicht mit ansehen. Er wusste es nicht. Die Tränen liefen ihm unkontrolliert über die Wangen.

»Hier, nimm.« Die Betreuerin hielt ihm ein Papiertaschentuch hin.

Er riss es ihr aus der Hand und wandte sich ab. Sie sollte seine Tränen nicht sehen. Niemand sollte sie sehen. Er humpelte mit seinen Krücken davon und wünschte sich, er wäre mit seiner Familie in diesem verdammten Auto gestorben.

19

Laura hastete in Simon Fischers Büro, das er sich mit mehreren Kollegen teilte. Simon saß an seinem Schreibtisch, der in einer Ecke am Fenster stand, und hob den Kopf, als sie eintrat.

»Du bist ja schneller, als die Polizei erlaubt«, frotzelte er und setzte ein schelmisches Grinsen auf. Seine Hand wanderte in eine geöffnete Snacktüte und holte ein paar Kartoffelchips heraus. »Willst du auch welche?«

Laura schüttelte den Kopf. »Nein, danke. Aber ich bin neugierig. Zeig mir, was du hast.«

Simon schob sich die Chips in den Mund, wischte die Hand an einem Papiertuch ab und griff in die Tasten. »Ich habe mir das Überwachungsvideo der Kanzlei angeschaut, das du mir geschickt hast.«

Laura verstand nicht ganz, worauf Simon hinauswollte. Sie kannte die Aufnahme, auf der Louisa Travertini um achtzehn Uhr zweiunddreißig vor die Tür trat und offensichtlich von jemandem abgeholt wurde.

Simon spulte das Video vor. Louisa Travertini verschwand aus dem Bild. Danach passierte eine Weile nichts und dann betrat ein Mann das Gebäude. Er war groß und kräftig gebaut, trug Jeans und einen zerknitterten Mantel. Er hatte eine Baseballmütze tief ins Gesicht gezogen, sodass Laura ihn nicht erkennen konnte.

»Laut meinen Informationen seid ihr diesem netten Herren bereits begegnet.« Simon zog bedeutungsvoll die Augenbrauen hoch, hielt das Video an und vergrößerte den Bildausschnitt. Laura kniff die Augen zusammen.

»Wow«, entfuhr es ihr, als sie den Mann erkannte.

Simon grinste wieder. »Ich weiß. Für dich tue ich doch alles.«

Laura starrte auf das Gesicht von Torsten Lübke. »Was um alles in der Welt hatte der Kerl am Abend in der Kanzlei zu schaffen?«

»Das kann ich dir leider nicht sagen. Aber vielleicht fragst du ihn das selbst.« Simon deutete auf einen anderen Bildschirm, der den Eingangsbereich des LKAs zeigte. »Meine Quellen verraten mir, dass sein Anwalt mit ihm im Anmarsch ist.«

Laura bedankte sich und machte sich auf den Weg zu den Verhörräumen.

»Wie geht es dir?«, fragte Max, als er sie kommen sah.

»Gut«, erklärte sie zufrieden, als sie Max' überraschte Miene bemerkte.

»Ich habe Neuigkeiten«, verkündetet sie und berichtete ihm, was sie eben auf Simon Fischers Bildschirm gesehen hatte.

»Das ist ja interessant. Ob Torsten Lübke ein Mandant von denen ist?«

»Wir werden es gleich herausfinden. Ich ...« Laura sprach nicht weiter, weil Torsten Lübkes Anwalt auf sie zukam.

»Guten Tag. Ich vertrete Herrn Lübke. Mein Name ist Harald Winkler.« Er reichte Max und Laura die Hand und folgte ihnen in den Vernehmungsraum, in dem der Bauunternehmer wartete.

Nachdem sie sich gesetzt hatten, hob der Anwalt beide Hände.

»Bevor wir beginnen, möchte sich mein Mandant bei Ihnen entschuldigen. Er stand bei Ihrer letzten Begegnung unter starkem Alkoholeinfluss und kann sich kaum noch an die Geschehnisse erinnern. Es tut ihm außerordentlich leid, dass er in seiner Verwirrung die Eingangstür abgeschlossen hat, sodass Sie nur durchs Fenster ins Freie konnten. Zum Glück befinden sich die Büros meines Mandanten im Erdgeschoss, sodass bei dieser dummen Aktion niemand verletzt wurde. Wie gesagt, mein Mandant bedauert diesen Vorfall zutiefst und wird, was Fragen zu dem Mord an Katharina Waidhofer angeht, natürlich auf ganzer Linie kooperieren.«

Laura hatte erwogen, Anzeige gegen Lübke zu erstatten. Er hatte sie eingesperrt. Doch sie wollte Antworten von ihm oder noch besser ein Geständnis, und dafür würde sie vorerst die Gute spielen. Torsten Lübke wäre nicht der erste Verdächtige, der die Polizei mit einem Freund verwechselte und deshalb Dinge ausplauderte, die ihn belasten konnten.

»Wir vergessen den Vorfall einfach und richten unser Augenmerk auf die Morde, die wir dringend aufklären müssen«, erwiderte sie.

Max legte ein Foto von Louisa Travertini auf den Tisch.

»Kennen Sie diese Frau?«

Torsten Lübkes Gesicht konnte Laura auf Anhieb ansehen, dass dies der Fall war.

Sein großer Adamsapfel hob und senkte sich, bevor er sagte: »Das ist die Sekretärin meines Anwaltes.« Er blickte zu Harald Winkler und fügte hinzu: »Also ich meine nicht Sie, Herr Winkler. Ich spreche von der Kanzlei, die mich in baurechtlichen Angelegenheiten vertritt. Dort ist Mark Friedberg mein Anwalt. Schon seit Jahren.« Er strich sich fahrig durch das Haar. »Ihr ist aber nichts passiert, oder?«

Weder Laura noch Max antworteten. Lübke starrte sie eine Weile an und rieb sich kurz über die Augen.

»Ist sie tot?«

Max nickte schweigend.

»Sie war wirklich eine nette Frau. Ich kann es nicht fassen. Erst Katharina Waidhofer und jetzt auch noch Louisa ...« Er redete nicht weiter, sondern senkte den Blick auf die Tischplatte. »Das ist einfach schrecklich«, murmelte er schließlich leise.

Laura grübelte. Lübke war, eine halbe Stunde nachdem Louisa Travertini das Gebäude verlassen hatte, in der Kanzlei angekommen. Im Grunde konnte er sie zumindest an diesem Abend nicht abgeholt haben. Dafür war die Zeit zu knapp. Aber natürlich hätte er am

Tag darauf Gelegenheit gehabt, Louisa zu töten. Was jedoch fehlte, war ein Motiv. Warum hätte Lübke die Assistentin seines Anwalts töten sollen?

»Wann haben Sie Louisa Travertini zuletzt gesehen?«, fragte sie und nahm einen Kugelschreiber zur Hand.

Torsten Lübke sah zuerst seinen Anwalt an. Als dieser ihm zunickte, sagte er: »Das ist eine Woche her. Als ich vorgestern in der Kanzlei war, hatte sie bereits Feierabend.«

Laura beschloss, den Druck ein wenig zu erhöhen. »Wir haben zwei tote Frauen und beide haben Sie gekannt und sich kurz vor ihrem Tod mit Ihnen getroffen.«

Der Anwalt hob den Zeigefinger. »Das sind Unterstellungen. Mir ist nicht bekannt, dass Herr Lübke sich mit Louisa Travertini je verabredet hätte.«

Torsten Lübke neben ihm schob trotzig die Unterlippe vor. »Und mit Katharina Waidhofer habe ich mich auch nicht verabredet. Das waren rein berufliche Treffen.«

»Mein Mandant hat keinerlei persönliches Interesse an diesen beiden Frauen, falls Sie hier auf eine Beziehungstat abzielen wollen.«

»Was wollten Sie an jenem Abend in der Kanzlei? War Ihr Anwalt denn noch da?«, fragte Max.

»Ich hatte einen Termin ... na ja ... nicht so wirklich. Ich war in der Nähe, und ich wollte herausfinden, ob Katharina Waidhofer einen neuen Deal in der Pipeline hatte. Sie kennen das Projektgeschäft. Die Anwälte sind bereits ganz früh im Boot und wissen schon von neuen Bauvorhaben, bevor sie an den Markt kommen. Doch ich habe wegen der Schweigepflicht keine Auskunft bekommen.«

»Wollten Sie nicht eher herausfinden, ob das Projekt, an dem Katharina Waidhofer Sie nicht beteiligt hat, an einen anderen Bauunternehmer ging?«, warf Laura ein.

Ein roter Fleck breitete sich auf Torsten Lübkes Hals aus. »Vielleicht auch das. Aber ich wollte vor allem wissen, ob es etwas gibt, womit ich die nächsten Monate überleben könnte.«

Laura machte sich eine Notiz. Diese Aussage ließ sich leicht überprüfen.

»Ich verstehe Ihre Situation vollkommen. Aber Katharina Waidhofer war zu diesem Zeitpunkt bereits tot.« Max bedachte den Bauunternehmer mit einem strengen Blick und setzte noch einen drauf: »Erläutern Sie uns doch bitte, was Sie nach dem Treffen mit Mark Friedberg und am folgenden Tag gemacht haben.«

Torsten Lübke seufzte. »Jetzt verdächtigen Sie mich schon wieder. Ich habe diese Frauen nicht umgebracht, auch wenn ich ...«

»Reden Sie sich nicht um Kopf und Kragen, sondern antworten Sie auf die Frage, was Sie nach dem Treffen gemacht haben«, fuhr sein Anwalt dazwischen.

Lübke kniff die Lippen zusammen und dachte nach.

»Also nach dem Treffen mit Mark Friedberg bin ich nach Hause gefahren und habe ein paar Flaschen Bier vor dem Fernseher getrunken. Das Gespräch war nicht sonderlich ergiebig. Und am nächsten Tag habe ich gearbeitet. Fragen Sie meine Leute. Wir waren weiter an der Brücke beschäftigt und das wird auch noch eine Weile so weitergehen.«

An der Tür klopfte es. Simon Fischer erschien im Türrahmen. Laura sprang sofort auf, folgte ihm auf den Flur und schloss die Tür von außen.

»Ich habe noch etwas gefunden, was für die Befragung von Torsten Lübke relevant ist.« Er tippte auf das Display seines Tablets und öffnete abermals das Überwachungsvideo von der Eingangstür der Kanzlei Meier, Schild und Partner. Laura überprüfte die Uhrzeit. Es war zehn Minuten nach vier Uhr am Nachmittag. Ein Mann trat ins Bild, und hätte nicht eine andere Zeit in der oberen Ecke der Aufnahme gestanden, hätte Laura geglaubt, es wäre dieselbe Stelle, die Simon ihr vor knapp einer Stunde gezeigt hatte.

»Willst du mir damit sagen, er war zweimal da?«

Simon zog die Augen hoch. »Schau auf das Video. Das Highlight kommt noch.«

Sämtliche Alarmglocken schrillten in Lauras Kopf. Gebannt starrte sie auf das Video, das jetzt im Zeitraffer lief. Es vergingen dreizehn Minuten. Dann kam Torsten Lübke wieder aus der Tür. Laura fixierte seine kräftige Gestalt. Lübke rührte sich nicht. Er schien auf etwas zu warten. Sie suchte in den Glasscheiben der Eingangstür eine Spiegelung, aber der Sonnenstand ließ um diese Zeit keine zu. Plötzlich öffnete sich die Tür erneut. Laura konnte es kaum glauben. Eine Frau stolzierte heraus. Sie ging sofort auf Lübke zu und redete auf ihn ein. Zweifelsohne war auf der Aufnahme Louisa Travertini zu sehen. Es schien, als ob sie Lübke ausschimpfen würde oder zumindest etwas Ernstes mit ihm zu besprechen hätte. Ungefähr dreißig Sekunden später verschwand sie wieder ins Gebäude und Lübke marschierte schnellen Schrittes aus dem Bild.

»Kann ich dein Tablet haben?«, fragte Laura und wartete gar nicht auf Simons Antwort. Sie nahm ihm das Gerät ab und ging zurück in den Vernehmungsraum, wo sie es auf den Tisch legte.

»Was haben Sie uns hierzu zu sagen?« Sie startete die Aufnahme und ließ Torsten Lübke keinen Moment aus den Augen.

Der Bauunternehmer rutschte nervös auf seinem Stuhl herum, während die Miene seines Anwalts sich mit jeder Sekunde, die das Überwachungsvideo lief, mehr versteinerte.

Torsten Lübke räusperte sich mehrfach, bevor er antwortete: »Ich war schon am Nachmittag in der Gegend und wollte mit Mark Friedberg sprechen. Er hatte keine Zeit. Louisa kam mir hinterher und erklärte, dass ich zukünftig vorher anrufen oder einen Termin vereinbaren sollte. Sie sagte, ich solle später gegen Feierabend noch einmal wiederkommen, und das habe ich dann auch getan.«

Aus Lübkes Mund hörten sich die Worte so harmlos an. Dieser Mann hatte anscheinend für alles eine Erklärung, egal wie tief er in der Klemme steckte.

»Warum haben Sie uns das nicht gleich gesagt?«, knurrte Max.

Torsten Lübke sah zu seinem Anwalt.

Der holte geräuschvoll Luft. »Ich gehe davon aus, dass mein Mandant sich einfach geirrt hat. Vermutlich hat er die Tage verwechselt.«

Lübke rollte mit den Augen. »Ich weiß doch, dass Sie mich verdächtigen, und wollte Ihnen nicht noch mehr Futter liefern.«

Laura verzichtete darauf, ihm zu erklären, dass ihn gerade seine Lügen verdächtig erscheinen ließen. Die Überwachungskamera hatte ihn nicht erfasst, als Louisa Travertini Feierabend gemacht hatte. Hätte er von Anfang an die Wahrheit gesagt, wäre es Laura nicht im Traum in den Sinn gekommen, dass er an diesem Tag vielleicht sogar dreimal die Kanzlei besucht hatte. Das verhielt sich jetzt vollkommen anders. Lübke agierte aggressiv, immerhin hatte er Laura eingeschlossen und war weggelaufen. Zudem log dieser Mann, dass sich die Balken bogen, und er hatte ein Tatmotiv für den Mord an Katharina Waidhofer, die ihm den letzten Auftrag nicht gegeben hatte. Außerdem konnten sie belegen, dass er ihr in den Wald gefolgt war. Womöglich würde es ihnen doch noch gelingen, ihm ein Motiv für den zweiten Mord nachzuweisen.

»Beschreiben Sie bitte Ihr Verhältnis zu Louisa Travertini«, sagte sie deshalb und drückte die Mine ihres Kugelschreibers heraus.

Torsten Lübke stöhnte auf. »Das habe ich doch schon. Sie war die Sekretärin meines Anwaltes. Sie hat mir Termine besorgt, Verträge zugeschickt und solche Sachen. Darüber hinaus kannten wir uns nicht. Es war rein beruflich.«

Max lehnte sich über den Tisch. »Und trotzdem ist sie Ihnen hinterhergerannt? Ehrlich gesagt erschien sie mir ziemlich aufgewühlt, und derartige Emotionen sind für eine rein berufliche Beziehung doch recht ungewöhnlich, oder nicht?«

Torsten Lübke senkte den Blick und hob resigniert die Schultern. Sein Anwalt bedeutete ihm, zu schweigen.

»Ich stelle fest, dass Sie meinen Mandanten in diesen Ermittlungen offenbar nicht als Zeugen, sondern als Verdächtigen einstufen. Von daher möchte ich Sie darauf hinweisen, dass die Beweislast bei Ihnen liegt. Mein Mandant muss sich nicht selbst belasten. Haben Sie noch konkrete Fragen zum Sachverhalt?« Er tippte auf Simon Fischers Tablet. »Die Aufnahmen zeigen jedenfalls nicht, dass mein Mandant irgendetwas mit dem Tod von Louisa Travertini zu tun hat. Sie ist nicht mit ihm mitgegangen. Sie lebte eindeutig, als er die Kanzlei verließ, und zwar sowohl bei seinem ersten als auch beim zweiten Besuch. Zu diesem Zeitpunkt hatte sie das Gebäude ja bereits verlassen, und zwar lebend. Liegen denn weitere Beweise vor?«

Laura ging nicht auf seine Frage ein. »Wir hätten gerne einen DNS-Test und Fingerabdrücke. Würden Sie dem zustimmen?«

»Haben Sie einen richterlichen Beschluss?«, fragte der Anwalt.

»Noch nicht, aber wir werden einen besorgen.«

Lübkes Anwalt erhob sich. »Ich denke, unser Gespräch ist für heute beendet. Kommen Sie, Herr

Lübke.« Er winkte den Bauunternehmer mit sich und verließ ruhigen Schrittes mit ihm den Verhörraum.

»Mist«, fluchte Laura, als die Tür hinter ihnen ins Schloss fiel. »Wir sind so nah dran.«

Plötzlich kam ihr eine Idee. Sie sprang auf und stürmte Lübke und seinem Anwalt hinterher. Die beiden warteten auf den Fahrstuhl.

»Noch eine Frage«, sagte Laura und stellte sich vor die Fahrstuhltür, die in diesem Moment aufging. »Sünd und Schande bleibt nicht verborgen und Blut ist ein ganz besonderer Saft«, sprach sie langsam und blickte Lübke tief in die Augen. »Kennen Sie diese Sätze?«

Der Bauunternehmer runzelte die Stirn. »Ich hatte mal eine Freundin, eine Deutschlehrerin. Die hatte Faust in ihrem Lehrplan und war total begeistert von Goethe.«

Der Fahrstuhl hinter Laura piepte. Sie trat beiseite. Lübke und sein Anwalt stiegen ein. Die Fahrstuhltüren schlossen sich surrend.

»Als hätte ich es geahnt«, flüsterte Laura mit einem Kribbeln im Bauch und kehrte zurück zum Verhörraum, vor dem Max auf sie wartete.

20

arolin Michels blieb vor dem Büro von Mark
Friedberg stehen und lächelte in sich hinein,
als sie die Stimmen durch die halb geschlossene Tür hörte. Ihr Blumenstrauß hatte tatsächlich
eingeschlagen wie eine Bombe. Finn Altmann lief mit
einem Gesicht durch die Kanzlei wie sieben Tage Regenwetter. Heute Morgen hatte sie ihm einen Kaffee
gebracht und nicht einmal ein Lächeln geerntet. Seine
Gedanken waren gefangen von der Frage, von wem die
Rosen stammten. Nachdem die schockierenden Nachrichten über den Tod von Louisa ein wenig gesackt
waren, hatte Finn sich ins Büro seines besten Freundes
begeben. Die beiden suhlten sich in ihrem Leid. Mark
Friedberg konnte es nicht fassen, dass Louisa nicht mehr
am Leben war, und Finn Altmann wusste offenbar nicht,
ob er Melissa weiterhin den Hof machen oder sie links
liegen lassen sollte.

»Ich denke, sie ist nicht sehr zuverlässig, wenn du es

genau wissen willst. Vielleicht war es auch nur ein Zufall, aber letztens hat sie Feierabend gemacht, obwohl sie für Carolin noch etwas erledigen musste. Ich habe Carolin dann geholfen.«

»Und sie ist einfach so gegangen?«, fragte Finn.

Carolin hörte den Zweifel in seiner Stimme.

»Es ist sowieso besser, wenn du die Finger von ihr lässt«, zischte Mark Friedberg nicht sonderlich freundlich. »Du wechselst die Frauen wie andere ihre Klamotten. Kannst du dich nicht mal festlegen?«

Finn schwieg. Aber Carolin ahnte, dass er etwas erwidern wollte und sich im Augenblick auf die Zunge biss. Sie konnte nur hoffen, dass er langsam von Melissa Greinert abließ. Die Studienabbrecherin passte doch überhaupt nicht zu ihm. Sie ging weiter, weil sie nicht zu lange vor der Tür stehen bleiben wollte. Sie durfte nicht entdeckt werden. Schnell verschwand sie in der Damentoilette, um sich die Nase zu pudern. Sie würde ein paar Tage abwarten und dann versuchen, Finn zu einem Treffen zu bewegen. Natürlich musste die Initiative von ihm ausgehen. Keinesfalls wollte sie zu einer Ersatzlösung werden. Trotzdem würde sie sein armes geschundenes Herz trösten. Doch zuerst musste er Melissa als das sehen, was sie war: eine Studienabbrecherin, unzuverlässig und auf mehreren Hochzeiten unterwegs. Nichts für einen Partnerkandidaten wie ihn. Er brauchte eine starke Frau an seiner Seite. Eine, die wusste, wie die Welt funktionierte. Eine Frau wie sie. Carolin lächelte ihrem Spiegelbild zu. Noch immer verstand sie überhaupt nicht, was er an dieser kleinen grauen Maus fand.

Suchte er wirklich ein Weibchen, dem er haushoch überlegen war? Verfügte er nicht über ausreichend Selbstbewusstsein für jemanden auf Augenhöhe? Wenn dem so war, würde Carolin sich anpassen. Zunächst jedenfalls. Jedem anderen Mann, bis vielleicht auf Mark Friedberg, hätte sie bestimmt keinen Kaffee an den Schreibtisch gebracht. Unterwürfiger ging es eigentlich kaum noch. Sie seufzte und konnte nur hoffen, dass Finn diese Geste unbewusst verstanden hatte. Sie musste in den nächsten Tagen sicherstellen, dass ihr die Studienabbrecherin nicht mehr in die Quere kam.

Dafür brauchte sie Informationen. Sie wollte wissen, wann Melissa morgens anfing, wann sie aufhörte und mit wem sie sprach. Carolin zog die Lippen mit knallrotem Lippenstift nach und brachte ihr Haar in Ordnung. Sie wusste bereits, wen sie danach fragen konnte. Am Ende waren doch alle Männer gleich, wenn sie Aufmerksamkeit bekamen. Sie warf sich noch ein Lächeln zu und begab sich hinunter zum Empfang. Sie hatte sich vorher erkundigt, ob Daniel Kreutzer heute Dienst hatte.

Er saß da und stützte das Kinn gelangweilt auf die Hände. Als er sie bemerkte, richtete er sich hastig auf. »Frau Michels, kann ich etwas für Sie tun?« Er freute sich offensichtlich über ein wenig Abwechslung.

»Ich bin nicht sicher, ob Sie mir weiterhelfen können, aber ich dachte, ich versuche es vielleicht einmal.« Carolin schenkte ihm ihr breitestes Lächeln. »Können Sie mir sagen, ob Melissa Greinert noch im Haus ist?«

Falls sich Daniel Kreutzer über diese Frage wunderte, ließ er es sich jedenfalls nicht anmerken. »Sie hat sich nicht bei mir verabschiedet, was sie normalerweise tut. Also müsste sie im Haus sein«, erwiderte er.

Carolin beugte sich über den Tresen und flüsterte: »Die Polizei hat sie heute Morgen befragt. Louisa Travertini wurde ermordet.«

Daniel Kreutzers Miene spiegelte seine Fassungslosigkeit wider. »Ich habe es mitbekommen. Arme Frau Travertini. Sie war so nett und immer freundlich.« Er schloss für einen Moment die Augen. Dann schien ihm Melissa Greinert wieder einzufallen. »Hat Frau Greinert etwas damit zu tun?«

Carolin schlug die Hand vor den Mund. »Tut mir leid. Ich dachte, Sie wüssten, dass die Polizei hier war. Das hätte ich vermutlich gar nicht erzählen dürfen.« Sie räusperte sich. »Alle Assistentinnen wurden befragt. Bei mir waren sie nicht.«

»Alle Assistentinnen?«, murmelte Daniel Kreutzer aufgelöst. »Aber ich kann mir nicht vorstellen, dass ausgerechnet Frau Greinert etwas mit einem Mord zu tun hat. Sie ist eine so freundliche Person.«

Carolin hätte am liebsten die Augen verdreht, stattdessen nickte sie verständnisvoll.

»Hoffentlich kündigt sie nicht. Es ist ein Schock, wenn einem so etwas gleich ganz am Anfang passiert.«

»Das stimmt«, erwiderte Daniel Kreutzer in einem Tonfall, der keinen Zweifel daran ließ, dass er Melissa Greinert mehr als sympathisch fand.

Was hatte dieses Weibsbild nur an sich, dass jeder Kerl sie anschmachtete?

»Hat sie denn schon ein paar Kontakte geknüpft? Wenn nicht, würde ich mich ein bisschen um sie kümmern«, sagte Carolin und hatte Mühe, ihren freundlichen Tonfall beizubehalten.

Immerhin schien Daniel Kreutzer nichts aufzufallen. »Wenn sie morgens kommt, dann fast immer zusammen mit Frau Kampe. Ich habe den Eindruck, dass die beiden sich gut verstehen.«

»Das beruhigt mich. Und wie sieht es mittags und am Abend aus, wenn sie geht?«

»Abends geht sie meistens allein. Halt, das stimmt nicht ganz. Letztens ist sie mit Herrn Altmann zusammen gegangen. Ob die beiden sich näher anfreunden?« Daniel Kreutzer wirkte ein wenig bekümmert, fuhr dann aber fort: »Ich habe das nur einmal beobachtet bisher. In der Mittagspause geht sie jedenfalls meistens gar nicht raus, holt sich höchstens mal einen Kaffee. Ich denke, sie kommt gut zurecht.«

»Ich dachte mir schon, dass Sie mir weiterhelfen können. Danke schön.« Carolin schenkte ihm abermals ein Lächeln. »Apropos Finn Altmann. Haben Sie morgen Abend Dienst?«

Daniel Kreutzer nickte.

»Könnten Sie mir einen Gefallen tun und mich anrufen, wenn er morgen das Gebäude verlässt? Ich arbeite an einem Vertrag und brauche morgen Abend ein paar Unterschriften von ihm. Falls er vorher geht und es vergisst, könnte ich ihn zurückbeordern, damit der Mandant nicht warten muss. Herr Altmann ist in letzter Zeit ein wenig vergesslich.« Sie stieß ein Lachen aus.

»Selbstverständlich, das mache ich doch gerne.«

»Sie sind ein Schatz. Vielen Dank.« Carolin machte auf dem Absatz kehrt. Sie wusste, dass Daniel Kreutzer ihr hinterherschaute, bis sie in den Fahrstuhl stieg. Bevor sich die Türen schlossen, sah sie zurück und ihre Blicke trafen sich. Der Mann war ihr völlig egal, aber dass er sie offenbar sympathisch fand, gab ihr trotzdem Auftrieb.

Als sie ihr Büro erreichte, kam ihr Frau Giesbarth mit geröteten Augen entgegen. Melissa Greinert stützte sie und redete ihr gut zu. Am liebsten wäre Carolin sofort in ihr Büro verschwunden. Sie konnte das Gesicht dieser Frau nicht mehr ertragen. Fehlte nur noch, dass Finn sie so sah. Dann würde er vermutlich gleich wieder dahinschmelzen und all ihre Aktivitäten wären auf einen Schlag zunichtegemacht.

»Wollen Sie nicht nach Hause gehen, Frau Greinert?«, fragte sie und drängte Melissa Greinert beiseite, um ihre Assistentin selbst zu stützen. »Danke, Frau Greinert. Ich kümmere mich um Frau Giesbarth.«

Sie bugsierte ihre Assistentin ins Büro und setzte sie auf den Stuhl vor dem Schreibtisch. »Soll ich Ihnen ein Taxi rufen? Es tut mir wirklich sehr leid wegen Frau Travertini. Es ist ein furchtbarer Schock. Sie hatte ihr ganzes Leben noch vor sich.«

Frau Giesbarth schluchzte: »Wer tut so etwas nur? Sie war eine nette, äußerst freundliche Person. Hatte immer ein Ohr für andere. Ich verstehe die Welt nicht mehr.«

»Sie sollten sich ausruhen.«

»Nein. Ich kann nicht nach Hause. Das halte ich nicht aus, allein meine vier Wände anzustarren und nichts anderes mehr zu denken. Ich bleibe hier. Das lenkt mich ab. Ich bin eben nur an ihrem Büro vorbeigegangen. Für einen Moment dachte ich, sie sitzt am Schreibtisch, und habe ihr zugenickt. Dann wurde mir schlagartig klar, dass sie tot ist und ...« Frau Giesbarth brachte keinen Ton mehr heraus.

Carolin hielt ihr ein Papiertaschentuch hin.

»Warten Sie«, bat sie ihre Assistentin, ging in die Küche und holte eine Flasche Wodka. Sie sah ihrer Assistentin an, dass sie jetzt einen kräftigen Schluck gebrauchen konnte.

»Nehmen Sie einen Schluck, das beruhigt.« Sie goss ein Schnapsglas voll und stellte es vor Frau Giesbarth auf den Tisch, ohne sich selbst etwas einzuschenken. Carolin mochte keinen Alkohol. Sie hasste es, die Kontrolle zu verlieren.

»Danke«, krächzte Frau Giesbarth und schob ihr das leere Glas wieder hin, damit sie nachschenken konnte.

Carolin füllte es erneut und Frau Giesbarth schluckte den Inhalt noch schneller hinunter als zuvor. Carolin goss ein drittes Glas ein und sah, wie auch dieses ruckzuck geleert wurde.

»Schon besser«, seufzte Frau Giesbarth und entspannte sich sichtlich. »Ich hoffe, dass dieser Mistkerl zügig gefunden wird.«

Irgendetwas in ihrem Tonfall veranlasste Carolin, nachzufragen.

»Haben Sie denn eine Vorstellung, wer es gewesen sein könnte?«

Frau Giesbarth warf ihr einen Blick zu, in dem eine Mischung aus Wut und Verzweiflung lag.

»Der Friedberg war es. Das habe ich im Urin.«

21

erhard Wernicke hielt die Arme vor der Brust verschränkt und blickte Laura und Max aus kleinen, listigen Augen an.

»Ich kann mich nur wiederholen. Zu den genannten Zeitpunkten war ich überhaupt nicht in Deutschland, sondern auf Geschäftsreise in der Schweiz und in Österreich. Katharina Waidhofer wollte mich übers Ohr hauen, aber da ist sie nicht die Einzige. Wenn ich jeden umbringen würde, der sich an mein Vermögen heranmacht, hätte ich eine Menge zu tun. Und diese Louisa Travertini habe ich noch nie in meinem Leben gesehen.«

Laura verkniff sich ein Stöhnen. Seit einer Stunde befragten sie Wernicke und drehten sich im Kreis. Der Kerl hatte offensichtlich ein Aggressionsproblem. Fast während der gesamten Befragung hatte er die Hände zu Fäusten geballt und knirschte wütend mit dem Unterkiefer. Laura konnte sich gut vorstellen, wie er Katharina Waidhofer und ihre Assistentin bedrängt hatte. Aber wenn seine Angaben stimmten und er sich tatsächlich zu den fraglichen Tatzeiträumen im Ausland befand, hatte er ein hieb- und stichfestes Alibi.

»Wir werden Ihre Angaben überprüfen«, sagte Laura und beendete das Gespräch.

Nachdem Gerhard Wernicke den Raum verlassen hatte, rief sie Martina Flemming an und bat sie, Wernickes Geschäftsreisen unter die Lupe zu nehmen.

»Der Kerl ist mir total unsympathisch«, stieß Max aus und verzog die Lippen. »Hast du seinen Siegelring gesehen? Ich kann so ein Protzgehabe nicht ausstehen.«

Laura nickte. Sie empfand ähnlich wie Max.

»Wir sollten uns wieder auf Louisa Travertini konzentrieren und uns an ihrem Arbeitsplatz umhören.«

Kurz darauf näherten sie sich dem Gebäude, in dem die Kanzlei Meier, Schild und Partner ihren Sitz hatte.

»So ein Ärger, dass wir in der Umgebung keine einzige Kamera entdeckt haben, die uns zeigen könnte, mit wem sich Louisa Travertini getroffen hat. Simon Fischer hat sogar die angrenzenden Kreuzungen überprüft. Pustekuchen. Die Frau ist wie vom Erdboden verschluckt, nachdem sie das Gebäude verlassen hat«, sagte Laura, als sie aus dem Dienstwagen gestiegen war.

»Und wir wissen auch noch nicht, was sie am nächsten Tag gemacht hat. An einem freien Tag nimmt man sich doch häufig etwas vor«, brummte Max.

»Die Ergebnisse der Obduktion lassen ebenfalls auf sich warten und in ihrer Wohnung hat die Spurensicherung nichts gefunden. Weder das Handy noch einen

Computer oder irgendeinen anderen Hinweis auf den Täter«, fluchte Laura.

»Glaubst du, Torsten Lübke ist unser Mann?«, fragte Max und wartete, bis die Glastür sich surrend öffnete.

»Ich kann es nicht ausschließen. Er lügt, er hat kein Alibi und er kannte beide Opfer«, zählte Laura auf. »Zudem hat er spontan die Faust-Zitate wiedererkannt. Mirco Neudorf könnte es allerdings ebenso gewesen sein. Zumindest, was das erste Opfer angeht. Seine Frau hat ihn betrogen. Er wäre nicht der erste Kerl, der deshalb zum Mörder wird. Und Gerhard Wernicke dürfen wir auch nicht vergessen.«

»Fragt sich nur, ob Neudorf und Wernicke Louisa Travertini überhaupt kannten.«

Laura nickte. »Darum sind wir hier. Jemand in der Kanzlei wird es wissen. Ich tippe auf Marianne Giesbarth, sie redet gerne und viel. Sie steckt ihre Nase vielleicht auch häufiger in Dinge, die sie eigentlich nichts angehen. Ich hoffe, wir bekommen etwas aus ihr heraus, nachdem sie den ersten Schock über den Tod ihrer Kollegin überwunden hat.« Sie grüßte den Rollstuhlfahrer am Empfang freundlich. Er winkte sie durch.

Max drückte den Fahrstuhlknopf. Sie hatten es eilig, deshalb verzichtete Laura auf die Treppen. Es war schon siebzehn Uhr. Bald machten die ersten Kanzleiangestellten Feierabend und sie wollte unbedingt noch mit der Assistentin sprechen.

Marianne Giesbarth stand vor einem Drucker und klopfte unwirsch gegen die Seite des Gerätes.

»Du verflixtes Mistding, jetzt spuck endlich das Papier aus!«

»Dürfen wir kurz stören?«, fragte Laura.

Marianne Giesbarth drehte sich um und schlug die Hand vor den Mund.

»Entschuldigen Sie«, bat sie mit glasigem Blick. »Dieser verfluchte Drucker hat heute einen schlechten Tag.« Tränen schossen ihr in die Augen. Sie wandte sich ab und klopfte abermals gegen das Gerät, ohne dass irgendetwas passierte.

»Lassen Sie mich mal schauen«, sagte Max und musterte den Drucker.

»Wir wollten Sie nicht überfallen, haben aber noch ein paar dringende Fragen.« Laura bemerkte den scharfen Geruch von Alkohol und fragte: »Wollen wir uns kurz setzen? Es dauert nicht lange.«

Marianne Giesbarth hatte offenbar versucht, ihre Trauer in Alkohol zu ertränken. Laura blickte zu Max, doch der war mit dem Drucker beschäftigt. Marianne Giesbarth wankte zu ihrem Stuhl und plumpste geräuschvoll darauf. Laura überlegte, das Gespräch abzubrechen, entschied sich jedoch dagegen. Bis morgen wollte sie nicht warten. Notfalls konnten sie die Assistentin im nüchternen Zustand erneut befragen. Laura hatte ein Foto von Torsten Lübke ausgedruckt und legte es auf den Tisch. Die Kanzlei betreute mit Sicherheit Hunderte Mandanten, aber sie hoffte, dass Marianne Giesbarth sich an ihn erinnerte.

»Kennen Sie diese beiden Männer?«

Marianne Giesbarth schüttelte den Kopf, als sie das Foto von Gerhard Wernicke betrachtete.

»Den kenne ich nicht. Aber das hier ist Torsten Lübke.« Sie tippte die Aufnahme des Bauunternehmers an.

Erst jetzt bemerkte Laura, dass die Assistentin auch ein wenig lallte.

»Können Sie uns sagen, in welcher Beziehung Louisa Travertini zu ihm stand?«

»Zu Lübke?« Giesbarths glasige Augen richteten sich auf Laura. Ihre Unterlippe schob sich vor.

»Der Kerl hat sich hier ständig rumgetrieben. Hatte immer was an seinen Verträgen zu meckern, und zuletzt wollte er, dass wir ihm neue Aufträge verschaffen. Als ob wir ein Maklerbüro wären.« Sie schüttelte den Kopf. »Louisa konnte ihn nicht ausstehen. Sie hat ihn erst vor ein paar Tagen rausgeworfen und gebeten, gefälligst einen Termin zu vereinbaren.«

»Wurde Torsten Lübke aggressiv?«, fragte Laura.

»Wie Bauunternehmer manchmal so sind. Der Kerl ist ein ungehobelter Klotz. Hat hier rumgepoltert. Aber handgreiflich ist er nicht geworden, wenn Sie das meinen.« Plötzlich richtete Marianne Giesbarth sich kerzengerade auf. »Sie glauben doch nicht etwa, dass er Louisa auf dem Gewissen hat?«

Laura schwieg. Hinter der Stirn der Assistentin arbeitete es.

»Warten Sie. Lübke war einen Tag bevor Louisas frei hatte hier. Da hat sie ihn hinauskomplimentiert. Allerdings ist er abends wieder aufgetaucht. Da war sie schon weg.« Marianne Giesbarth rieb sich über die Stirn. »Ob er ihr hinterhergefahren ist?«

»Wusste er denn, wo Louisa Travertini wohnte?«

Marianne Giesbarth starrte sie mit offenem Mund an.

»Ja, das wusste er. Er hat sie erst vor ein paar Wochen nach Hause gebracht, da war dieser Bahnstreik. Das haben Sie doch bestimmt auch mitbekommen. Louisa war verzweifelt, weil sie einen Handwerker wegen ihres defekten Kühlschranks in die Wohnung lassen musste. Lübke hat sie gefahren.«

»Könnten Sie bitte im Kalender nachsehen, an welchem Tag das war?« In Lauras Fingerspitzen kribbelte es. Schon wieder hatte der Bauunternehmer gelogen.

Der Drucker begann zu rucken. Geräuschvoll spuckte er ein paar Blätter Papier aus.

»Die erste Seite müssen Sie noch einmal ausdrucken«, sagte Max. »Es war ein Papierstau. Nichts Schlimmes. Jetzt sollte er wieder funktionieren.«

»Sie sind ein Engel!« Marianne Giesbarth rappelte sich mühsam hoch und schnappte sich die Blätter. »Es tut mir leid. Ich muss das eben noch fertig machen.« Sie druckte eine Seite neu aus und steckte alle zusammen in einen Briefumschlag. Dann beschriftete sie den Umschlag und verschwand aus dem Büro.

»Hast du mitbekommen, dass Lübke Louisa Travertinis private Adresse kennt?«

»Jedes Wort. Ich frage mich, ob das für eine Festnahme reicht.«

Laura kräuselte die Nase. »Vermutlich nicht. Wir haben nur Indizien, keine Zeugenaussagen oder DNS-Spuren. Trotzdem dürfte es für eine Überwachung des Kerls reichen. Wenn wir mit unserer Annahme richtigliegen, hat er womöglich längst Nummer drei im Visier.«

»Ich rufe sofort Joachim Beckstein an«, entgegnete Max und entfernte sich.

Die Assistentin kehrte zurück. »Da bin ich wieder«, sagte sie und ließ sich erneut auf den Stuhl sinken. Sie atmete tief aus. »Es tut mir leid. Aber ich bin völlig durcheinander. Wo waren wir eben stehen geblieben?«

Laura vergaß zu antworten. Ihr Blick klebte auf einem Foto im Ablagekorb auf dem Schreibtisch.

»Was ist das für eine Veranstaltung?«, wollte sie wissen und musterte jede einzelne Person auf dem Foto.

»Das ist unser Jahresevent für die Mandanten. Sozusagen ein Dankeschön an alle, die uns vertrauen. Es beginnt mit Fachvorträgen und endet mit einem Abendessen und anschließender Musik. Wieso fragen Sie?«

Laura fehlten die Worte. Sie nahm das Foto in die Hand. Es zeigte die beiden Opfer Katharina Waidhofer und Louisa Travertini neben den zwei Verdächtigen Mirco Neudorf und Torsten Lübke. Etwas weiter entfernt erkannte Laura Marianne Giesbarth und den Leiter der Kanzlei, vertieft in ein Gespräch mit den Partnerkandidaten Mark Friedberg und Finn Altmann.

»Diese Frau hier.« Laura tippte auf Katharina Waidhofer. »Gehört sie ebenfalls zu Ihren Mandanten?«

»Nein, aber sie hat viel mit Mark Friedberg zu tun,

allerdings auf der Gegenseite. Hier sind noch mehr Fotos, wenn Sie das interessiert.« Marianne Giesbarth nahm ein gebundenes Fotoalbum aus dem Regal und reichte es Laura.

Laura verzichtete darauf, der Assistentin vom Tod von Katharina Waidhofer zu erzählen. Es würde sie nur noch mehr erschüttern. Sie legte das Foto ab und öffnete das Buch. Ein Foto fiel ihr darin ins Auge, auf dem Louisa Travertini mit Mirco Neudorf auf der Tanzfläche lachte. Sie blätterte weiter und suchte einen Schnappschuss, auf dem Travertini mit Mark Friedberg zu sehen war. Doch sie fand nichts.

»Sie hatten eine Affäre zwischen Friedberg und seiner Assistentin angedeutet. Auf den Fotos tauchen sie allerdings nicht zusammen auf. Glauben Sie, dass Sie damit richtigliegen?«

Marianne Giesbarth wedelte mit dem Zeigefinger vor Lauras Nase. »Ich habe gesagt, dass sie eine intensive Beziehung hatten und sich plötzlich die kalte Schulter zeigten. Und genau das geben die Bilder her. Die beiden sind sich aus dem Weg gegangen. Das Event fand außerdem erst vor fünf Wochen statt. Moment mal.« Sie zog ein anderes Fotoalbum aus dem Regal. »Das ist das Fotobuch aus dem letzten Jahr. Schauen Sie selbst.«

Laura gab ihr das erste Album zurück und schlug das zweite auf. Bereits auf der dritten Seite entdeckte sie eine Aufnahme, auf der Louisa Travertini neben ihrem Chef stand. Sie prosteten sich lächelnd mit einem Glas Sekt in der Hand zu.

»Darf ich mir diese beiden Bücher ausleihen?«, fragte Laura.

Marianne Giesbarth nickte.»Natürlich. Sie können sie sogar behalten. Ich habe noch ein paar Kopien in meinem Regal stehen.«

»Danke. Sie haben uns wirklich sehr weitergeholfen.«

Die Mundwinkel der Assistentin begannen zu beben.»Ich weiß nicht, wer Louisa das angetan hat. Vielleicht war es ja dieser schreckliche Lübke. Tun Sie mir bitte einen Gefallen, schnappen Sie dieses Ungeheuer und sperren Sie es für immer weg.«

Laura und Max schauten sich um. Die Spurensicherung hatte Louisa Travertinis Wohnung freigegeben. Sie hatten weder ihre Handtasche noch das Handy oder einen Computer sicherstellen können. Deshalb wollte Laura sich selbst ein Bild machen. Sie wollte wissen, was für eine Frau Louisa gewesen und wie sie ins Visier des Täters geraten war. Manchmal waren es nur Kleinigkeiten, die am Ende dazu beitrugen, einen Fall aufzuklären. Oft führte ein simples Bauchgefühl zum nächsten Schritt und brachte den Durchbruch. Laura stand am Fenster im Wohnzimmer und sah hinaus. Hatte Louisas Mörder dort unten auf dem Kinderspielplatz gestanden und sie beobachtet? Wusste er von ihrem freien Tag? Hatte er sie vielleicht mit irgendeinem Versprechen in den Wald gelockt?

»Gerhard Wernicke, den Kunden von Katharina Waidhofer, der das Büro demoliert hat, können wir erst einmal von der Liste streichen«, erklärte Max und steckte sein Telefon in die Hosentasche. »Er hat für beide Tatzeiträume ein Alibi. Er befand sich nachweislich nicht in Deutschland. Die Fluggesellschaft hat bestätigt, dass er beide Male an Bord saß.«

»Wir müssen uns also auf Mirco Neudorf und Torsten Lübke konzentrieren«, antwortete Laura und beobachtete ein kleines Mädchen mit langen Haaren, wie es die Rutsche hinuntersauste. »Außerdem will ich diesen Anwalt genauer unter die Lupe nehmen.«

»Du meinst Mark Friedberg?«

Laura nickte. »Er hatte beruflich oft mit Katharina Waidhofer zu tun und ist der Chef von Louisa Travertini. Vielleicht hatte er tatsächlich eine Affäre mit seiner Assistentin und wollte sie loswerden.«

»Und warum hätte er Katharina Waidhofer ermorden sollen?«

Laura wusste es nicht. »Womöglich stammt das Sperma, das wir bei ihr gefunden haben, ja von ihm«, spekulierte sie.

»Können wir nicht ausschließen. Wir sollten ihn um eine DNS-Probe bitten. Wenn er nichts zu verbergen hat, kann er sie uns problemlos geben.«

Laura beobachtete, wie ein Mann auf das kleine Mädchen mit den langen Haaren zuging, das gerade hingefallen war, und ihm aufhalf. Für den Bruchteil einer Sekunde blickte sie in die hellen blauen Augen von Andreas Hobrecht. Das Monster packte sie am Arm.

Unwillkürlich fuhr sie über die wulstigen Narben unter ihrem Schlüsselbein. Wie gebannt starrte sie auf die Szenerie und überlegte, ob sich das Kind womöglich in Gefahr befand. Aber offenbar wollte der Mann tatsächlich nur helfen. Die Mutter kam hinzu, nahm die Kleine auf den Arm und verfrachtete sie in einen Bollerwagen, in dem zwei weitere Kleinkinder hockten. Laura atmete langsam aus.

»Mark Friedberg ist Anwalt. Ich kann mir nicht vorstellen, dass er uns freiwillig seine DNS zur Verfügung stellt«, sagte Laura und konzentrierte sich wieder auf die Wohnung. »Wir müssen herausfinden, was Travertini an ihrem freien Tag vorhatte. Laut des vorläufigen Obduktionsberichtes ist sie am Nachmittag zwischen dreizehn und siebzehn Uhr gestorben.«

»Peter Meyer und sein Team überprüfen gerade die Angaben von Torsten Lübke. Mal sehen, ob seine Kollegen ihm bescheinigen, dass er den ganzen Tag auf der Baustelle verbracht hat. Ich denke, dass er zumindest für die Mittagspause kein Alibi haben wird«, brummte Max und blätterte durch ein paar Bücher, die im Regal neben dem Fernseher standen.

»Ich hoffe, die Überwachung bringt etwas und der Mistkerl verrät sich.« Laura öffnete die oberste Schublade einer Kommode und wühlte sich durch ein paar Tischdecken, Stoffservietten und Untersetzer. Plötzlich fiel ihr wieder ein, was Mark Friedberg über seine Assistentin gesagt hatte. Er erwähnte, sie hätte in den letzten Wochen einen glücklichen Eindruck gemacht, offenbar weil sie einen neuen Mann kennengelernt hatte. Laura schloss die Schublade und öffnete die nächste, die bis zum Rand mit Unterlagen gefüllt war. Sie nahm ein paar Rechnungen heraus. Strom. Wasser. Eine neue Kaffeemaschine. Sie fand einen Reisekatalog, in dem einige Ecken umgeknickt waren. Anscheinend hatte sich Louisa Travertini für Reisen nach Ägypten interessiert. Laura durchforstete die Dokumente, ohne einen Hinweis zu entdecken. Zudem deutete nichts auf einen Freund hin. Keine Restaurantbesuche oder vielleicht ein Ausflug. Sie ließ von der Kommode ab und ging ins Bad. Im Spiegelschrank befanden sich keine Dinge, die ein Mann benutzen würde. Weder ein Deo noch Parfüm und auf dem Rand des Waschbeckens stand nur eine Zahnbürste. An einem Haken an der Tür hing ein einziges lila Badehandtuch und auch im Waschbeckenunterschrank lagen lediglich Utensilien, die Frauen benutzten. Ein Rasierer oder Ähnliches fehlte. Wenn es in Louisa Travertinis Leben einen Freund gab, dann hatte er jedenfalls nichts in dieser Wohnung gelassen. Auch dass ihre Familie nichts über ihr neues Glück wusste, machte Laura stutzig. Hätte sie nicht zumindest ihrer Mutter oder der Schwester einen Hinweis gegeben? Frisch Verliebte schafften es meist kaum fünf Minuten lang, nicht von dem anderen zu schwärmen oder an ihn zu denken. Es wäre doch aufgefallen, wenn sie fröhlicher als sonst gewesen wäre.

Laura ging in die Küche, in der Max gerade den Kühlschrank überprüfte. Neben der Spüle standen die neue Kaffeemaschine, ein paar Espressotassen und eine Keksdose.

»Offenbar war sie Vegetarierin. Da liegen lauter Flei-
schersatzprodukte drin«, stellte er fest. Er machte die
Kühlschranktür zu und betrachtete die Fotos, die mit
Magneten an den Kühlschrank geheftet waren. »Von
einem Freund ist hier nichts zu sehen.«

Laura sah Fotos von Louisa Travertini mit einer
anderen Frau, die ihre Schwester sein könnte, und mit
ihren Eltern. Sie saßen auf einer Terrasse und tranken
Kaffee.

»Es ist zu schade, dass wir ihr Handy nicht haben«,
sagte sie und öffnete ein paar Küchenschränke, in denen
sie jedoch nichts von Bedeutung entdeckte. Anschließend ging sie ins Schlafzimmer und durchforstete den
Nachttisch. Auch hier fand sich kein einziger Hinweis
auf einen Freund. Laura schloss die Schublade frustriert
und überlegte, wo sie an Louisas Stelle etwas Wichtiges
verborgen hätte. Etwas, das niemand außer ihr finden
sollte. Laura korrigierte sich. Louisa lebte allein. Sie
musste nichts verstecken. Die Frage lautete eher, wo sie
Dinge aufbewahrte, die für sie wertvoll waren und die
sie schnell zur Hand haben wollte. Sofort fiel ihr die
Keksdose neben der Kaffeemaschine ein. Louisa Travertini schien der altmodische Typ zu sein. Schließlich
besaß sie nicht mal einen Computer. Laura eilte in die
Küche. Als sie die Dose öffnete, beschleunigte sich ihr
Puls. Kein einziger Keks lag darin.

22

Zehn Jahre zuvor

P *er aspera ad astra,* fuhr es ihm durch den Kopf. Das alte lateinische Sprichwort bedeutete so viel wie: *Durch Mühsal gelangt man zu den Sternen.* Er war sich da nicht so sicher, aber er hatte keine andere Wahl. Also schloss er die Augen und spannte die Muskeln an.

»Sehr gut, weiterpressen. Noch drei Wiederholungen, dann haben Sie es geschafft.«

Er drückte das Gewicht mit der Prothese und dem gesunden Fuß von sich und stöhnte. Jede Faser seines Körpers schmerzte. Er hasste die Therapie. Immer wieder erzählten sie ihm, er würde ein ganz normales Leben führen können.

»Und loslassen«, sagte der Therapeut und hielt das Gewicht, damit er die Anspannung lösen konnte. Er stöhnte. Gehörten tägliche Schmerzen zu einem ganz normalen Leben?

»Es sieht gut aus. Die neue Prothese sitzt prima, auch unter Belastung. Noch zwei Einheiten. Einverstanden?« In seinem Gesicht zuckte es. Am liebsten hätte er »Nein« gebrüllt, aber er verkniff es sich. Es war sinnlos. Sie alle spielten sein Schicksal herunter. Sie glaubten, wenn sie ihn von außen heilten, die Fehlstellung der Hüfte korrigierten und ihm einen künstlichen Unterschenkel anschnallten, wäre die Welt wieder in Ordnung. Dabei war er nicht mehr als eine leere Hülle. Er spannte die Muskeln an und drückte erneut das Gewicht mit beiden Beinen von sich. Der Unterschenkel, der nicht mehr da war, schmerzte beinahe so stark wie am ersten Tag. Immerhin hatte er gelernt, damit umzugehen. Er ließ das Brennen durch seine Nervenbahnen laufen wie hochprozentigen Alkohol. Der Schmerz betäubte seine Gefühle. Die Wut und die Trauer, die nach wie vor in seinem Herzen wohnten.

»Und noch ein letztes Mal. Dann haben Sie es geschafft.«

Der Stolz in der Stimme des Therapeuten war unerträglich. Er glaubte tatsächlich, sein Leben ein Stück verbessert zu haben. Was machte es schon für einen Unterschied, ob er auf einem Bein an Krücken hüpfte oder mit einer Prothese herumlief? Er war gezeichnet für den Rest seines Lebens. Behindert. Nichts konnte diesen

Zustand rückgängig machen. Sein Unterschenkel würde genauso wenig neu aus dem Stumpf wachsen, wie seine Eltern und seine Schwester wieder lebendig werden konnten. Die Zeit ließ sich nicht zurückdrehen. Wütend presste er ein letztes Mal. Der Therapeut strahlte. Zum Glück verteilte er nicht auch noch Noten, so wie in der Schule oder im Studium. Er hatte sich für Jura eingeschrieben. Bis heute hatte er keine Ahnung, was ihn dazu bewogen hatte, über langweiligen Paragrafen zu brüten. Er verabschiedete sich von seinem Therapeuten und ging in die Umkleide. Als das warme Wasser der Dusche auf seinen Kopf und die Schultern prasselte, gestand er sich ein, dass er sehr wohl wusste, warum er sich für ein Jurastudium angemeldet hatte. Er wollte verstehen, was damals passiert war. Wer die Schuld an dem Unfall trug. Weshalb sie hatten sterben müssen. Und er wollte mehr über Gerechtigkeit lernen.

Doch es brachte nichts. Er fühlte sich überfordert von der merkwürdigen Ordnung des Rechtssystems, von den komplizierten Gedankengängen, die im Kopf von Juristen abliefen. Er tickte nicht so, und trotzdem wollte er begreifen, wie die Dinge zusammenhingen. Wie es sein konnte, dass niemand die Schuld trug? Niemand bezahlte, bis auf ihn. Auf ihm lag die ganze Last der Geschehnisse. Körperlich und seelisch. Er seifte sich ein und fuhr mit den Fingerspitzen über die Prothese, die seinen Unterschenkel nicht annähernd ersetzen konnte. Er hasste dieses Ding an seinem Bein. Er hasste den Schmerz, den er an dieser Stelle fühlte und den er einfach nicht loswurde. Er hasste die ganze Welt und vor allem sich selbst.

23

Laura betrachtete den Zettel, den sie gestern in der Keksdose neben ein paar Fotos und ein wenig Bargeld gefunden hatte. *Zieh endlich einen Schlussstrich unter die Angelegenheit, ansonsten hat es ernsthafte Auswirkungen auf uns. Bitte, Louisa, das ist die Sache wirklich nicht wert. Mark.* Unter der Nachricht stand kein Datum. Sie könnte Tage oder Jahre alt sein. Doch eines bestätigte ihr Fund: Die Beziehung zwischen Mark Friedberg und Louisa Travertini war über ein normales Arbeitsverhältnis hinausgegangen. Laura gähnte und schaute auf die Uhr. Es war kurz nach sechs und sie saß bereits am Schreibtisch. Sie war in aller Frühe aufgestanden, weil sie Taylor nicht begegnen wollte. Noch immer vibrierte ihr Magen nach dem heftigen Streit am Abend zuvor. Sie wusste nicht, ob es Wut war oder Verzweiflung oder beides. Es war ihr erster schlimmer Streit gewesen. Taylor hatte sie mit Blicken bedacht, die überhaupt nicht zu ihm passten. Er hatte ihr mangelndes Vertrauen vorgeworfen, dabei war er es doch, der von einer offiziellen Untersuchungskommission durchleuchtet wurde. Annika Lippke hatte ihn angezeigt. Sollten sich ihre Vorwürfe als begründet herausstellen, wäre Taylor vermutlich seinen Job los.

»Wieso glaubst du mir nicht, wenn ich dir sage, dass diese Frau nicht ganz richtig tickt? Ich habe sie nie angemacht, bedrängt oder gar angerührt.«

Laura hatte ihm glauben wollen, aber ein Teil von ihr hatte diese Sätze in Vernehmungen schon tausendmal gehört. Die meisten Männer hatten gelogen. Niemand belastete sich selbst. Warum sollte Taylor es tun?

»Warum bist du zu ihr gefahren? Weißt du, wie das aussieht?«, hatte Laura ihm entgegengehalten.

»Ich wollte die Sache klären. Warum tut sie das? Ich wollte es verstehen und aus der Welt schaffen.«

»Nachdem sie deine Identität bereits an die Presse rausgerückt hat und jeder Polizist in Berlin weiß, wer du bist?«

Taylor hatte dagehockt wie ein kleiner Junge, der gerade eine Fensterscheibe eingeschlagen hatte.

»Vielleicht war das dumm von mir, aber du musst mir glauben.«

Das wollte sie ja, doch sie konnte es nicht. Diese Untersuchung wurde schließlich nicht ohne triftige Gründe angestoßen. Annika Lippke musste etwas Konkretes gegen Taylor in der Hand haben, und er wollte ihr nicht sagen, was es war. Wer vertraute denn hier wem nicht?

»Es wird alles in Ordnung kommen!«, hatte Taylor versprochen und wollte sie in den Arm nehmen. Seine Berührung hatte sich fremd angefühlt. Er hatte ihren Widerstand gespürt und sich wütend von ihr abgewandt.

»Wenn du mir nicht glaubst, Laura, dann tut mir das wirklich weh. Du bist der wichtigste Mensch in meinem Leben und du traust einem Zeitungsartikel mehr als mir.«

»Ich möchte dir gerne glauben«, hatte sie traurig erwidert. Aber es nützte nichts. Sie brauchten Abstand und hatten die Nacht getrennt verbracht. Sie im Bett und er auf dem Sofa. Am Morgen hatte sie sich aus ihrer eigenen Wohnung geschlichen, als wäre sie eine Einbrecherin. Seitdem hatte sie nichts mehr von Taylor gehört. Inzwischen bereute sie ihren Abgang. Aber sie brachte es nicht fertig, ihn anzurufen. Was sollte sie sagen? Dass sie ihm glaubte, obwohl sie es nicht tat?

Sie riss einen Zettel von einem Notizblock und zerknüllte ihn wütend. Verdammt, warum musste Taylor ihr das antun? Oder konnte er doch gar nichts dafür?

Sie seufzte und tippte eine Nachricht auf ihrem Handy.

Sorry, musste früh los. Ich liebe dich.

Laura starrte auf ihre Worte. Ihr Zeigefinger schwebte über dem Symbol für *Senden*, aber sie brachte es nicht fertig, darauf zu tippen. Sie legte das Handy beiseite, nur um es gleich wieder an sich zu reißen. Dann hörte sie auf ihr Herz und schickte die Nachricht ab. Sie musste Taylor vertrauen und vielleicht hatte er wirklich nichts getan. Tief in ihrem Herzen wusste sie, dass er sie liebte. Auch wenn dieses Wissen von den Ereignissen überschattet wurde.

Sie starrte auf das Display und lächelte, als eine Armee von roten Herzen erschien.

Ich liebe dich auch. Alles wird gut.

Laura wünschte sich nichts sehnlicher. Sie entsperrte den Bildschirm ihres Computers und ging die Nachrichten des vergangenen Tages durch. Torsten Lübke hatte sich nach der Arbeit auf der Baustelle in seine Wohnung begeben und diese am Morgen um sechs Uhr wieder verlassen, um erneut zur Arbeit zu fahren. Simon Fischer hatte den Laptop von Katharina Waidhofer ausgewertet, darauf jedoch keinen Hinweis auf einen anderen Mann entdeckt. Auf dem Computer von Louisa Travertini, den sie inzwischen in der Kanzlei beschlagnahmt hatten, fanden sich keinerlei private Informationen. Weder Notizen noch Termine. Den freien Tag hatte sie im Kalender eingetragen, aber nicht festgehalten, ob sie bestimmte Pläne hatte. Die Befragung der restlichen Camper in der Nähe des Fundortes von Travertinis Leiche war ebenfalls im Sande verlaufen. Niemand hatte das Opfer gesehen oder etwas Verdächtiges bemerkt. Es kam Laura vor, als suchten sie ein Phantom. Beide Frauen waren mitten am Tag ums Leben gekommen und es gab keine Zeugen. Vermutlich hatte der Täter die örtlichen Gegebenheiten vorher gut ausgekundschaftet, sodass er unbemerkt geblieben war.

Laura überflog einen Bericht von Peter Meyer. Eine Nachbarin von Katharina Waidhofer hatte den Mini von Torsten Lübke häufiger vor ihrem Haus gesehen. Lübke kannte demnach die privaten Adressen von beiden Opfern. Trotzdem hatte Laura bei Lübke ein Störgefühl. Obwohl er die Zitate von Faust erkannt und mehrfach gelogen hatte, konnte sie sich nicht vorstellen, dass er Frauen mit einem Seil erdrosselte. Lübke schien eher wie die Art Täter, die impulsiv und mit bloßen Händen töteten. Aber vermutlich irrte Laura sich bei dieser Annahme. Ihr Nervenkostüm war durch den Streit mit Taylor mächtig angeschlagen. Sie sollte sich lieber an die Fakten halten, und die sprachen in vielen Punkten für Lübke als Täter, wobei sie allerdings auch Mirco Neudorf nicht vergessen durfte und ebenso wenig Mark Friedberg.

Sie dachte über den Anwalt nach, der sie auf die Spur mit dem angeblichen Freund von Louisa locken wollte. Nirgendwo fand sich ein Hinweis auf diesen geheimnisvollen Mann. Ob Friedberg log, um von sich abzulenken? Andererseits schien sich die Notiz aus der Keksdose auf ebendiesen Freund zu beziehen. Oder meinte Friedberg mit Angelegenheit etwas anderes? Könnte es um Geld gegangen sein? Worunter sollte Louisa einen Schlussstrich ziehen?

Laura rieb sich nachdenklich über die Narben unter ihrem Schlüsselbein. Sie musste mit Mark Friedberg reden und beschloss, der Kanzlei einen erneuten Besuch abzustatten. Friedberg gehörte bestimmt zu den Anwälten, die am frühen Morgen anfingen zu arbeiten. Wenn sie jetzt losfuhr, war er vielleicht schon da.

Laura schaffte die Strecke zum Potsdamer Platz in etwas mehr als zehn Minuten. Am Empfang wurde sie gleich zu den Fahrstühlen durchgewinkt. Inzwischen kannte man sie dort. Sie benutzte trotzdem das Treppenhaus. Die kleine Trainingseinheit tat ihr gut, auch wenn ihre Oberschenkel brannten. Mark Friedberg saß in seinem Büro, wie sie durch die schmale Scheibe in seiner Bürotür erkannte. Laura klopfte an und trat ein.

»Guten Morgen, Herr Friedberg. Haben Sie einen Moment Zeit für mich?«

Mark Friedberg blickte überrascht auf. »Haben Sie Neuigkeiten über Louisa?«

»Eher weitere Fragen. Wir stecken mitten in den Ermittlungen und können keine Details preisgeben. Würden Sie mir bitte nochmals Ihre Beziehung zu Frau Travertini beschreiben?«

Zwischen den Augenbrauen des Anwalts erschien eine tiefe Falte. »Aber das habe ich doch bereits getan. Gibt es ein Problem?«

»Es ist reine Routine. Zeugen können sich meist nicht beim ersten Gespräch an jede Kleinigkeit erinnern, die manchmal jedoch entscheidend ist. Wir fragen immer mehrfach nach.«

»Verstehe.« Friedberg räusperte sich und bedeutete ihr, vor seinem Schreibtisch Platz zu nehmen. »Wie gesagt, sie war meine Assistentin. Wir haben uns außerordentlich gut verstanden und Louisa wird durch niemanden zu ersetzen sein.«

»Ging Ihre Beziehung über das Berufliche hinaus?«
Laura bemerkte, wie ein Zucken über seine Miene huschte.

Er seufzte. »Ich denke, wir waren Freunde. Sie hat mir auch private Dinge anvertraut.«

»Zum Beispiel die Sache mit ihrem neuen Freund?«

»Ja, unter anderem.«

»Wir konnten diesen Freund bisher nicht aufspüren. Auch ihre Eltern und die Schwester haben noch nie etwas von ihm gehört. Sind Sie sicher, dass es ihn gab?«

Mark Friedberg sah Laura lange an, bevor er antwortete: »Wie sicher kann ich schon sein? Sie hat mir von ihm berichtet. Ich habe ihre Geschichte nicht überprüft.«

»Persönlich haben Sie diesen Freund demnach nicht getroffen und Sie kennen auch nicht seinen Namen?«

»Nein. Vielleicht hat sie sich den Freund auch nur ausgedacht.«

Laura wurde hellhörig. »Warum hätte sie das tun sollen?«

Friedberg zuckte müde mit den Schultern. »Keine Ahnung. Sie war auf der Suche nach einem Partner. Es hat ihr nicht gefallen, als Single dazustehen.«

»Und wie sah es zwischen Ihnen beiden aus? Sie sind nicht liiert, wenn ich das richtig im Kopf habe.«

Mark Friedberg stieß ein zynisches Lachen aus. »Wo denken Sie hin? Sie war meine Assistentin, eine sehr kompetente obendrein, und ich will in diesem Laden zum Partner aufsteigen. In den heutigen Zeiten wäre es ein fataler Fehler, etwas mit der eigenen Angestellten anzufangen. Sie kennen doch die MeToo-Debatte.«

Laura verbot sich jeden Gedanken an Taylor.

»Man hätte Ihnen vorwerfen können, dass Sie Ihre Stellung als Vorgesetzter ausnutzen. Aber mal ganz ehrlich, der Arbeitsplatz ist nun einmal ein Ort, wo sich viele Paare kennenlernen. Das bleibt nicht aus, wenn man den gesamten Tag miteinander verbringt.«

»Es lief nichts zwischen Louisa Travertini und mir«, erklärte Mark Friedberg trocken.

Laura wusste nicht, ob er die Wahrheit sagte. Der Anwalt hatte ein Pokerface aufgesetzt und betrachtete sie mit wachsamen Augen.

»Wir möchten Sie bitten, uns eine DNS-Probe zur Verfügung zu stellen.«

Mark Friedberg kniff überrascht die Augen zusammen. »Du liebe Güte, wurde Louisa vergewaltigt?«

Laura wich seiner Frage aus. »Es gibt unendlich viele Möglichkeiten, DNS an einem Tat- oder Fundort zu hinterlassen.«

Mark Friedberg schwieg. Die Stimmung in seinem Büro glich der Ruhe vor dem Sturm. Friedberg seufzte nach einigen Momenten und ergänzte:

»Ich habe Louisa Travertini sehr gemocht. Trotzdem möchte ich ohne offizielle Aufforderung keine DNS-Probe abgeben. Und nur zu Ihrer Information: Wenn Sie mich verdächtigen, was Sie vermutlich zwangsläufig tun müssen, dann sind Sie am Falschen dran.«

Laura ließ nicht locker. »Wir haben eine Mitteilung von Ihnen an Louisa Travertini in ihrer Wohnung entdeckt. Können Sie uns hierzu genauere Angaben machen?«

Mark Friedberg schüttelte ungläubig den Kopf. »Ich habe ihr täglich zehn oder mehr Nachrichten geschrieben. Ich war ihr Vorgesetzter. Von welcher Mitteilung sprechen Sie denn?«

»Eine handschriftliche Notiz auf einem Zettel. Sie haben sie gebeten, einen Schlussstrich unter eine Angelegenheit zu ziehen, damit diese keine Auswirkungen auf Sie beide hätte«, erklärte Laura.

Mark Friedbergs Gesichtsfarbe entsprach inzwischen dem Weiß der Wand hinter ihm.

»Was? ... Ich ...«, stotterte er. »Ich wollte nicht, dass sie sich auf den falschen Mann einlässt.«

»Waren Sie eifersüchtig?«, fragte Laura.

»Nein! Sie sollte einfach nur nicht enttäuscht werden.«

»Wer ist dieser Mann und wann haben Sie diese Nachricht geschrieben?«

»Niemand, der für Louisas Tod verantwortlich wäre. Und das Ganze ist bereits zwei oder drei Monate her.«

Laura überlegte. Von diesem Zeitraum hatte auch Marianne Giesbarth gesprochen. Danach herrschte zwischen Louisa Travertini und Friedberg Eiszeit. Demnach hatte sie von diesem Mann, wer immer er war, nicht abgelassen.

»Ich brauche einen Namen«, beharrte Laura.

Aber Mark Friedberg schüttelte den Kopf. »Ich kenne seinen Namen nicht.« Doch die Lüge stand ihm deutlich ins Gesicht geschrieben.

»Wo haben Sie Ihre Mittagspause vor fünf Tagen verbracht?«, wollte Laura wissen.

»Ihr Kollege hat mich das bereits gefragt. Ich war hier in der Kanzlei. Ich denke, Sie wollen auf den Tod von Katharina Waidhofer hinaus. Ich habe davon gehört und es tut mir wirklich leid. Sie war eine sehr nette Frau. Wir haben jahrelang zusammengearbeitet.«

Laura erhob sich. Zwei Kolleginnen von ihm hatten sein Alibi bestätigt. Die Assistentin Frau Kampe und eine Dame vom Empfang. Allerdings wusste Laura nicht, ob sie sich auf diese Aussagen verlassen sollte.

»Ich denke, das wäre erst einmal alles. Sollten Sie es sich anders überlegen und mir den Namen nennen wollen, wissen Sie ja, wie Sie mich erreichen können.« Sie verabschiedete sich und ging zum Ausgang, blieb auf der Hälfte der Strecke jedoch stehen. Der Geruch nach frischem Kaffee lockte sie in eine kleine Küche. Sie warf einen Blick hinein und erblickte auf der Ablage für gebrauchtes Geschirr eine Tasse mit den Initialen *M. F.*

Ohne weiter nachzudenken, zog Laura ein Taschentuch aus der Hosentasche und wickelte die Tasse ein. Dann verließ sie eilig die Kanzlei.

* * *

»Kannst du mir einen Gefallen tun und diese Kaffeetasse auf DNS-Spuren untersuchen? Vielleicht stimmen sie mit denen der Sperma-Probe von Katharina Waidhofers Leichnam überein.«

Dennis Struck betrachtete zuerst die Tasse und anschließend Laura mit forschendem Blick. »Eigentlich brauchen wir ein Formular und eine Einverständniserklärung.«

»Das ist mir bekannt«, erwiderte Laura. »Ich muss einfach nur wissen, ob wir einen Treffer haben.« Dennis Struck strich sich über sein Doppelkinn und seufzte. »Wenn es Ärger gibt, weiß ich von nichts«, erklärte er und nahm ihr die Tasse ab.

»Danke schön.« Laura lächelte und begab sich zwei Etagen höher in ihr Büro.

Max saß an seinem Schreibtisch und drehte den Kopf, als sie eintrat.

»Wo hast du gesteckt?«, fragte er. »Ich habe es auf deinem Handy versucht, aber es war aus.«

»Ich habe mit Mark Friedberg gesprochen.« Laura stellte sich vor das Whiteboard und kringelte Mark Friedbergs Namen ein. »Ich denke, diese Assistentin hat recht. Irgendetwas lief da zwischen ihm und dem zweiten Opfer.«

»Aber es scheint keine private Verbindung zum ersten Opfer zu geben.«

»Mag sein«, erwiderte Laura. »Ich habe Mark Friedbergs Kaffeetasse mitgehen lassen«, fügte sie leise hinzu.

»Du hast was?«

»Sie stand benutzt in der Kaffeeküche. Ich konnte nicht widerstehen.«

Max schüttelte den Kopf. »Laura, das kann gewaltigen Ärger geben. Verdammt. Wir hätten bestimmt einen Beschluss erwirken können.«

»Wie denn? Der Kerl hat ein Alibi und er ist verflucht schlau. Dem kommen wir nicht so einfach auf die Schliche.«

»Ich verstehe echt, dass du total gestresst bist. Schon wegen der Sache mit Taylor. Aber wir sollten auf der Seite des Gesetzes bleiben. Das sind deine eigenen Worte.«

Laura wusste, dass er recht hatte. Trotzdem sagte sie: »Jetzt ist es sowieso zu spät. Ich habe die Tasse und bald wissen wir mehr. Ich werde sie auf jeden Fall wieder zurückbringen.«

Max erhob sich und kam zu ihr. Er legte ihr die Hand auf die Schulter. »Es tut mir leid wegen Taylor. Ich habe mich ein wenig umgehört, und ich denke, er hat nichts falsch gemacht.«

Laura traute ihren Ohren nicht. Ausgerechnet Max verteidigte Taylor?

»Wie kommst du plötzlich darauf?«

»Es gibt in der ersten Polizeidirektion niemanden, der ein gutes Wort für Annika Lippke übrig hat. Angeblich hat sie wegen Taylor eine Beförderung nicht bekommen und das ist jetzt wahrscheinlich ein Racheakt.«

»Und wie soll Taylor das angestellt haben? Er ist nicht mal ihr Vorgesetzter.«

»Nein, aber er beurteilt die Fallanalysen und da hat Annika Lippke nicht gut abgeschnitten.«

»Taylor hat mir nichts dergleichen erzählt.«

Max zog Laura an sich. »Womöglich ist ihm dieser Zusammenhang überhaupt nicht bewusst. Die Kollegen drüben sprechen sich jedenfalls reihenweise für ihn aus. Ich denke, die Untersuchungskommission wird ihn entlasten.«

Laura atmete auf. »Taylor hat mir bloß gesagt, er sei unschuldig. Warum verteidigst du ihn auf einmal?«

»Weil ich will, dass es dir gut geht, und ich weiß, dass du diesen Mann liebst.«

In Lauras Kehle bildete sich ein Kloß. »Du bist ein echter Freund«, hauchte sie.

»Du hast mir mit Hannah auch geholfen. Ist nur fair. Ich erinnere mich noch genau daran, wie es sich anfühlt, wenn man glaubt, die Kontrolle zu verlieren. Ich schlage vor, wir sind einfach optimistisch und lassen die Sache mit Taylor erst mal ruhen. In der Zwischenzeit lenken wir uns hiermit ab«, Max pochte auf das Whiteboard, »und schnappen uns den Mistkerl.«

Laura seufzte. »Die große Frage ist, wer von den dreien hinter den Morden steckt. Je länger ich darüber nachdenke, desto unsicherer werde ich. Zumal sich alle Verdächtigen und Opfer kannten.« Sie heftete das Foto von der Kundenveranstaltung der Kanzlei ans Whiteboard, das sie von Marianne Giesbarth erhalten hatte. »Vielleicht sollten wir Mirco Neudorf und Mark Friedberg ebenfalls überwachen. Keiner von beiden wird freiwillig mit der Sprache rausrücken, und solange wir keinen Augenzeugen oder das Tatwerkzeug haben, drehen wir uns im Kreis.«

An der Bürotür klopfte es und Peter Meyer kam herein.

»Wir sind mit der Befragung in der Kanzlei Meier,

Schild und Partner fertig, und ich habe eine Aussage erhalten, die ich Ihnen vorab mitteilen wollte. Eine Mitarbeiterin vom Empfang, Vanessa Francke, hat beobachtet, wer Louisa Travertini am Abend vor ihrem freien Tag abgeholt hat.« Meyer machte eine bedeutungsschwangere Pause, die kaum auszuhalten war, und fuhr fort: »Sie hat gesehen, dass es Mark Friedberg war. Er kam mit seinem Wagen, einem Mercedes, und Louisa Travertini ist eingestiegen.«

Sofort nahm Laura das Telefon und wählte Simon Fischers Nummer.

»Hi, Simon, kannst du die Überwachungskameras von den Kreuzungen noch einmal auf einen Mercedes überprüfen?« Sie winkte Peter Meyer heran und bat ihn, Simon Fischer die Farbe und das Kennzeichen mitzuteilen.

»Das war sehr gute Arbeit«, lobte Laura ihn, nachdem sie aufgelegt hatte.

»Wir sollten keine Zeit verlieren«, sagte Max und griff nach den Wagenschlüsseln.

24

Melissa Greinert war Geschichte, Carolin spürte es mit jeder Zelle ihres Körpers. Finn lag neben ihr und streichelte sie. Tatsächlich hatte Daniel Kreutzer Wort gehalten und sie informiert, als Finn die Kanzlei am Abend zuvor verlassen hatte. Carolin hatte ihn angerufen und gefragt, ob er sie mitnehmen wolle. Ihr Auto sei in der Werkstatt und die Reparatur dauere länger als erwartet, hatte sie ihm erklärt.

Finn Altmann war ihr wie ein echter Gentleman zu Hilfe geeilt, und als sie vor ihrer Haustür standen, hatte sie ihn auf einen Kaffee zu sich eingeladen. Aus dem Kaffee war schlussendlich eine Flasche Wein geworden und ein Abend, an dem er die meiste Zeit reden durfte. Sie hatte ihm aufmerksam zugehört, zu ihm aufgeschaut und ein schnelles, aber köstliches Abendessen zubereitet. Liebe ging durch den Magen, das hatte ihre Mutter immer gesagt, und bei Finn schlug ihr Curry ein wie eine Bombe. Seine Augen begannen zu leuchten, und sie spürte, wie er sie plötzlich in einem ganz anderen Licht sah. Sie hatte sich bescheiden über ihre Zukunftspläne geäußert und sich damit Stück für Stück in sein Herz geschlichen. Eigentlich hatte sie nicht vorgehabt, sofort mit ihm im Bett zu landen, aber er war ein attraktiver Mann und sie wollte ihn. Vor allem musste sie schneller sein als diese Studienabbrecherin. Sie konnte nicht riskieren, dass Melissa ihr Finn mit ihrem Hundeblick wegschnappte.

Carolin schloss die Augen und genoss die Berührung von Finns Händen auf ihren Brüsten. Sie hätten längst in der Kanzlei sein müssen. Doch sie würde ihn jetzt bestimmt nicht aus ihrem Bett jagen. Wenn es nach ihr ginge, könnten sie den gesamten Tag blaumachen. Zumindest zwei Stunden konnten sie sich noch gönnen.

Finns Handy klingelte, und für einen Moment befürchtete Carolin, er würde rangehen. Aber er schaute nur kurz aufs Display und konzentrierte sich dann wieder auf sie.

»Du bist wunderschön«, murmelte er und küsste sie.

Seine Finger waren plötzlich überall. Sie stöhnte lustvoll auf und öffnete ihre Schenkel. Sie wollte, dass er ihre erste Nacht niemals vergaß. Sie zog ihn auf sich und schlang die Beine um seine Hüften.

25

»Tut mir leid, Herr Friedberg ist vorhin gegangen. Er sagte, er hätte einen auswärtigen Termin.« Marianne Giesbarth klickte mehrmals mit der Maus und hob die Schultern. »Im Kalender ist nichts eingetragen.« Sie sah Laura und Max an. »Ich kann es gar nicht aussprechen, aber es ist kein Wunder. Louisa ist nicht mehr da und es herrscht heilloses Chaos.«

»Und wann hat er die Kanzlei verlassen?« Laura ahnte die Antwort, bevor Marianne Giesbarth sie aussprach.

»Kurz nachdem Sie weg waren. Er hatte es ziemlich eilig.«

Max warf Laura einen vielsagenden Blick zu und fragte: »Ist er auf dem Handy erreichbar?«

Die Assistentin wählte Friedbergs Nummer. Es klingelte mehrfach und dann sprang die Mailbox an.

»Üblicherweise stellt er sein Telefon auf leise, wenn

er in einem wichtigen Termin ist. Hier ist seine Nummer«, sagte sie und schrieb sie auf einen gelben Notizzettel. »Versuchen Sie es doch gleich noch einmal.«

»Danke.« Max nahm ihr den Zettel ab. »Melden Sie sich bitte umgehend bei uns, sobald er wieder hier ist oder anruft.«

»Das mache ich natürlich«, versprach Marianne Giesbarth.

»Welche Termine hat er in den vergangenen zwei Wochen wahrgenommen? Vielleicht finden wir so heraus, wo er jetzt ist«, bat Laura.

»Viele Termine hat er nicht gehabt. Torsten Lübke war bei uns, aber das wissen Sie ja schon. Dann gab es ein Treffen mit einem ausländischen Mandanten und drei Termine wegen einer Projektfinanzierung, wobei allerdings nur einer persönlich stattfand. Die anderen liefen als Videokonferenz. Ich darf Ihnen die Namen eigentlich nicht rausgeben.« Auf Marianne Giesbarths Gesicht lag ein Ausdruck des Bedauerns.

»Wir behandeln das absolut vertraulich und Sie bekommen zeitnah einen richterlichen Beschluss«, versprach Laura.

Die Assistentin bedachte sie mit einem langen Blick.

»Okay, ich schreibe Ihnen die Adressen der beiden Unternehmen auf.«

Laura und Max bedankten sich. Als sie wieder im Auto saßen, rief Laura die Streife an, die Lübke überwachte.

»Er ist seit dem frühen Morgen auf der Baustelle und

hat sich seitdem nicht wegbewegt«, erklärte ihr der Kollege.

»Hat er Besuch bekommen von einem großen dunkelhaarigen Mann in einem Anzug?«

»Nein, ganz sicher nicht. Hier laufen nur Bauarbeiter in orangefarbenen Westen rum. Jemand im Anzug wäre uns bestimmt aufgefallen.«

»Sollte ein solcher Mann trotzdem noch auftauchen, informieren Sie mich bitte umgehend.« Laura seufzte und legte auf.

»Uns bleibt wohl nichts anderes übrig, als es bei den zwei Mandanten zu versuchen«, sagte sie.

»Vielleicht ist er auch nach Hause gefahren.«

»Dort können wir es anschließend probieren.« Laura wählte Mark Friedbergs Nummer, doch dieses Mal ging sofort die Mailbox an. Sie sprach ihm eine Nachricht aufs Band mit der Bitte um Rückruf.

Das erste Unternehmen hatte seinen Sitz ganz in der Nähe und lag nur zehn Minuten entfernt. Aber schon am Empfang wurde klar, dass Mark Friedberg wegen der Projektfinanzierung keinen Termin dort hatte. Jeder Besucher erhielt einen eigenen Ausweis, eine Plastikkarte, mit der er durch eine große Drehtür Zutritt ins Gebäude bekam. Der Mann am Empfang überprüfte, ob er innerhalb der letzten drei Stunden eine Karte für Mark Friedberg ausgestellt hatte. Aber das war nicht der Fall.

Laura und Max zogen wieder ab und begaben sich zur zweiten Adresse. Die Straßen in Berlin waren völlig verstopft. Es war heiß. Der Tag war ideal für einen

Besuch im Schwimmbad geeignet. Doch offenbar hockten viele Menschen lieber in ihren Autos und brüteten in der Mittagssonne vor sich hin. Laura drehte die Klimaanlage auf und stellte erleichtert fest, dass sie ihr Ziel fast erreicht hatten. Sie konnte es kaum erwarten, endlich aus dem Auto zu steigen.

Sie erkundigten sich bei der Chefassistentin nach Mark Friedberg. Nach einer Weile schüttelte sie den Kopf. Auch bei diesem Mandanten hatte der Anwalt kein Meeting. Also suchten sie Mark Friedbergs private Adresse auf. Er wohnte in Berlin Mitte in einem Nobelviertel. Doch als sie an seiner Tür klingelten, öffnete niemand.

Max versuchte es noch zwei Mal und ließ dann von der Klingel ab.

»Verdammt«, fluchte er. »Was wir machen, ist absolute Zeitverschwendung. Friedberg könnte überall sein. Vielleicht sollten wir eine Fahndung nach ihm rausgeben.«

Laura schaute auf die Uhr. Fast ein halber Tag war vergangen und niemand schien zu wissen, wo der Anwalt steckte.

»Einverstanden. Warum nicht. Wir geben die Fahndung raus.« Sie stiegen wieder ins Auto und fuhren zum Landeskriminalamt. Kurz bevor sie die Tiefgarage am Platz der Luftbrücke erreichten, rief Joachim Beckstein an.

»Wir haben eine neue Leiche. Erneut in einem Waldgebiet bei Frohnau, erdrosselt, mit einer Schiefertafel um den Hals. Begeben Sie sich sofort dorthin. Ich schicke die Spurensicherung ebenfalls los. Ich erwarte umgehend Ihren Bericht.« Er gab Laura die genaue Anschrift durch und legte auf.

»Mist«, stieß sie aus. »Wir gurken hier in der Gegend rum und in dieser Zeit hat es das nächste Opfer erwischt.«

* * *

Es kam Laura so vor, als wäre sie schon einmal hier gewesen. Aber der Wald war ein anderer und auch der See, der ab und zu zwischen den Baumstämmen hindurch schimmerte. Max lief im T-Shirt neben ihr her, während sie in ihrer hochgeschlossenen Bluse schwitzte. Ihr Magen fühlte sich an, als bestände er aus glühender Lava. Ungewöhnlicherweise hatte sie Mühe, mit Max Schritt zu halten. Etwas in ihr bremste sie ab. Sie wollte die neue Leiche nicht sehen, weil es ihr das eigene Versagen vor Augen führte. Sie hätten Friedberg längst schnappen müssen, aber sie hatten nicht schnell genug geschaltet, und jetzt war der Mistkerl abgetaucht.

»Wir kriegen ihn«, knurrte Max und drückte Lauras Schulter. »Das ist der dritte Mord. Jeder wird irgendwann leichtsinnig und macht Fehler. Dieses Mal finden wir etwas.«

»Ich hoffe, du hast recht«, flüsterte Laura, weil ihre Kehle wie ausgetrocknet schien.

Vor ihnen stand eine Gruppe von Polizisten, die rings um den Fundort Absperrband an den Baumstämmen anbrachten. Eine Polizistin nickte ihnen freundlich zu.

»Sind Sie vom LKA?«

Max zeigte ihr seinen Dienstausweis. »Ich bin Max Hartung und das ist meine Partnerin Laura Kern.«

Die Polizistin winkte sie durch. »Dort hinter dem großen Baum, die Böschung hinunter, liegt die Leiche.«

Laura hielt die Luft an. Jeder Schritt fiel ihr schwer. Sie umrundete den Baum und schaute den kleinen Hang hinab. Weiter unten im hohen Gras lag eine Person auf dem Rücken. Laura starrte auf die Leiche und benötigte einige Sekunden, bis ihr Hirn das Gesehene verarbeitete. Das vor ihnen war keine Frau, sondern ein Mann. Er trug einen Anzug.

»Verflucht!«, stieß sie aus. »Das ist Mark Friedberg.«

Max erwiderte nichts. Die Überraschung stand ihm ins Gesicht geschrieben. Er rutschte vorsichtig die Böschung hinunter und reichte Laura die Hand. Sie folgte Max und betrachtete dann den Toten von Nahem. Mark Friedberg hatte die Augen weit aufgerissen. Sie schienen noch ein wenig zu glänzen, sodass sich der blaue Sommerhimmel in ihnen spiegelte. Laura sank in die Knie und tastete nach seiner Halsschlagader. Sie strich über das tiefe rote Zopfmuster, das sie auch bei den beiden anderen Opfern vorgefunden hatten. Sie wünschte sich, Friedberg würde noch leben. Doch sein Puls war nicht spürbar.

»Der Notarzt hat ihn für tot erklärt. Die Spaziergängerin, die ihn entdeckt hat, glaubte zuerst, er wäre nur ohnmächtig. Aber er muss mehr als zwei Stunden tot sein. So hat es der Arzt gesagt.« Die junge Polizistin verzog das Gesicht. Offenbar wurde ihr vom Anblick des Toten übel. Sie wandte sich schnell ab und verschwand hinter den Bäumen.

Laura betrachtete die Schiefertafel, die um den Hals des Toten hing.

»Der ganze Strudel strebt nach oben. Du glaubst zu schieben, und du wirst geschoben«, las sie vor und tippte die Worte gleichzeitig in ihr Smartphone ein.

»Wie erwartet. Es ist ein Zitat aus Goethes Faust«, verkündete sie resigniert und streifte Schutzhandschuhe über, damit sie Friedbergs Kleidung abtasten konnte.

»Dieses Zitat weicht von den ersten beiden ab. Es hat auch nichts mit seinem Anzug zu tun und mit Blut ebenfalls nicht«, brummte Max nachdenklich. »Ob es sich vielleicht auf Friedbergs Ambitionen in der Kanzlei bezieht? Er wollte doch Partner werden.«

Laura studierte das Zitat ein weiteres Mal. »Da könntest du richtigliegen. Nach oben hat er jedenfalls gestrebt.« Sie sah Max an. »Glaubst du, er musste deshalb sterben? Weil er zu ehrgeizig war?«

»Oder weil jemand ihn aus dem Weg räumen wollte. Es gab schließlich zwei Kandidaten.«

»Du meinst Finn Altmann?«

»Genau. Der ist ebenfalls als künftiger Partner auserkoren.«

Laura grübelte. Finn Altmann hatten sie bisher überhaupt nicht auf dem Schirm gehabt. Er hatte wie viele andere seiner Kollegen aus der Kanzlei für die Tatzeiträume keine Alibis vorzuweisen. Zum ersten

Opfer schien es keine Verbindung zu geben, allerdings kannte er Opfer Nummer zwei und drei aus der Kanzlei.

Plötzlich fiel Laura wieder etwas ein.

»Jemand hat ausgesagt, dass Finn Altmann und Mark Friedberg gut befreundet waren. Ich weiß nicht, ob Altmann auf die Liste der Verdächtigen gehört. Aber wir sollten ihn auf alle Fälle befragen. Er dürfte einiges über Friedberg wissen. Vielleicht kann er uns erklären, wo Friedberg heute Vormittag so dringend hinwollte.«

Lauras Welt stand Kopf. Sie war davon ausgegangen, dass sich Mark Friedberg nach ihrem Gespräch am Morgen aus dem Staub gemacht hatte. Sie hatte ihn enorm unter Druck gesetzt, ihn intensiv nach seinem Verhältnis zu Louisa Travertini befragt. Es hatte sie nicht gewundert, als er wie vom Erdboden verschluckt schien. Sie war beinahe sicher gewesen, dass er hinter den Morden steckte. Aber diese Vermutung hatte sich soeben in Luft aufgelöst. Verdammt! Bisher hatte sie geglaubt, dass der Täter es auf junge Frauen abgesehen hatte. Doch damit lag sie offensichtlich völlig daneben. Wer führte sie bloß derartig an der Nase herum?

Sie hob die Schiefertafel vorsichtig an und drehte sie um.

»Mist. Hier stehen eine Raute und die Ziffer drei. Wir haben verflucht noch mal ein Riesenproblem.« Sie griff in Friedbergs rechte Anzugtasche und zog eine Tankrechnung vom Vorabend hervor. Ansonsten war die Tasche leer. Laura untersuchte die andere Seite und brachte einen Kugelschreiber und ein wenig Kleingeld zutage. Sie tastete die vorderen Hosentaschen ab und fand einen Autoschlüssel und die Zutrittskarte zum Gebäude der Kanzlei. Resigniert erhob sie sich. Sie wollte die Leiche nicht umdrehen, bevor die Spurensicherung und der Fotograf eingetroffen waren. Vermutlich würden sie in den Gesäßtaschen des Toten sowieso weder auf sein Portemonnaie noch auf sein Handy stoßen.

»Wir sollten uns nach seinem Wagen umsehen. Der ist bestimmt in der Nähe«, schlug Laura vor.

Als sie die Böschung wieder hinaufgeklettert waren, näherte sich ein kräftiger Mann, der vollkommen in Weiß gekleidet war.

»Lassen Sie mich raten«, sagte Dennis Struck und verzog die Miene zu einem traurigen Lächeln. »Da unten liegt Nummer drei.« Er drückte Laura eine Dokumentenmappe in die Hand. »Die DNS-Probe von der Kaffeetasse stimmt nicht mit dem Spermafund bei Katharina Waidhofer überein. Wollen Sie mir nicht doch den Namen verraten?«

»Mark Friedberg«, stieß Laura aus. »Er ist die Nummer drei. Tun Sie mir einen Gefallen und finden Sie irgendetwas vom Täter, und wenn es nur ein winziger Hautpartikel ist. Wir müssen diesen Verrückten stoppen, bevor er mit Nummer vier weitermacht.« Sie ließ den verdutzten Dennis Struck stehen und suchte auf ihrem Smartphone den nächstgelegenen Parkplatz heraus.

Sie wandten sich nach rechts und erreichten drei Minuten später eine schmale Lichtung, auf der ein paar Autos standen. Laura drückte auf die Fernbedienung an dem Schlüssel aus Friedbergs Hosentasche. Ein Piepton ertönte und die Lichter eines schwarzen SUV leuchteten auf. Max streifte sich ebenfalls Schutzhandschuhe über. »Dann wollen wir mal loslegen«, brummte er und öffnete den Kofferraum.

Laura ging zur Fahrertür. Sie setzte sich ins Auto und überlegte, wie Mark Friedbergs letzte Stunden wohl ausgesehen hatten. Was brachte einen Anwalt wie ihn dazu, auf einen Waldparkplatz zu fahren? Sie startete den Wagen und sah, wie das Kommunikationssystem hochfuhr. Sie tippte auf Navigation und überprüfte die eingegebenen Ziele. Es waren nur drei Adressen aufgelistet. Die letzte war der Parkplatz, auf dem sie standen. Davor war er im Süden Berlins unterwegs gewesen. Laura gab die Adresse in den Internetbrowser ihres Smartphones ein und stieß auf eine größere Baufirma, die vermutlich zu Friedbergs Mandanten zählte. Die dritte Anschrift kannte Laura auswendig. Dort befand sich Torsten Lübkes Bauunternehmen.

Lübke. Der Name tauchte immer wieder auf. Sie wählte abermals die Nummer der Kollegen, die ihn überwachten.

»Er ist nach wie vor auf der Baustelle. Keine Neuigkeiten.«

»Lassen Sie ihn nicht aus den Augen«, sagte Laura und steckte das Handy weg. Wenn Torsten Lübke sich heute tatsächlich nicht von der Baustelle wegbewegt hatte, kam er als Täter nicht infrage. Mark Friedberg war erst seit ein paar Stunden tot.

Laura sah sich um, öffnete die Klappe auf der Beifahrerseite und durchsuchte das Handschuhfach. Es beinhaltete ein Serviceheft und die Bedienungsanleitung, sonst nichts. Auch in den Fächern der Konsole fand sie lediglich eine Parkuhr und ein Fläschchen mit Desinfektionsmittel. Oberhalb der Konsole lag eine Sonnenbrille. Links in der Tür steckten ein Eiskratzer und ein Nothammer. Ansonsten wirkte der Wagen wie neu. Keine Kratzer oder Krümel. Nichts, was sie auch nur im Entferntesten weiterbringen würde. Sie fuhr den Sitz nach hinten, um nachzuschauen, ob etwas in die Ritze zwischen Mittelkonsole und Fahrersitz gefallen war. Mit spitzen Fingern zog sie ein Papiertaschentuch hervor. Ein merkwürdiger Geruch strömte ihr für den Bruchteil einer Sekunde in die Nase. Alarmiert musterte sie das Tuch genauer.

»Max, kannst du mal herkommen? Ich glaube, das ist Chloroform«, rief sie durch die geöffnete Wagentür.

Max war sofort bei ihr und schnüffelte vorsichtig an dem Tuch. »Wo hast du das her? Das ist Chloroform.«

»Es steckte in der Ritze. Jemand muss Friedberg damit betäubt haben.« Wie elektrisiert sprang sie aus dem Wagen und inspizierte den Kies auf dem Parkplatz nach Schuhabdrücken. Allerdings war es unmöglich, etwas zu erkennen.

»Ich rufe die Spurensicherung.« Max telefonierte kurz und kam wieder zu ihr.

»Vielleicht hat der Täter auf der Rücksitzbank gesessen«, überlegte Laura, »oder er hat an die Seitenscheibe geklopft und Friedberg betäubt, als er sie herunterließ.«

»Und wie hat er Friedberg anschließend dreihundert

Meter weit getragen?«, fragte Max und schaute sie ungläubig an. »Wir müssten es mit einem Hünen als Täter zu tun haben.«

»Er könnte mit dem Wagen dorthin gefahren sein und ihn erst später hier geparkt haben. Möglicherweise finden wir ein paar Kratzer im Lack von irgendwelchen Büschen. Der Weg wäre jedenfalls breit genug.«

Max betrachtete den Weg, auf dem sie hierhergekommen waren. »Du könntest recht haben«, sagte er schließlich und machte die hintere Wagentür auf. Er blickte sich auf der Rücksitzbank um.

»Hast du das Tablet nicht gesehen?«

Laura fuhr zu ihm herum. »Nein. Hinten habe ich noch nicht nachgesehen. Ist es gesperrt?«

Max wischte über das Display und nickte. »Leider ja, aber wir können es mit seinem Fingerabdruck entsperren«, erklärte er und schlug die Wagentür zu.

In Windeseile kehrten sie zum Fundort zurück, wo Dennis Struck immer noch mit zwei Mitarbeitern der Spurensicherung beschäftigt war und die Umgebung absuchte. Max entsperrte das Tablet mit Mark Friedbergs Zeigefinger und öffnete zuerst das Mailprogramm.

»Das ist auf alle Fälle Friedbergs privater Account«, stellte er fest und klickte auf die oberste Nachricht. Es handelte sich um Werbung. Danach folgten weitere Werbemails, darunter das Angebot für einen neuen Wagen.

»Kannst du die gesendeten E-Mails anklicken?«, bat Laura.

Die erste E-Mail an diesem Tag ging an Finn

Altmann. Mark Friedberg hatte sie kurz nach Lauras Besuch in der Kanzlei abgeschickt. *Die Polizei will deinen Namen. Wir müssen dringend sprechen.*

»Wow«, stieß Laura aus. »Er wollte also seinen besten Freund nicht verraten. Deshalb habe ich heute Morgen bei ihm auf Granit gebissen, als ich ihn nach Louisas angeblichem Freund gefragt habe. Er hat sich gewunden wie ein Wurm und ist partout nicht mit der Sprache herausgerückt.«

»Das bedeutet, Finn Altmann und Louisa Travertini waren ein Paar?«

Laura wiegte nachdenklich den Kopf. »Vermutlich. Dazu passt auch die Notiz von Friedberg, die Louisa in ihrer Küche aufbewahrt hat. Er wollte nicht, dass sie mit seinem besten Freund zusammen ist.«

»Wir sind hier fertig und gehen jetzt zum Wagen des Opfers«, rief Dennis Struck ihnen zu. Er näherte sich schnellen Schrittes, einen silbernen Koffer in der Hand.

»Haben Sie noch etwas Relevantes entdeckt?«, fragte Laura.

Struck nickte, öffnete seinen Koffer und holte eine Asservatentüte hervor, in der sich ein Seil befand.

»Ich denke, wir haben das Tatwerkzeug gefunden«, verkündete er stolz. »Mit diesem Seil wurde das Opfer vermutlich erdrosselt. Es lag ein Stück von der Leiche entfernt im tiefen Gras und meines Erachtens passt das Zopfmuster zu den Abdrücken am Hals des Toten. Hoffen wir mal, dass das Labor die DNS des Täters daran findet.«

26

D ocendo discimus. Durch Lehren lernen wir. So hieß sein neues Motto und es gefiel ihm von Tag zu Tag besser.

Es war nicht mehr der Schmerz, der in ihm brannte. Es war der Hass. Jahrelang hatte er sich gequält. Seine Muskeln aufgebaut, das eigene Leid ignoriert. Er hatte gelernt, sich unauffällig zu verhalten. Niemand sah ihm seine Behinderung an. Er konnte laufen wie jeder andere auch. Die Prothese, die seinen fehlenden Unterschenkel ersetzte, passte perfekt. Er zog sich die Schuhe an, als wäre sein Bein gesund. Nur wenn er den Socken entfernte, ließ sich die Wahrheit nicht länger verbergen und die Prothese kam zum Vorschein. Er hatte auch eine Sportprothese, mit der er rennen konnte. Joggen war seitdem kein Problem mehr. Im Sprint hatte er sogar gesunde Menschen überholt. Und trotzdem blieb seine Behinderung, und nur das zählte. Er spürte die Realität jeden Tag. Die Schmerzen, mit denen er gelernt hatte umzugehen, waren dauerhaft präsent. Aber sein Lebenskonzept hatte er inzwischen geändert. Er hatte aufgehört, ein Opfer zu sein, zumindest nach außen hin. Er ging zur Arbeit. Die Kollegen mochten ihn. Er kam prima klar und sein Job gefiel ihm. Fast hätte er sagen können, er sei glücklich und hätte seinen Platz im Leben gefunden. Doch das war eine große Lüge! Tief im Innersten, da nagte es in ihm. Nachts träumte er von jenem verhängnisvollen Tag, als er hilflos im Auto eingeklemmt war und in die toten Augen seiner Mutter blickte. Er hörte sie nach wie vor nicht. Weder sie noch seine Schwester oder seinen Vater. Er sah sie selbst in seinen Träumen nicht mehr lebendig, sondern einfach nur tot. Die Leere, die sie in ihm hinterlassen hatten, breitete sich immer weiter aus. Sie ließ sich durch nichts füllen, egal, was er anstellte. Freunde, Frauen, nichts verschaffte ihm Zufriedenheit. Er hatte sich ein wenig mit Psychologie beschäftigt. Ihm fehlte das Urvertrauen in das Leben. Dieses Gefühl würde nie wieder zurückkehren. Seine Seele war im Grunde genommen Schrott. Eine Glasschüssel, die zerbrochen war und sich höchstens noch kleben ließ. Allerdings blieben die Risse wie Narben auf der Haut für immer sichtbar. Nichts konnte je etwas daran ändern. Menschen, denen im Leben nie Schlechtes widerfahren war, konnten nicht nachempfinden, wie es ihm erging. Sie verspürten kein Misstrauen und waren deshalb leicht zu manipulieren.

Ein Grinsen huschte über seine Lippen, als er an Mark Friedberg dachte. Kaum hatte er dem Anwalt eine

Nachricht auf sein Handy geschickt, war dieser auch schon losgefahren. Was hatte Mark Friedberg wohl geglaubt, wen er im Wald treffen würde? Seine Ex-Freundin? Nicht im Ernst. Aber es hatte vortrefflich funktioniert. Ein einziger Hilferuf von einem bekannten Kontakt reichte aus, um einen Menschen in die Wildnis zu locken, wo er einsam und allein sterben konnte. Es war so einfach, Menschen zu lenken und ihnen etwas vorzugaukeln.

Es hatte ihn einige Mühe gekostet, den Account von Mark Friedbergs Messenger zu hacken und seine eigene Telefonnummer hinter einem vorhandenen Kontakt zu hinterlegen. Doch sobald er das geschafft hatte, gehörte ihm das volle Vertrauen jeder Person, und er konnte sie dorthin lenken, wo er sie haben wollte.

Nummer drei hatte er nun also auch erledigt, aber er war längst nicht fertig. Er hatte eine Mission. Er nahm eine neue Schiefertafel und schrieb mit weißer Kreide ein weiteres Zitat aus Goethes Faust darauf. Zufrieden betrachtete er sein Werk. Sein Leben glich ebenfalls einer Tragödie und könnte aus Goethes Feder stammen. Doch er hatte sich nicht dem Teufel verschrieben. Er sah sich vielmehr als Lehrmeister, der den Schmerz nicht nur körperlich lehrte, sondern auch geistig. Er war in der Lage, jemandem die eigene Seele vorzuführen. Das Selbst hervorzulocken, das sich tief in einem jeden von uns versteckt. Manchmal viele Jahre, gar Jahrzehnte lang. Aber vor der eigenen Wahrheit konnte man nicht einfach davonlaufen. Und ebenso wenig konnte er aufhören, bis er alles ans Licht geholt hatte.

Nachdenklich betrachtete er die Fotos der zwei Frauen, die er als Nächstes auserkoren hatte. Welche von ihnen sollte zuerst sterben? Die eine besaß vermutlich ein gutes Herz, die andere wusste dafür genau, was sie wollte. Beides gefiel ihm. Unwillkürlich fragte er sich, welche der Frauen die größere Lücke hinterlassen würde. Trotzdem liebte er den Akt des Tötens. Er stellte sich vor, wie er die Frauen zu sich lockte. Wie sie erstarrten, sobald ihnen klar wurde, dass die Person, auf die sie warteten, nicht erscheinen würde. Das Entsetzen, wenn sie merkten, dass er sie töten würde. Ihren letzten Atemzug, so sanft, kraftlos und endgültig. Der Tod, der wie ein leises Monster in den Körper fuhr und die Seele hinausdrängte. Die Kälte, die danach kam, sobald nichts mehr übrig war von dem Menschen, der einmal in diesem Körper gelebt hatte. Instinktiv spannte er die Muskeln in den Fingern an, als hielte er das Seil in den Händen. Wenn er schon die Leere in sich selbst nicht füllen konnte, so hatte er doch wenigstens die Möglichkeit, ein weiteres Vakuum zu erschaffen. Wie hatte seine Mutter immer gesagt, als sie noch lebte: Geteiltes Leid ist halbes Leid. Und das würde er sie lehren. Es gab nur eine Frage, die im Moment blieb: Wer sollte als Nächstes sterben?

27

L aura betrachtete das Seil in Dennis Strucks Händen.

»Bedeutet das, Mark Friedberg wurde am Fundort getötet?«

»Ich gehe davon aus«, erwiderte Dennis Struck. »Es wäre natürlich auch möglich, dass dem Täter das Seil aus der Tasche gefallen ist.«

Laura übergab Dennis Struck das Taschentuch, das nach Chloroform roch.

»Das haben wir im Auto gefunden. Wir fragen uns, wie der Täter einen ohnmächtigen Mann wie Mark Friedberg vom Parkplatz bis zur Fundstelle gebracht hat. Friedberg wiegt bestimmt mehr als neunzig Kilogramm.«

Dennis Struck plusterte sich auf. »Wenn er sich den Toten über die Schulter gehievt hat, wäre es möglich. Wir suchen den Weg nach Spuren ab. Vielleicht ist der

Täter an einer schlammigen Stelle tiefer eingesunken oder er hat ein Transportgerät benutzt.«

»Wir haben auch noch ein Tablet im Wagen gefunden, das nehmen wir mit und übergeben es Simon Fischer. Sollen wir das Seil ins Labor bringen?«

Struck hob die Hände. »Danke, ist nicht nötig. Ein Kollege fährt gleich los und bringt eine ganze Kiste an Beweisen dorthin, damit wir schnell Ergebnisse erhalten.«

Laura und Max begaben sich schweigend zu ihrem Dienstwagen und machten sich auf den Weg zum LKA.

»Irgendwie scheint alles nicht mehr richtig zusammenzupassen«, knurrte Max, als sie an einer roten Ampel hielten. »Der Täter hat es nicht nur auf Frauen abgesehen, das ändert den kompletten Ermittlungsansatz.«

Laura pflichtete ihm bei. »In der Tat. Wir sollten uns auf das Motiv des Täters konzentrieren. Irgendetwas übersehen wir. Womöglich haben wir den Faust-Zitaten zu wenig Aufmerksamkeit geschenkt. Der Täter spricht mit uns, und wir müssen verstehen, was er meint.«

»Martina Flemming hat das Werk hoch und runter geprüft. Sie hat nach einem Muster gesucht, auch zwischen den Zeilen. Aber da scheint nichts zu sein«, warf Max ein. »Vielleicht bringt uns das neue Zitat weiter. Doch ich kann damit ehrlich gesagt nichts anfangen.«

»Ich gebe ihr und Peter Meyer Bescheid, dass wir uns gleich wegen des Falls zusammensetzen. Mark Friedberg wurde ebenfalls mitten am Tag getötet. Es parken mehrere Wagen auf dem Parkplatz. Irgendwer muss etwas gesehen haben.«

Laura zerbrach sich den Rest der Rückfahrt den Kopf. Im ersten Zitat erkannte sie zumindest einen Zusammenhang mit dem äußeren Erscheinungsbild des Opfers. Katharina Waidhofer war wie eine Prostituierte angezogen. Das passte. Jedoch konnte sie nicht erkennen, was das Zitat *Blut ist ein ganz besonderer Saft* mit Louisa Travertini zu tun haben sollte. War das zweite Opfer in irgendeiner Weise mit dem Täter verwandt? Martina Flemming hatte die Familie überprüft. Travertini stammte aus Italien und sämtliche Verwandte lebten dort und waren nachweislich nicht in Deutschland gewesen, als sie ermordet wurde. Natürlich gab es sicherlich entferntere Angehörige. Aber wäre das eine Erklärung für das Zitat? Und die Textstelle auf der dritten Tafel ließ sie ebenfalls ratlos zurück. Es könnte sich um eine Anspielung auf Mark Friedbergs Karriere-Streben handeln, aber einen Zusammenhang mit seiner Ermordung konnte Laura daraus beim besten Willen nicht ableiten. Sie hatte eher das Gefühl, dass der Täter ihnen mit diesen Zitaten seine Überlegenheit zeigen wollte. Sie sollten wissen, dass er kein Dummkopf war und sich mit Literatur beschäftigte. Dass er wusste, was er tat. Dass er plante und ihnen stets einen Schritt voraus war. Sie glaubte nicht, dass sie im konkreten Wortlaut der Zitate ein Motiv oder eine Spur zum Täter finden würden. Aber womöglich lag sie damit auch falsch.

Als sie wieder im LKA angekommen waren, suchten

sie sofort Simon Fischer auf und übergaben ihm das Tablet.

»Kannst du aktuelle Überwachungsvideos besorgen und herausfinden, ob Mark Friedberg alleine im Wagen saß oder jemand bei ihm war?«, bat Laura.

Simon Fischer nickte. »Natürlich. Ich mache mich gleich an die Arbeit. Sein Handy habe ich übrigens bereits überprüft. Es war zum letzten Mal auf dem Parkplatz im Wald eingeloggt. Dann wurde es abgeschaltet.«

»Der Täter schaltet die Handys aus, damit wir ihn nicht orten können.« Laura fuhr sich durchs Haar und fragte sich, was sie auf den Handys finden würden. Es musste einen Grund dafür geben, dass der Täter akribisch darauf achtete, sie zu entfernen. Dabei ging es ihm nicht um die Verschleierung der Identität der Opfer, denn in diesem Fall hätte er auch die Zutrittskarte zur Kanzlei und Waidhofers Handtasche mitgenommen sowie die Autos entfernt. Das Tablet auf Friedbergs Rücksitzbank hatte er vermutlich ebenso wie Laura übersehen.

»Gibt es irgendeine Möglichkeit, an die letzte Kommunikation auf den Handys zu kommen?«

»Ich fürchte nicht. Sofern die Opfer einen bestimmten Messenger verwendet haben, könnten wir dort anfragen. Das würde uns allerdings Wochen kosten und wir bräuchten einen richterlichen Beschluss. Allein zum Chatten kann ich dir zehn verschiedene Anbieter aufzählen, die häufig genutzt werden.«

»Verstehe«, murmelte Laura resigniert. »Ich glaube

nur, dass auf diesen Handys etwas drauf ist, das uns zum Täter führen könnte.«

»Immerhin haben wir das Tablet. Ich checke gleich mal, ob Friedberg es mit seinem Handy synchronisiert hat. Vielleicht kann ich so herausfinden, ob es noch einen Anruf oder eine Nachricht gab und von wem sie stammt. Dafür brauche ich allerdings ein wenig Zeit.«

»Danke«, erwiderte Laura und verließ mit Max das Büro.

Als sie ihr eigenes Büro betraten, warteten Martina Flemming und Peter Meyer auf sie.

»Okay«, sagte Laura. »Lassen Sie uns loslegen. Was haben wir zu Mark Friedberg?«

Martina Flemming saß an Lauras Schreibtisch und hatte bereits eine Akte angelegt, die aufgeschlagen vor ihr lag.

»Mark Friedberg ist zweiunddreißig Jahre alt und unverheiratet. Er hat in Berlin Jura studiert und promoviert. Geboren wurde er in Brandenburg. Er hat keine Geschwister und die Eltern leben nicht mehr. Weitere Verwandte sind bisher nicht bekannt. Polizeilich ist er nicht erfasst und in Flensburg hat er keine Punkte.«

Peter Meyer, der ebenfalls eine Akte vor sich liegen hatte, rieb sich nachdenklich die Stirn und begann seine Erkenntnisse aufzuzählen: »Wir haben auf die Schnelle die Nachbarn von Friedberg befragt. Er wurde zumindest in den letzten Wochen mit keiner Frau beziehungsweise Freundin gesehen. Eine Nachbarin, Frau Eggert, berichtete uns, dass er mit einer Simone liiert war, die Beziehung jedoch vor einem halben Jahr in die Brüche gegangen ist. Die beiden wohnten getrennt. Wie lange sie zusammen waren, konnte die Nachbarin nicht genau sagen. Sie schätzt ungefähr zwei Jahre. Ansonsten verlässt Mark Friedberg jeden Tag und oft auch an den Wochenenden am Morgen zwischen sieben und acht seine Wohnung, um in die Kanzlei zu fahren, und er kehrt in der Regel vor zwanzig Uhr nicht zurück. Frau Eggert kümmert sich in der Zeit um die Blumen, erledigt manchmal Einkäufe für ihn oder stellt ihm etwas zu essen in den Kühlschrank und sie nimmt seine Pakete an. Ich habe sie gefragt, ob ihr irgendetwas Ungewöhnliches aufgefallen ist, doch sie hat nichts bemerkt. Erst heute hat sie wieder ein Paket in Friedbergs Wohnung abgelegt. Sie wusste auch nichts über Probleme mit anderen Personen zu berichten. Die Beziehung zu dieser Simone ging wohl leise, ohne jeglichen Streit zu Ende. Ein, zwei Mal war sie danach noch bei ihm zu Besuch, aber nicht über Nacht. Frau Eggert besitzt den Schlüssel zur Wohnung und kann uns jederzeit hineinlassen.«

»Was ist mit Louisa Travertini?«, wollte Max wissen. »Hat sie ihn zu Hause besucht?«

Peter Meyer schüttelte den Kopf. »Er hat wohl bis auf besagte Simone nie Besuch gehabt. Weder seine Assistentin noch sein bester Freund aus der Kanzlei sind Frau Eggert jemals aufgefallen. Da die Frau bereits im Rentenalter ist und viel für Mark Friedberg getan hat, denke ich, diese Aussage ist glaubwürdig.«

»Wann hat sie Mark Friedberg zuletzt gesehen?«, fragte Laura.

»Heute Morgen kurz vor sieben hat er das Haus

verlassen wie jeden Tag.« Peter Meyer zuckte mit den Achseln. »Tut mir leid. Ich weiß, es ist nicht viel und bringt uns vor allem dem Täter nicht näher. Ich habe Frau Eggert Fotos von den Verdächtigen und den Opfern vorgelegt. Sie hat niemanden erkannt. Wie gesagt nicht mal seine Assistentin.«

»Und vor dem Haus ist der Nachbarin auch keiner aufgefallen? Ein Fremder, der Friedbergs Wohnung beobachtet hat?«, hakte Laura ungläubig nach.

»Leider nein. Ich bin mir sicher, sie hätte es anderenfalls bemerkt«, entgegnete Peter Meyer leise.

»Aber wie konnte der Täter Friedberg dann auskundschaften und ihn vor allem in den Wald locken?« Max rieb sich frustriert über den kahlen Kopf. »Ich verstehe das einfach nicht. Jemandem muss er aufgefallen sein, oder stammt er möglicherweise doch aus dem persönlichen Umfeld des Opfers?«

»Die offensichtlichste Gemeinsamkeit zwischen den Opfern ist die Kanzlei«, warf Martina Flemming ein. »Katharina Waidhofer hatte mit Mark Friedberg zu tun und jetzt sind auch er und seine Assistentin tot.«

»Vielleicht sollten wir nachforschen, für wen Friedberg in letzter Zeit noch tätig war. Womöglich stoßen wir so auf eine Spur.« Laura sprang auf. »Gute Idee«, lobte sie Martina Flemming.

Laura klapperte mit dem Autoschlüssel und blieb irritiert stehen, als Max sich nicht von seinem Platz erhob. Ihr Blick glitt zur Uhr. Es war bereits nach neunzehn Uhr.

Max blickte sie unschlüssig an.

»Es tut mir leid. Ich muss wirklich nach Hause. Hannah ...«

»Schon okay.« Laura unterbrach ihn. »Fahr du zu deiner Familie. Ich versuche mein Glück noch in der Kanzlei. Finn Altmann ist Mark Friedbergs bester Freund. Vielleicht fällt ihm etwas ein, das uns bisher verborgen geblieben ist.« Sie sah zu Peter Meyer und Martina Flemming. »Ich danke Ihnen für Ihren Einsatz. Gute Arbeit. Machen Sie jetzt bitte auch Feierabend. Morgen geht es ausgeschlafen weiter. Wir müssen den Täter schnappen, bevor er das nächste Opfer tötet.«

* * *

Finn Altmann konnte die Tränen nicht zurückhalten. Der smarte Anwalt im Nadelstreifenanzug tupfte sich die Wangen mit einem Papiertaschentuch ab.

»Er war doch heute Morgen noch hier«, schluchzte er zum wiederholten Male, und mit jedem Wort zog sich Lauras Magen enger zusammen.

Sie wünschte sich, sie hätte Mark Friedberg festgenommen. Dann wäre er in Sicherheit gewesen und würde jetzt nicht in einem Edelstahlfach der Rechtsmedizin liegen. Aber sie hatte nicht mehr als Indizien gehabt. Trotzdem machte sie sich Vorwürfe. Die Aufklärung der Mordfälle lief schleppend, seit Tagen drehten sie sich im Kreis, ohne auf eine handfeste Spur zu stoßen. Der Täter kam ihr vor wie ein Geist, der unsichtbar durch die Gänge flog und der sich nicht einfangen ließ. Unwillkürlich wandte sie den Kopf und spähte durch die schmale, nicht getönte Glasscheibe in der Tür nach draußen. Sie glaubte, vor Finn Altmanns Büro eine Bewegung wahrzunehmen. Ohne zu zögern, sprang sie auf und riss die Tür auf. Sie schaute links und rechts in den Flur.

Jemand huschte am Ende um die Ecke.

»Hallo?«, rief Laura und rannte hinterher. Sie sah gerade noch, wie eine Tür ins Schloss fiel. Sie pochte dagegen und öffnete sie.

»Waren Sie das eben vor dem Büro?«, fragte Laura und betrachtete die Anwältin in ihrem knappen Kostüm, die vor ihrem Schreibtisch stand und sie mit großen Augen ansah.

»Was sollte das, Carolin?« Finn Altmann war Laura offenbar gefolgt. Er drängte sich an ihr vorbei und blieb vor der Anwältin stehen.

»Tut mir leid, Finn. Ich wollte dich zum Essen einladen, aber deine Tür war zu, und da habe ich durch den Glasschlitz geschaut.«

»Mark ist tot«, schluchzte Finn Altmann plötzlich und zog die Anwältin mit einem Ruck an sich.

Laura verschlug es für einen Augenblick die Sprache. Sie hatte angenommen, die Anwältin würde Finn Altmann von sich stoßen, doch sie hielt ihn eng umschlungen und presste sich nahezu hingebungsvoll an ihn. Die beiden waren offenbar ein Paar. Laura fluchte innerlich. Sie hatte völlig überreagiert. Ihr Nervenkostüm lag blank. Sie wartete ungeduldig, bis Finn Altmann sich endlich von der Anwältin löste. Als sie mit ihm das Büro verließ, prägte sie sich den Namen an der Tür ein. Carolin Michels. Mit ihr hatte Laura bisher nur am Rande zu tun gehabt.

»Ich melde mich nachher bei dir«, rief Finn Altmann durch den Flur und stapfte neben Laura her, zurück in sein Büro.

»Glauben Sie, der Täter stammt aus der Kanzlei?«, fragte er, als sie wieder Platz genommen hatten.

»Ich kann es nicht ausschließen. Warum?«

Finn Altmann kniff die Augen zusammen und suchte nach Worten. »Ich habe mit Mark über Louisas Tod nachgedacht«, fing er zögerlich an. »Verstehen Sie mich nicht falsch. Wir wollten uns natürlich nicht in die Ermittlungen einmischen, aber wir haben uns gefragt, was ihr zugestoßen sein könnte.« Finn Altmann drehte sich auf seinem Stuhl und zog eine Akte aus dem Regal. »Ich hatte keine Gelegenheit, mit Mark darüber zu sprechen ... und jetzt werde ich sie auch nicht mehr bekommen. Mir ist da jedenfalls etwas aufgefallen. Ich habe diese Akte zur Sicherheit in mein Büro mitgenommen. Sie stand vorher bei Louisa Travertini im Büro.« Er schlug den Deckel auf und blätterte mit geübten Griffen durch die Seiten bis zu einer dunkelblauen Markierung am Rand.

»Es gab bei einem Projekt offenbar Schwierigkeiten mit der Finanzierung. Der Mandant sollte eine Bankbürgschaft vorlegen. Diese wurde vorbeigebracht, aber Frau Travertini hatte Zweifel an der Echtheit. Hier klebt eine Telefonnotiz. Sie hatte ihre Bedenken gegenüber dem Mandanten geäußert und angekündigt, mit Doktor Schild zu sprechen, sollte der Mandant nicht umgehend die Echtheit nachweisen. Ich habe mit der Bank telefoniert, die die Bürgschaft ausgestellt haben soll. Die Urkunde ist gefälscht. Ich denke, das könnte etwas mit dem Mord an Frau Travertini zu tun haben.«

»Wer hat die Bürgschaft gefälscht?«, fragte Laura.

»Das fällt eigentlich unter das Anwaltsgeheimnis. Aber da hier offenbar ein Serientäter am Werk ist und weitere Menschenleben bedroht sind, sollte ich wohl berechtigt sein, Ihnen diese Informationen zu geben.«

Laura nickte. Sie hatte nicht vor, den Anwalt wegen seiner Offenheit in Schwierigkeiten zu bringen.

»Der Mandant heißt Mirco Neudorf.«

Laura holte tief Luft. »Darf ich?«, fragte sie und drehte die Akte zu sich um. Sie las die Notiz von Louisa Travertini und betrachtete die Bürgschaft. »Der Kreis scheint sich zu schließen. Mir war bisher nicht klar, dass Mirco Neudorf ebenfalls ein Mandant Ihrer Kanzlei ist.«

Laura musste diese Informationen erst einmal verdauen. Neudorf hatte bereits in der ersten Befragung zugegeben, dass er sich mit seiner Frau am Morgen, bevor sie starb, gestritten hatte. Als Grund gab er an, dass seine Frau den freien Tag nicht mit ihm verbringen und stattdessen zur Arbeit fahren wollte. Jetzt stellte sich heraus, dass er eine Bürgschaft gefälscht hatte. Laura nagte grübelnd an ihrer Unterlippe. Diese Bürgschaft war definitiv ein Motiv, zumindest für den Mord an Louisa Travertini und Mark Friedberg. Doch ergab es Sinn, die beiden deswegen umzubringen? Die Fälschung wäre seinem Arbeitgeber vielleicht ebenfalls aufgefallen. Neudorf hätte eine ganze Reihe an Mitarbeitern aus dem Weg räumen müssen, damit es nicht auffiel. Anderseits hatten Menschen schon für viel weniger gemordet. Und wie passte die Sache zu dem Mord an seiner Frau? Laura seufzte und nahm die Akte an sich.

»Wir werden dem nachgehen. Eine Frage hätte ich noch. Waren Sie und Louisa Travertini ein Paar?« Laura beobachtete Finn Altmanns Reaktion genau.

Er kniff resigniert die Lippen zusammen und stieß dann einen tiefen Seufzer aus.

»Das musste wohl irgendwann ans Licht kommen. Wir hatten eine kurze Affäre. Mehr nicht. Ich habe die Sache für Mark beendet. Er fand es nicht gut.«

»Warum? Er hätte sich doch auch für Sie freuen können.«

»Ich ... ich gehöre nicht zu den Männern, die sich auf Dauer binden, und Mark befürchtete, dass ich Louisa verletzen könnte.«

Finn Altmann schien die Wahrheit zu sagen.

»Vielen Dank für Ihre Mithilfe.« Laura reichte ihm die Hand.

»Nichts zu danken«, entgegnete Finn Altmann müde. »Es ist schlimm, wenn Menschen sterben müssen. Ich habe das schon einmal durchgemacht.« Er winkte ab. »Ist viele Jahre her. Doch der Tod ist jedes Mal ein schreckliches Ereignis. Ich habe mit Mark meinen besten Freund verloren, und ich habe keine Ahnung, wie ich damit klarkommen soll.«

»Suchen Sie sich Hilfe. Sie müssen das nicht alleine durchstehen. Ich kann Ihnen ein paar Kontaktdaten von Seelsorgern geben, mit denen wir sehr gute Erfahrungen gemacht haben.« Laura klemmte die Akte unter den Arm und verließ Altmanns Büro.

Sie mochte nicht in seiner Haut stecken. Es war furchtbar, eine nahestehende Person zu verlieren. Sie überlegte gerade, Taylor anzurufen, um mit ihm zu reden, da klingelte ihr Handy.

»Ich bin es, Simon. Ich habe etwas auf Friedbergs Tablet entdeckt. Du musst unbedingt vorbeikommen.«

28

Melissa ließ Dr. Schilds Wutausbruch über sich ergehen. Sie hatte einen Schriftsatz an die falsche Adresse geschickt und jetzt drohte eine Frist zu reißen.

»Wenn wir deswegen diesen Fall verlieren, haben wir eine Schadensersatzklage in Millionenhöhe am Hals«, wetterte Dr. Schild. Er raufte sich die Haare und fluchte weiter: »Sie haben doch sogar ein paar Semester studiert. Sie können lesen. Wie konnte Ihnen ein so gravierender Fehler unterlaufen?«

»Es ... es ist wegen Louisa Travertini. Es nimmt mich schrecklich mit, dass sie ermordet wurde, und da habe ich wohl nicht richtig hingeschaut. Ich war mit meinen Gedanken woanders. Dann ist es passiert. Es tut mir leid. Ich setze mich gleich ins Auto und bringe das Schreiben persönlich zum Gericht.«

Erstaunlicherweise erwiderte Dr. Schild nichts. Er rieb sich die Augen und ließ traurig den Kopf sinken.

»Es ist grauenhaft, was mit Frau Travertini geschehen ist«, sagte er nach einer Weile. »Wir können bloß hoffen, dass die Polizei den Mörder schnell findet. Tut mir leid, dass ich Sie angeschrien habe. Meine Nerven gehen offenbar mit mir durch. Es ist völlig klar, dass in solchen Zeiten Fehler vorkommen. Wir sind schließlich alle nur Menschen.«

Melissa blickte Dr. Schild erstaunt an. Diese Töne waren neu. Er hatte sich noch nie bei ihr entschuldigt.

»Wissen Sie was, Sie brauchen nicht zum Gericht zu fahren. Ich bin sowieso in der Gegend und kann den Schriftsatz einwerfen.« Dr. Schild erhob sich. Sein Gesicht wirkte grau. Er schien in den letzten Stunden um Jahre gealtert zu sein. »Gehen Sie bitte nach Hause und ruhen Sie sich aus. Es ist spät und wir alle müssen unsere Akkus wieder aufladen.« Mit einer forschen Handbewegung bedeutete er Melissa, sein Büro zu verlassen.

Sie packte ihre Unterlagen zusammen und machte, dass sie hinauskam. Sie traute dem neuen Dr. Schild nicht. Jede Sekunde konnte die Stimmung umschlagen und sie müsste abermals einen seiner Wutanfälle ertragen. Wobei das immer noch besser war als Finns Gleichgültigkeit. Sie hatte ihn den ganzen Tag nicht zu Gesicht bekommen, weil er ständig beschäftigt war. Tief im Inneren wusste Melissa aber auch, dass er sie nicht sehen wollte. Anderenfalls hätte er sich bestimmt ein paar Minuten Zeit für sie genommen. Sie kehrte nicht direkt zu ihrem Schreibtisch zurück, sondern ging an seinem Büro vorüber. Vorhin hatte er Besuch von der blonden Polizistin gehabt. Womöglich bekam sie jetzt die Gelegenheit, ihn zu sprechen.

Melissa verlangsamte ihre Schritte. Seine Tür war nach wie vor geschlossen. Sie blieb stehen und warf vorsichtig einen Blick durch die schmale Glasscheibe hinein. Finn saß am Computer, doch er war nicht allein. Carolin Michels stand neben ihm. Irgendetwas an der Art, wie sie ihn ansah, ließ Melissa stutzen. Finn tippte auf der Tastatur und redete unterdessen. Offenbar sprach er sich etwas von der Seele, denn Carolin strich ihm über den Kopf, als müsse sie ihn trösten. Sie griff seine Hand und schmiegte sich an Finn. Melissa konnte den Blick nicht abwenden. Wie gebannt starrte sie auf die Szenerie. Ihr Magen krampfte sich zusammen. Finn hörte auf zu tippen und nahm Carolins Hand. Melissa schluckte. Es wurde noch schlimmer. Er zog Carolin zu sich auf den Schoß. Die Anwältin sank in seine Arme. Melissa musste blinzeln, weil sie nicht glauben konnte, was sie da sah. Noch vor zwei Tagen hatte sie mit Finn einen romantischen Abend beim Italiener verbracht. Anschließend waren sie durch die Nacht spaziert. Die Sterne hatten über ihnen geschienen und Melissas Welt hatte geleuchtet. Am nächsten Morgen war dieser blöde Blumenstrauß fälschlicherweise für sie abgegeben worden. Seitdem war der Ofen aus. Finn beachtete sie überhaupt nicht mehr. Und jetzt schien er sich mit Carolin zu vergnügen.

Melissa spürte, wie die Tränen in ihr aufstiegen. Sie fühlte sich verletzt und irgendwie auch ausgenutzt. Sie hatte Finn ihr Herz geschenkt und er brach es einfach entzwei. Dabei hatte sie doch alles erklärt und den Blumenstrauß zurückgebracht. Was sonst hätte sie tun sollen?

Ein Ruck ging durch ihren Körper, und er handelte, bevor ihr Verstand ihn stoppen konnte. Wie ferngesteuert öffnete sie die Tür, stürmte in Finns Büro und baute sich vor seinem Schreibtisch auf.

»Was machst du da?« Sie versuchte, das Beben in ihrer Stimme zu unterdrücken.

Finn riss die Augen auf. Er schob Carolin von seinem Schoß und räusperte sich.

»Kannst du nicht anklopfen?«, fragte er.

Melissa schwieg und starrte ihn wütend an. Carolin hatte sich offenbar vom ersten Schock erholt. Sie stellte sich kerzengerade auf und streckte die Brust raus, als wäre sie ein Model. Um ihre Mundwinkel erschien ein leichtes Grinsen. Melissa ballte die Fäuste. Sie überlegte verzweifelt, was sie sagen könnte. Doch ihr fielen nur Schimpfwörter ein, deshalb biss sie sich fest auf die Unterlippe.

»Okay, Melissa«, begann Finn seufzend. »Tut mir leid, dass ich noch nicht mit dir über die neuen Umstände gesprochen habe. Ich wollte es dir so schnell wie möglich erklären.« Er legte den Arm um Carolins Taille. »Carolin und ich ... wie soll ich es ausdrücken? Wir haben uns gefunden.«

Melissa konnte ihre Tränen nicht länger zurückhalten. Sie rannte aus dem Büro. Wie blöd war sie nur? Warum musste sie Finn auch zur Rede stellen? Es war doch klar gewesen, was da lief. Hatte sie wirklich gehofft, er könnte sich für sie entscheiden? Für die kleine Assistentin, wenn er die erfolgreiche Anwältin haben konnte? Diese übertrieben geschminkte Tussi, die es bloß auf Ruhm und Geld abgesehen hatte. Er würde schon noch erkennen, dass es ein Riesenfehler war, sich auf jemanden wie Carolin einzulassen. Sobald er mal nicht richtig funktionierte und einen Misserfolg landete, würde sie ihn in die Wüste schicken.

Doch Melissa würde ihm dann keine Träne mehr nachweinen. Sie knallte ihre Bürotür hinter sich zu, stürmte zum Fenster und riss es auf. Sie schnappte nach Luft und versuchte, die Bilder in ihrem Kopf zu löschen. Sie musste Finn Altmann vergessen, und zwar so schnell wie möglich. Als sie fünf Minuten später das Fenster wieder schloss, hörte sie draußen Schritte vorbeigehen. Sie öffnete lautlos die Tür und bekam gerade noch mit, wie Finn und Carolin in den Fahrstuhl einstiegen.

29

Laura saß neben Simon Fischer und schaute gebannt auf den Computerbildschirm. Die Sonne war bereits untergegangen, aber an Feierabend konnte sie nicht denken. Zudem wollte sie Taylor aus dem Weg gehen, weil sich ihre Gespräche unweigerlich nur um das eine Thema drehen würden. Vielleicht war es tatsächlich besser, einfach abzuwarten, wie Max gesagt hatte. Laura hoffte inbrünstig, dass sich die Sache bald aufklären würde. Doch für heute Abend galt, je später sie nach Hause käme, desto weniger Zeit hätten Taylor und sie, das Problem auszuwalzen. Sie wollte nicht, dass ihre Beziehung Risse bekam. Deshalb musste sie die Sache zunächst auf sich beruhen zu lassen. Das konnte sie am besten, wenn sie ihn gar nicht erst sah, obwohl es ihr sehr schwerfiel.

»Ich habe es geschafft, die App für den Messenger auf dem Tablet von Mark Friedberg zu installieren und seine letzten Chats zu rekonstruieren.« Simon griff in seine Chipstüte und stopfte sich den Mund voll. Kauend klickte er den Kontakt Finn Altmann an, sodass Laura lesen konnte, worüber sich die beiden Freunde zuletzt unterhalten hatten. Sie scrollte sich durch eine Reihe von Beileidsbekundungen zum Tod von Louisa Travertini.

Laura suchte Louisas Namen im Chat und fand einige Bemerkungen, die ihre Affäre mit Finn Altmann belegten. Er hatte Laura also nicht angelogen. Allerdings hatte er auch nichts anbrennen lassen und sich offenbar sofort in die nächste Affäre mit Carolin Michels gestürzt. Sie schloss den Chat und öffnete die letzte Unterhaltung, die die App aufgezeichnet hatte. Das Profilbild zeigte eine Frau mit modernem Kurzhaarschnitt, die Simone Kuhnert hieß. Sie hatte Friedberg kurz vor seinem Tod eine Nachricht geschickt. Lauras Puls schoss in die Höhe, als sie den Inhalt las:

Ich muss mit dir reden. Jetzt gleich.

Als Treffpunkt hatte sie den Waldparkplatz angegeben, auf dem sie Mark Friedbergs Wagen und dreihundert Meter entfernt davon seinen Leichnam gefunden hatten.

»Kannst du rausfinden, wer das ist?«, fragte Laura und betrachtete abermals das Profilbild der Frau, die wie Ende zwanzig aussah. War es möglich, dass Simone Kuhnert Mark Friedberg getötet hatte? Laura dachte an das Tuch mit Chloroform und die Strecke bis zum Fundort. Wie sollte eine so schlanke Frau einen schweren Leichnam transportieren? Sie musste Hilfe gehabt haben.

»Ich wusste, dass du das fragst«, nuschelte Simon. Er schluckte eine weitere Handvoll Chips hinunter und drückte ihr ein Blatt Papier in die Hand.

»Das ist ihr Profil auf einer Business-Plattform. Sie ist ebenfalls Anwältin und arbeitet für eine Versicherung. Aus den Chats ihres Messengers geht hervor, dass sie eine Ex-Freundin von Mark Friedberg ist. Die beiden sind seit ein paar Monaten auseinander, wobei die Trennung wohl von ihr ausging. Aber ...« Simon schnipste mit den Fingern. »Das Wichtigste kommt jetzt: Sie hat ihm die Nachricht nicht geschrieben.«

Laura zog die Stirn in Falten. »Wie meinst du das? Hier steht es doch schwarz auf weiß.«

Simon schürzte die Lippen. »Scroll mal ein bisschen weiter runter«, forderte er Laura auf. »Sie hat ihm seit Wochen auf keine Nachricht mehr geantwortet und plötzlich wollte sie sich mit ihm treffen? Das konnte ich nicht glauben.«

»Ja. Und nun?«

Simon zuckte mit den Achseln. »Ich habe sie angerufen und gefragt, ob sie diese Nachricht geschrieben hat. Sie war es nicht. Sie hat mir einen Screenshot von ihrem Chatverlauf mit Friedberg geschickt. Der endet vor ein paar Wochen. Dadurch habe ich herausgefunden, dass jemand ihren Account gehackt hat. Jemand hat es geschafft, ihren Account auf ein anderes Handy zu übertragen.«

»So kommt er also an seine Opfer heran.« Laura war verblüfft. Auf diese Weise brauchte der Täter sie gar nicht aufwendig zu beobachten. Er lockte sie einfach getarnt als Freund oder Ex-Freundin dorthin, wo er sie haben wollte. Deshalb sorgte er dafür, dass sie bisher kein einziges Handy gefunden hatten.

»Kommst du auch an die Accounts der anderen Opfer ran?«

Simon schüttelte den Kopf. »Es funktioniert leider nur mit dem Tablet, weil hier sämtliche Daten gespeichert sind. Ansonsten benötigt man das Handy, um sich zu verknüpfen.«

»Verdammt«, fluchte Laura. »Gibt es denn eine Möglichkeit, an den Hacker heranzukommen? Wir könnten Simone Kuhnert bitten, uns ihr Smartphone auszuhändigen.«

»Er wird nicht die IP-Adresse seines Wohnortes verwendet haben. Vermutlich wurde ein Prepaid-Handy benutzt. Ich befürchte, das bringt wenig.«

»Versuche es trotzdem«, bat Laura. »Vielleicht kannst du herausfinden, ob eventuell Mirco Neudorf hinter der ganzen Sache steckt.« Laura überprüfte routinemäßig ihre Nachrichten auf dem Smartphone. Der andere Verdächtige, Torsten Lübke, befand sich zu Hause. Die Streife hatte keine Auffälligkeiten festgestellt.

»Das mache ich.« Simon gähnte und bearbeitete seine Tastatur. »Ich hole mir das Handy gleich morgen früh. Bis dahin lasse ich ein Programm über die Chats laufen. Es soll alle Erwähnungen der drei Opfer auflisten. Vielleicht finden wir so noch einen wichtigen Hinweis.«

Auf dem Bildschirm erschien ein schwarzes Fenster

mit einem kleinen weißen Punkt. Simon gab ein paar Befehle ein und drückte die Entertaste.

»Das kann jetzt ein wenig dauern. Zeit, nach Hause zu gehen«, verkündete er und erhob sich ächzend aus seinem Stuhl.

»Ich kann dich fahren«, bot Laura an, doch Simon lehnte ab.

»Ich muss die drei Chipstüten loswerden, die heute hier drin gelandet sind.« Er klopfte sich auf den Bauch und grinste Laura an. »Ich nehme mein E-Bike. Danke. Du solltest dich auch aufs Ohr hauen. Die letzten Tage waren Stress pur.«

Laura nickte und ging mit Simon hinaus auf den Flur. Während er den Fahrstuhl nahm, blieb sie unschlüssig vor der Tür zum Treppenhaus stehen. Gerade als sie sich in Richtung Büro wandte, klingelte ihr Handy. Es war Taylor.

»Ich warte vor dem LKA und habe beim Chinesen Essen geordert, das wir auf dem Rückweg abholen können. Ich wette, du hast Hunger und ...« Er machte eine kleine Pause. »Vielleicht vermisst du mich ja auch ein wenig.«

»Ich bin schon unterwegs«, erklärte sie und betrat das Treppenhaus. In ihrem Bauch spürte sie ein aufregendes Kribbeln, als sie die Stufen hinunterstürmte.

* * *

Das schrille Klingeln des Handys riss Laura aus dem Schlaf. Sie nahm den Anruf an und meldete sich mit verschlafener Stimme.

»Im Waldgebiet bei Frohnau wurde eine Leiche mit einer Schiefertafel um den Hals gefunden«, erklärte die Frau von der Einsatzzentrale am anderen Ende der Leitung.

Sofort saß Laura senkrecht im Bett.

»Was?«

Die Frau wiederholte ihre Worte und gab Laura die Daten durch. Sie blieb noch eine Sekunde wie betäubt im Bett und sprang dann auf. Taylor murmelte etwas Unverständliches. Er hatte die Augen geschlossen und schien tief zu schlafen. Laura drückte ihm einen Kuss auf die Stirn.

»Ich muss los«, flüsterte sie und betrachtete seine langen dunklen Wimpern, die ihn sehr zerbrechlich erscheinen ließen. Sie hatten nicht über den Belästigungsfall in seinem Revier gesprochen, sondern waren nach dem Essen stumm übereinander hergefallen. Sie seufzte und wünschte sich, dass sich bald alles aufklären würde. Sie mochte sich nicht ausmalen, was mit ihrem Leben geschah, wenn Taylor kein Teil mehr davon war.

Sie huschte ins Bad und zog sich in Windeseile an. Als sie im Auto saß, informierte sie Max und ließ ihn zehn Minuten später zusteigen.

»Ich glaube es einfach nicht. Es ist vier Uhr nachts. Langsam gerät mein Biorhythmus komplett durcheinander.« Er gähnte und rieb sich müde die Augen. »Wissen wir, um wen es sich handelt? Einen Mann oder eine Frau?«

»Nein. Ich bin aus dem Tiefschlaf hochgeschossen und habe vergessen, danach zu fragen«, gestand Laura.

Sie fuhren die Strecke Richtung Norden, die sie in den letzten Tagen nur allzu oft genommen hatten. Schon wieder hatte der Täter gemordet. Dabei waren dieses Mal weniger als vierundzwanzig Stunden Zeit seit dem letzten Mord vergangen, ehe er erneut zugeschlagen hatte. Sie mussten dieses Ungeheuer schnappen. Inzwischen hatten sie vier Opfer zu beklagen.

»Wir schicken am besten eine Streife zu Mirco Neudorf«, schlug Laura vor und bog in einen schmalen Waldweg ein. »Die sollen ihn gleich frühmorgens zu uns bringen, damit wir ihn verhören können.«

Max bedachte sie mit einem fragenden Blick.

»Neudorf hat eine Bankbürgschaft gefälscht. Louisa Travertini hat es herausgefunden«, berichtete Laura, als ihr klar wurde, dass Max die Neuigkeiten noch gar nicht mitbekommen hatte. Sie erzählte ihm auch von der Handynachricht, mit der das letzte Opfer in den Wald gelockt wurde.

»Verstehe«, brummte Max. »Das erklärt allerdings nicht den Mord an seiner Ehefrau. Was ist mit Torsten Lübke, dem Bauunternehmer? Hat er für den letzten Mord ein Alibi?«

»Die Überwachungseinheit behauptet, er hätte seit gestern Abend seine Wohnung nicht verlassen.«

Max kratzte sich nachdenklich am Kinn. »Ich bitte die mal, an der Tür zu klingeln, nicht dass Lübke sich rausgeschlichen hat.« Er blieb stehen und telefonierte, während Laura sich auf die Absperrung zu bewegte.

Der Fundort erschien in grellem Licht, weil die Spurensicherung bereits eingetroffen war. Dennis Struck kam schnaufend auf sie zu. Er machte eine betroffene Miene.

»Es ist wie ein Déjà-vu«, jammerte er. »Eine Leiche mit einer Schiefertafel um den Hals lehnt an einem Baumstamm. Kommen Sie.«

Er führte Laura zu einer dürren Kiefer, an deren Stamm eine zusammengesunkene Gestalt ruhte. Der Kopf war nach vorn auf die Brust gekippt. Darunter ragte die Tafel hervor, die an einer Schnur um den Hals hing. Die wirren schwarzen Haare wirkten verklebt, und obwohl Laura das Gesicht der Toten nicht sehen konnte, stieß sie einen lauten Seufzer aus. Sie wusste genau, wer die Frau war, denn sie hatte sie am Abend zuvor in der Kanzlei gesehen.

»Verdammt«, rief sie und griff sich an die Schläfen. »Das kann doch nicht wahr sein. Wer auch immer ihr das angetan hat, hängt mit dieser verfluchten Kanzlei zusammen. Will jemand den Laden eliminieren? Das ist jetzt die dritte Mitarbeiterin, die ermordet wurde.«

»Wer ist das?«, fragte Max, der sich zu ihr gesellt hatte.

»Die Anwältin Carolin Michels. Sie trägt dasselbe Kostüm wie gestern Abend.«

Max wirkte überrascht. »Das heißt, sie hat sich seitdem nicht umgezogen?«

»Ich habe sie gegen zwanzig Uhr gesehen, da hat sie

noch gearbeitet und dasselbe angehabt«, erwiderte Laura grübelnd.

»Dann wahrscheinlich nicht. Es ist schließlich mitten in der Nacht.«

»Ich überlege gerade, wer gestern Abend in der Kanzlei war, als ich mit Finn Altmann gesprochen habe. Es waren außer ihm Carolin Michels, die übrigens etwas mit Finn Altmann hat, Melissa Greinert und Doktor Schild. Ansonsten schien die Kanzlei wie leer gefegt.«

»Meinst du, es könnte einer von ihnen gewesen sein?« Max' Stimme klang zweifelnd.

»Ich weiß es nicht. Der Mistkerl ist uns immer einen Schritt voraus.« Laura las das Zitat vor, das zweifelsohne wieder aus Goethes Faust stammte.

»Sie ist die erste nicht!«

»Als ob wir da nicht von allein drauf gekommen wären«, schimpfte Max.

Laura streifte sich Schutzhandschuhe über und drehte die Tafel um. Wie erwartet standen eine Raute und die Ziffer vier auf der Rückseite. Ihr Magen fühlte sich tonnenschwer an. Was zum Teufel übersahen sie nur? Der Täter ging immer nach demselben Schema vor. Er suchte sich ein Waldstück im Berliner Norden aus, um die Leichen abzulegen. Vermutlich erdrosselte er sie auch jedes Mal in der Nähe, entweder im Auto, auf dem Parkplatz oder sogar direkt am Fundort, und dann hängte er ihnen so eine dämliche Tafel mit einem Faust-Zitat um. Seine Opfer hatten alle etwas mit der Kanzlei Meier, Schild und Partner zu tun.

»Was haben Sie gestern Abend gemacht?«, flüsterte

sie leise und strich die Haare aus Carolin Michels' Stirn. Die Anwältin blickte sie aus stumpfen Augen an. Sie konnte noch nicht lange tot sein, aber die Augäpfel hatten sich bereits verfärbt.

»Darf ich?«, fragte ein Fotograf, der plötzlich hinter Laura auftauchte, und ließ ein Blitzlichtgewitter auf die tote Anwältin hinabsausen.

Laura betrachtete in dem flackernden Licht die tiefen Abdrücke am Hals der Anwältin, die von dem Seil stammten, mit dem ihr die Luft abgeschnitten wurde. An den Armen fanden sich kaum Abwehrverletzungen. Vermutlich war Carolin Michels ebenfalls betäubt worden.

Laura erhob sich und öffnete auf ihrem Smartphone die Landkarte, die das Waldgebiet zeigte. Der nächste Parkplatz lag weniger als einen halben Kilometer entfernt. Bestimmt würden sie Carolin Michels' Wagen dort finden. Laura sah zu, wie Max die Taschen des Kostüms abtastete und ein Papiertaschentuch zutage beförderte.

»Sie hat nichts bei sich. Auch keinen Autoschlüssel«, erklärte er und stand ebenfalls auf.

Laura wandte sich ab und fragte einen Streifenpolizisten, wer die Tote entdeckt hatte.

»Der Zeuge sitzt im Einsatzwagen. Seien Sie vorsichtig. Er ist alkoholisiert.«

Sie begab sich mit Max zu dem großen Polizeifahrzeug, das vor ihnen am Wegrand parkte. Eine Polizistin öffnete ihnen die Schiebetür zum hinteren Teil des Wagens.

»Bitte schön«, sagte sie. »Herr Halberstädt wartet schon sehnsüchtig. Er möchte nach Hause.«

»Danke.« Laura betrat als Erste das Innere des Fahrzeugs. An dem schmalen ausklappbaren Tisch saß ein Mann von ungefähr vierzig Jahren. Er hatte einen Vollbart und dicke dunkle Ränder unter den Augen. Laura roch seine Alkoholfahne, bevor sie sich zu ihm gesetzt hatte.

»Vielen Dank, dass Sie sich Zeit für uns nehmen. Wir brauchen nicht lange«, versprach sie und wartete, bis Max ebenfalls Platz genommen hatte.

»Ich war feiern mit meinen Kumpels«, begann der Mann, ohne dass Laura eine Frage gestellt hätte. »Wir übernachten hier auf dem Campingplatz und ich musste mich erleichtern. Ich habe mir einen Baum gesucht und neben mir hat es plötzlich geknackt. Es hat sich nicht wie ein Tier angehört, sondern irgendwie anders. Schwerer. Ich kann es gar nicht beschreiben. Jedenfalls habe ich nachgesehen. Nur ein paar Meter entfernt sah ich die Frau an dem Baum. Da dachte ich mir schon, dass etwas mit ihr nicht stimmt. Ich wollte gerade den Notruf wählen, als ich wieder dieses Knacken hörte. Ich habe mich umgesehen, konnte jedoch nichts erkennen. Ich schwöre Ihnen aber, dass das der Täter war.«

Laura wusste nicht recht, wie viel sie dem betrunkenen Mann glauben sollte.

»Wie kommen Sie darauf, dass es nur ein Täter war? Es hätten doch mehrere sein können oder womöglich sogar eine Frau.«

»Wie gesagt, ich weiß es nicht. War bloß so ein Gefühl. Wobei mein Bauch meist richtigliegt. Da war ein Kerl und der hat die arme Frau an diesen Baum gelehnt.«

»Sie haben ihn aber nicht gesehen?«, fragte Max zur Sicherheit nach.

Der Zeuge griff sich an die Stirn und kniff die Augen zusammen.

»Vielleicht doch. Ich kann mich nicht mehr genau erinnern. Sorry. Ich habe ein wenig über den Durst getrunken.«

»Können Sie uns noch die Uhrzeit nennen?«

Der Mann zuckte hilflos mit der Schulter. »Ich kann auf meinem Handy nachschauen, wann ich den Notruf gewählt habe. Moment ...« Er wischte über das Display. »Das war um drei Uhr fünfzehn.«

»Und sonst ist Ihnen nichts aufgefallen? Vielleicht schon ein wenig vorher, als Sie mit Ihren Freunden unterwegs waren. Kam Ihnen da jemand entgegen?«

»Nein. Wir waren mutterseelenallein. Es war echt unheimlich und vor allem totenstill.«

Laura und Max bedankten sich bei dem Zeugen und verließen den Fundort. Laura setzte Max zu Hause ab und beschloss, ins Büro zu fahren. Sie konnte jetzt sowieso kein Auge mehr zutun. Um kurz vor sechs saß sie am Schreibtisch und startete den Computer. Während er geräuschvoll hochfuhr, fiel ihr die Dokumentenmappe ein, die Dennis Struck ihr am Fundort von Mark Friedbergs Leiche mitgegeben hatte. Sie überflog den Laborbericht, der mit annähernd hundert

Prozent Wahrscheinlichkeit bestätigte, dass das an der toten Katharina Waidhofer gefundene Sperma nicht mit den DNS-Spuren an der Kaffeetasse übereinstimmte. Katharina Waidhofer hatte demnach weder mit dem eigenen Ehemann noch mit Mark Friedberg Geschlechtsverkehr gehabt. Laura blätterte um und musterte das Foto von der Kaffeetasse. Die Buchstaben M und F prangten darauf. Viel kleiner darüber stand das Wort *von*. Laura stutzte und bemerkte, dass es noch weitere Fotos von der Tasse gab. Auf der Rückseite der Tasse waren ebenfalls zwei Buchstaben abgebildet, ein F und ein A. Oben am Rand las sie das Wort *für*.

Verdammt! Sie hatte sich die Tasse nicht genau angesehen. Es war überhaupt nicht die Tasse von Mark Friedberg. Sie gehörte Finn Altmann!

Laura sprang auf. Sie musste sofort mit ihm sprechen.

30

Vincit qui se vincit. Er besiegt, der sich selbst besiegt. Er liebte diesen Ausspruch von Publilius Syrus, der im ersten Jahrhundert vor Christi als Sklave nach Rom gekommen war und es mit Selbstbeherrschung und Disziplin zu einem bekannten römischen Mimen-Autor geschafft hatte. Auch er hatte sich mit viel Mühe von seiner Vergangenheit gelöst und von dem Schmerz, der einst allgegenwärtig war.

Den Schmerz, den er als Kind ertragen musste, würde er nun weitergeben, und zwar an denjenigen, der ihn verursacht hatte. Wie damals sah er den schwarzen Helm mit dem gelb-grünen Blitz darauf. Er kannte den Jungen auf dem Mofa, der auf ihre Straßenseite schlitterte und seinen Vater zum Ausweichen zwang. Es war eine tödliche Entscheidung gewesen. Hätte sein Vater das Lenkrad nicht herumgerissen, würden sie alle noch leben. Doch es war anders gekommen.

Der Mofafahrer hatte überlebt. Er hatte nicht einmal

eine Schramme abbekommen und war unbeschwert weitergefahren. Später, als die Polizei Ermittlungen einleitete, war er einfach davongekommen. Es gab keine Berührungen zwischen dem Mofa und dem Auto, in dem er mit seiner Familie gesessen hatte. Es konnte anhand der Reifenspuren auf der Straße nicht nachgewiesen werden, dass der Mofafahrer eine Schuld an dem Unfall trug.

Mehrfach hatte er bei der Polizei ausgesagt, aber mit seinem amputierten Unterschenkel und seinen elf Jahren hatte er zu wenig Glaubwürdigkeit ausgestrahlt. Der Junge von seiner Schule, der das Mofa gefahren hatte, führte sein Leben einfach fort. Irgendwann war er mit seinen Eltern in eine andere Stadt gezogen. Er hatte geglaubt, er würde ihn nie wiedersehen.

Doch er hatte sich geirrt. In jenem Moment, als sich ihre Lebenswege erneut kreuzten, war ihm klar geworden, dass dieser Mann büßen musste. Und er würde sein Lehrmeister sein! Er würde ihn lehren, was Schmerz bedeutete. Wie qualvoll die Einsamkeit sein konnte und dieses unaussprechliche Gefühl der Verlorenheit jeden Tag im Herzen zu spüren. Dieser Mann sollte lernen, was es hieß, wenn einem nichts blieb als das eigene Leid. Ein Abgrund, der einen auslöschte und zu einer leeren Hülle machte.

Er griff zu einer neuen Schiefertafel und schrieb das nächste Zitat darauf. Seine Gedanken schweiften ab zu seinem letzten Opfer, Carolin Michels. Die Anwältin war einfach mit ihm mitgekommen. Völlig arglos. Fast hatte sie ihm ein bisschen leidgetan. Doch am Ende genoss er es, wie das Leben aus ihren Augen trat. Er liebte diesen letzten Moment, der wie eine Offenbarung wirkte. Als hätte Carolin Michels in diesem einen Augenblick die Welt verstanden. So war es bei jedem seiner Opfer gewesen. Für den Bruchteil einer Sekunde begriffen sie das Wesen der Welt und dann flog ihre Seele davon.

Er schaute auf die Uhr, weil er wusste, dass ihm nicht mehr allzu viel Zeit blieb. Er musste seinen Plan weiterverfolgen. Auf keinen Fall durfte er geschnappt werden, bevor er fertig war. Die nächste Frau auf seiner Liste hieß Melissa Greinert. Er würde sie töten und jeden, der sich ihm in den Weg stellte. Was hatten die blonde Polizistin und ihr kahlköpfiger Partner über ihn herausgefunden? Eigentlich konnte es nicht viel sein. Trotzdem sollte er Vorkehrungen treffen für den Fall, dass sie ihm doch zu schnell auf die Schliche kamen. Er verstaute die Schiefertafel im Rucksack und betrachtete das Foto von Melissa Greinert. Sie würde ein leichtes Opfer werden. Ihre Sehnsucht nach jemandem, der sie verstand, war übergroß. Er hatte bereits das Spiel mit ihr begonnen und nun würde es seinen Höhepunkt finden. Er legte sich den Rucksack über die Schulter und machte sich auf den Weg.

Ich muss dich sehen!, tippte er in sein Handy, und tatsächlich dauerte es nicht einmal drei Minuten, bis sie antwortete.

Er wusste, dass Melissa gern in der Natur unterwegs war, und hatte dementsprechend einen Ort für sie herausgesucht, dem sie nicht widerstehen könnte. Es war der Anfangspunkt und gleichzeitig auch das Ende. Dort würde sich der Kreis schließen. Er schrieb ihr ein paar liebevolle Worte und eine Entschuldigung für sein Verhalten. Wieder dauerte es nur wenige Minuten, bis sie sich meldete. Sie behauptete doch tatsächlich, es wäre nicht so schlimm gewesen. Ein Grinsen huschte über sein Gesicht. Warum logen die Menschen? Wieso antwortete sie ihm nicht einfach, dass er sie verletzt hatte? Er schickte ihr den Treffpunkt und las zufrieden ihre Antwort. Alles verlief nach Plan. Melissa Greinerts Leben würde in weniger als vierundzwanzig Stunden beendet sein.

31

Zu dieser frühen Uhrzeit machte es keinen Sinn, Finn Altmann in der Kanzlei aufzusuchen, deshalb war Laura zu ihm nach Hause gefahren. Erstaunlicherweise hatte der Anwalt ihr in seinem Anzug geöffnet.

»Ist etwas passiert?«, hatte er überrascht gefragt und sie hereingebeten.

»Sie sind früh auf«, stellte Laura fest, ohne auf seine Frage einzugehen.

»Ja, ich habe viel zu tun und ich konnte sowieso nicht schlafen.« Er machte ein zerknirschtes Gesicht.

»Ich muss mit Ihnen reden«, erklärte Laura. Er war kein Angehöriger von Carolin Michels und deshalb wollte sie ihm vorerst nichts von ihrem Tod erzählen. Das konnte noch ein paar Stunden warten.

»Was, jetzt? Es ist nicht mal sieben Uhr.« Er betrachtete sie genau. »Waren Sie unterwegs? Sie sehen aus, als hätten Sie in der Nacht nicht geschlafen.«

Laura lächelte seine Fragen weg und stellte stattdessen ihre eigene:»Hatten Sie eine Affäre mit Katharina Waidhofer?«

»Kommen Sie immer so schnell zur Sache?«, fragte Finn Altmann und zeigte zur Küchenzeile. »Vielleicht möchten Sie erst einmal einen Kaffee?«

»Gerne«, sagte Laura und folgte Altmann zum Küchentresen.

»Sie lassen wohl nicht locker«, merkte er an und nahm zwei Tassen aus dem Schrank. »Also gut, ich verrate es Ihnen. Wir hatten kurz was miteinander. Es war nichts Ernstes und ist schon eine Weile her.«

»Wie mit Louisa Travertini?« Laura sah, wie die Ohren des Anwalts rot anliefen.

»Das war etwas anderes. Es hätte mehr daraus werden können, aber ich habe es wegen Mark beendet«, gestand Finn schließlich und goss Laura eine Tasse dampfenden Kaffee ein.

»Wer war denn dieser neue Freund von Louisa Travertini?«

»Neuer Freund? Ich bin verwirrt, helfen Sie mir ein bisschen.« Finn Altmann nahm einen Schluck von seinem Kaffee.

»Mark Friedberg hatte berichtet, dass Louisa Travertini in den letzten Tagen vor ihrem Tod glücklich wirkte, weil sie jemand Neues getroffen hätte.«

Finn Altmann machte eine betroffene Miene. »Vielleicht wollte Mark nur meinen Namen aus der Sache raushalten. Ich weiß nichts davon und ehrlich gesagt glaube ich das nicht.«

Er ging voraus ins Wohnzimmer. Laura folgte ihm mit dem Kaffeebecher in der Hand. »Ich bleibe stehen, wenn es Ihnen nichts ausmacht«, erklärte sie und nippte an ihrem Becher.

»Wären Sie mit einer DNS-Probe einverstanden?«, fragte sie und stellte den Kaffee auf dem Regal neben dem Fernseher ab.

»Bin ich etwa ein Verdächtiger?« Finn Altmann blickte sie aus listigen Augen an. Plötzlich zeigte sich ein Lächeln um seine Mundwinkel. »Mein Chef, Doktor Schild, würde mir den Hals umdrehen, wenn ich Ihnen ohne Beschluss eine Probe jedweder Art aushändige. Wir sind Anwälte.«

»Sie haben mir auch den Ordner mit der gefälschten Bankbürgschaft gegeben«, konterte Laura.

Finn Altmann musterte sie interessiert. »Sie machen Ihren Job gut, stimmt's?«

Lauras Finger bewegten sich mechanisch in Richtung der Narben. Im letzten Augenblick stoppte sie sich und griff stattdessen zum Kaffeebecher. Sie trank einen großen Schluck.

»Ich werde darüber nachdenken«, versprach Finn Altmann. »Ich bin unschuldig und habe deshalb nichts zu befürchten.«

Plötzlich fielen Laura seine Worte während ihres letzten Gespräches ein. Er hatte gesagt, es sei schlimm, wenn Menschen sterben müssten. Er hätte das bereits durchgemacht. Sie musterte Altmann intensiv. Spielte er ihr etwas vor? Ging es ihm gar nicht darum, den Mörder seines besten Freundes zu finden, sondern sie auf eine falsche Fährte zu locken?

Bevor sie ihre nächste Frage stellen konnte, entschuldigte Finn Altmann sich. Laura sah ihm hinterher, wie er in Richtung Badezimmer verschwand. Sie nutzte die Zeit und schaute sich die Bücher in seinem Regal an. Ganz vorn blieb sie verdutzt stehen, denn dort stand ein Buch mit Faust-Zitaten. Sie zog es heraus und öffnete es. Die Zitate waren alphabetisch und nach Buchabschnitten sortiert. An verschiedenen Seiten befanden sich bunte Markierungen, die aus dem Buch herausragten.

Laura schlug die erste markierte Seite auf und las:

#2: Blut ist ein ganz besonderer Saft.

Sie traute ihren Augen nicht und sah sich die nächste Markierung an:

#1: Sünd und Schande bleibt nicht verborgen.

Laura blätterte weiter:

#3: Der ganze Strudel strebt nach oben. Du glaubst zu schieben, und du wirst geschoben.

Auch das nächste Zitat kannte sie:

#4: Sie ist die erste nicht!

Zwei weitere Stellen waren im Buch markiert:

#6: Im Anfang war die Tat!, und *#5: Ich gehe durch den Todesschlaf. Zu Gott ein als Soldat und brav.*

Lauras Herz begann zu rasen. Unverzüglich griff sie zum Handy. Sie brauchte Verstärkung. Doch noch bevor sie wählen konnte, stand Finn Altmann in der Tür.

»Ist was?«, fragte er und starrte auf das Buch in ihren Händen.

Sekunden vergingen, ohne dass sich einer von ihnen rührte. Dann knallte Finn Altmann ihr die Wohnzimmertür vor der Nase zu. Im Schloss klickte es. Laura drückte die Klinke hinunter, aber es war zu spät. Finn Altmann hatte abgeschlossen. Sie trat ein paar Schritte zurück und rammte mit ganzer Wucht die Schulter gegen die Tür. In ihrem Arm knackste es. Sonst passierte nichts. Draußen im Flur schlug eine weitere Tür zu. Das musste die Wohnungstür sein.

Verdammt!

Laura versuchte es noch einmal, doch die massive Holztür gab nicht nach. Sie zog die Pistole aus dem Halfter und zielte auf das Schloss. Es knallte ohrenbetäubend und die Tür flog auf.

Bereits während Laura die Treppe hinunterstürmte, forderte sie die Verstärkung an. Vor dem Wohnblock blieb sie stehen und blickte sich um. Von Finn Altmann war keine Spur zu sehen. Laura rannte zum Parkplatz und suchte die Fahrzeuge ab. Nichts. Vermutlich war Finn Altmann längst über alle Berge.

Plötzlich tauchte eine Frau neben ihr auf. Sie trug eine altmodische Schürze und Lockenwickler in den Haaren.

»Er ist in sein Auto und dann in diese Richtung«, keuchte sie aufgeregt und zeigte auf die Hauptstraße. »Sie sind doch von der Polizei?« Die Frau deutete auf die Pistole in Lauras Hand.

Rasch schob Laura die Waffe zurück ins Halfter.

»Wer sind Sie?«

»Die Nachbarin, Annegret Kupfer. Ich habe den

Schuss gehört und gesehen, wie Herr Altmann hinausrannte. Zuerst dachte ich an einen Überfall, aber dann sind Sie ihm hinterher, und ich wusste, dass er abhaut.«

»Ich danke Ihnen, jemand wird sich mit Ihnen in Verbindung setzen«, sagte Laura und sprintete zu ihrem Wagen.

Sie hörte noch, wie die Nachbarin ihr den Namen ihres Kollegen Peter Meyer hinterherrief, der sie vermutlich erst kürzlich befragt hatte. Laura startete den Motor und gab Gas. Ihre Reifen quietschten, als sie auf die Hauptstraße Richtung Stadtmitte abbog. Sie überholte mehrere Wagen und hupte, als ein blauer Kleinwagen nicht ausweichen wollte. Sie hielt nach Finn Altmanns Wagen Ausschau, konnte ihn jedoch nirgendwo entdecken. Die Straßen waren voll. Es schien unmöglich, ihn aus der Fülle an Fahrzeugen herauszufischen. Trotzdem folgte sie weiter der mehrspurigen Straße und erfasste jedes vor ihr fahrende Auto mit konzentriertem Blick. Sie überlegte, Simon Fischer zu bitten, Finn Altmanns Handy zu orten. Genau in diesem Moment klingelte ihr Handy. Sie kannte die Nummer auf dem Display nicht.

»Laura Kern«, meldete sie sich und schaffte es gerade noch über eine Ampel.

»Hier ist Daniel Kreutzer von der Kanzlei Meier, Schild und Partner. Sie haben gesagt, ich soll mich melden. Mir ist möglicherweise etwas Verdächtiges aufgefallen.«

Laura konnte sich an den Namen des Mannes nicht entsinnen.

»Was ist Ihnen denn aufgefallen?«

»Finn Altmann, einer unserer Anwälte, ist eben hier hereingestürmt. Eine Kollegin, Melissa Greinert, hat am Treppenhaus auf ihn gewartet. Dann sind sie zusammen in die Tiefgarage. Ich weiß nicht, ob es wirklich von Bedeutung ist. Aber ich wollte Ihnen einfach Bescheid geben.«

Laura fiel ein Stein vom Herzen. Altmann war also zur Kanzlei gefahren. Vermutlich wollte er Beweise verschwinden lassen. Sie trat das Gaspedal durch.

»Ich bin in ein paar Minuten da«, erwiderte sie. »Behalten Sie die beiden im Auge. Danke.« Sie legte auf und konzentrierte sich auf die Straße. Kurz bevor sie das Bürogebäude erreichte, fiel ihr ein, wer sie angerufen hatte. Es war der Mann vom Empfang.

Laura ließ den Wagen am Straßenrand stehen und eilte in die Empfangshalle. Daniel Kreutzer erwartete sie hinter dem Tresen. Auf seinen Wangen leuchteten zwei rote Flecken. Er schnappte nach Luft, als er sie sah.

»Kommen Sie. Wir müssen hier entlang.«

Offenbar hatte er den Fahrstuhl bereits gerufen. Er fuhr mit seinem Rollstuhl hinein und Laura ging hinterher. Sie begaben sich in den Keller, wo sich die Fahrstuhltüren schwerfällig öffneten.

»Zur Tiefgarage geht es nach rechts«, erklärte Daniel Kreutzer und rollte an ihr vorbei. Er zog an der Feuerschutztür, bekam sie jedoch nicht auf.

»Ich helfe Ihnen«, sagte Laura und drückte die Klinke hinunter. Mit einem kräftigen Ruck schwang die Tür auf.

Kreutzer fuhr voraus. Laura ließ ihren Blick durch

die Tiefgarage schweifen. Es war erst kurz nach sieben. Nur eine Handvoll Autos parkten hier. Das von Finn Altmann war nicht darunter. Weder er noch die Assistentin waren zu sehen. Laura schnellte zu Daniel Kreutzer herum.

»Wo könnten sie sein?«, wollte sie fragen, doch es kam kein Laut aus ihrer Kehle.

Ein stinkendes Tuch wurde ihr über Mund und Nase gepresst. Erstaunt stellte sie fest, dass Daniel Kreutzer nicht mehr in seinem Rollstuhl saß.

Verdammt!, war ihr letzter Gedanke, bevor ihr schwarz vor Augen wurde.

32

Melissa tat der Kopf weh. Ein dumpfes Pochen hinter ihrer Stirn sorgte im Sekundentakt für neuerlichen Schmerz, der sich bis in ihre Augenhöhlen zog. Einen Moment lang war sie völlig orientierungslos gewesen, doch dann kam die Erinnerung in ihr hoch.

Finn hatte sich bei ihr mit einer Textnachricht entschuldigt und wollte sie in dem Waldstück treffen, wo sie nach ihrem Besuch beim Italiener spazieren gegangen waren. Melissas Herz hatte Purzelbäume geschlagen, insbesondere nachdem sie geglaubt hatte, er hätte jegliches Interesse an ihr verloren. Darüber, dass es noch sehr früh am Morgen war, hatte sie nicht nachgedacht. Sie war einfach losgefahren und hatte auf dem Parkplatz auf Finn gewartet. Sie war vor ihrem Wagen auf und ab gelaufen und hatte dabei sehnsüchtig auf die Straße gestarrt. Als Finn zehn Minuten nach der vereinbarten Zeit immer noch nicht da war, wollte sie wieder zurückfahren. Sie öffnete die Wagentür, als jemand ihren Namen rief. Die Stimme kam ihr bekannt vor, doch sie konnte sie zunächst nicht zuordnen.

Erst als Daniel Kreutzer aus einem Auto stieg, wurde ihr klar, dass etwas nicht stimmte. Anstatt einfach wegzulaufen, blieb sie stehen. Selbst dann noch, als sie realisierte, dass er gar nicht in seinem Rollstuhl saß.

»Sie können gehen?«, hatte sie völlig irritiert gefragt. Im Nachhinein war ihr klar, wie dämlich sie sich verhalten hatte. Sie war schließlich nicht das erste Opfer aus der Kanzlei. Louisa Travertini musste es ähnlich ergangen sein. Und Carolin Michels.

Statt zu antworten, hatte Daniel Kreutzer sich auf sie gestürzt und sie mit einem stinkenden Zeug betäubt. Irgendwann war sie mit einem Pochen hinter der Stirn in diesem Kofferraum zu sich gekommen. Ihr Handy war weg. Sie wusste nicht, wie viel Zeit vergangen war. Immerhin konnte sie Arme und Beine bewegen. Aber sie bekam die Klappe nicht auf. Und die Rückbank ließ sich auch nicht nach vorn drücken.

Melissa hatte geschrien und gegen die Kofferraumklappe gehämmert. Doch natürlich besuchte niemand ein Naturschutzgebiet am frühen Morgen und noch dazu mitten in der Woche. Sie musste hier raus, bevor Kreutzer zurückkehrte. Sie hatte bloß keine Ahnung, wie sie das anstellen sollte. Er hatte ihr auch die Handtasche abgenommen. Verzweifelt tastete sie nach einem Werkzeug oder irgendetwas anderem, das ihr helfen könnte. Doch sie hatte schon mehrfach jeden Winkel untersucht. Panisch stemmte sie sich abermals gegen die Kofferraumklappe, aber ihre Bemühungen verstärkten nur das dumpfe Pochen hinter ihrer Stirn.

33

Er musste umdisponieren. Diese blonde Polizistin war ihm eindeutig eine Spur zu schnell und zu neugierig. Klar, sie sollte das Buch bei Finn Altmann entdecken. Aber noch nicht jetzt. Zuerst wollte er Melissa Greinert töten und vor allem wollte er die Morde Finn Altmann in die Schuhe schieben. Diese Polizistin brachte seine Pläne völlig durcheinander! Durch viel zu frühes Auftauchen, und weil Finn Altmann anschließend die Flucht ergriffen hatte, verschaffte sie ihm doch tatsächlich ein Alibi. Und erst recht, wenn sie Finn Altmann auch noch schnappte und er im Knast säße. Also musste er sie aus dem Verkehr ziehen, bevor es dazu kam!

Immerhin hatte er sie inzwischen ruhiggestellt. Sie lag bewusstlos im Kofferraum seines Zweitwagens. Aber was sollte er nun mit ihr tun? Vielleicht würde er sie zusammen mit Melissa, die auf dem Waldparkplatz in seinem behindertengerechten Fahrzeug wartete, ins

Jenseits befördern. Es war nicht nur behindertengerecht umgebaut, sondern gleichzeitig eine Falle. Aus dem Kofferraum gab es kein Entkommen, es sei denn, jemand besaß den Schlüssel. Sogar Dämmmaterial für den Schallschutz hatte er eingebaut. Allerdings funktionierte deshalb die Luftzufuhr nicht richtig. Mehr als zwei Stunden würde Melissa es darin nicht aushalten, ohne zu ersticken.

Er donnerte wütend mit der Faust aufs Lenkrad und trat das Gaspedal durch. Erst einmal musste er aus dieser Tiefgarage raus. Er konnte nicht ausschließen, dass er mit der Polizistin am Empfang gesehen worden war. Nur gut, dass er den virtuellen Sprachassistenten in Finn Altmanns Wohnung angezapft hatte. So konnte er alles mithören, was dort gesagt wurde, und sogar die Kamera einschalten. Und deshalb wusste er, dass Laura Kern das Buch mit den Zitaten schon gefunden hatte.

Er hatte es Finn vor ein paar Tagen zugesandt, denn er sollte für die Morde lebenslang im Gefängnis landen. Alle Spuren führten zu ihm, dafür hatte er gesorgt. Das war die Rache, die er für ihn vorgesehen hatte. Sterben war zu einfach. Dieser Mann sollte leiden für das, was er getan hatte. Aus diesem Grund brachte er jedes menschliche Wesen um, mit dem sich Finn anfreundete. Jede Frau, seinen Freund. Finns Eltern waren unglücklicherweise bereits verstorben und Geschwister hatte er nicht. Sonst wären die Familienmitglieder natürlich zuerst dran gewesen.

Seit jenem Tag, als er Finn Altmann zufällig wiederbegegnet war, hatte er alle seine Lebenspläne über den

Haufen geworfen. Ebenso wie sein Leben damals mit dem Autounfall geendet hatte, würde nun auch das von Finn Altmann ein Ende finden. Finn wäre im Gefängnis nicht mehr als eine leere Hülle. Der Tod dagegen wäre nur ein Kinderspiel gewesen.

Im Sommer vor zwei Jahren war er um die Mittagszeit über den Potsdamer Platz spaziert und plötzlich hastete Finn Altmann mit einem Sandwich in der Hand an ihm vorbei. Er hatte ihn sofort wiedererkannt und folgte ihm bis zum Gebäude der Kanzlei. Noch heute spürte er die Schicksalhaftigkeit dieser Begegnung. Anschließend hatte er sich dort für eine Stelle am Empfang beworben. Schon an seinem ersten Arbeitstag waren sie sich erneut begegnet.

Endlich nahm sein Schicksal eine entscheidende Wende. So wie an jenem verhängnisvollen Tag, als Finn Altmann auf seinem Mofa den Wagen seiner Familie durch ein unglückliches Fahrmanöver von der Straße beförderte.

Finn und seine Familie waren nach dem Unfall in eine andere Stadt umgezogen. Er hatte damals einige Anstrengungen damit verbracht, ihn ausfindig zu machen. Der Name Altmann war allerdings sehr verbreitet in Deutschland. Es schien schlicht unmöglich, Finn wiederzufinden. Doch anscheinend begegnete man sich im Leben immer zweimal.

Während er Finn nie vergessen hatte, spielte er umgekehrt offenbar keine Rolle in dessen Leben. Der Mann würde ihn nicht einmal erkennen, wenn er ein Foto von sich als Junge neben sein Gesicht halten

würde. Er war zum Zeitpunkt des Unfalls gerade elf
Jahre alt und Finn schon fünfzehn. Finn hatte in der
Schule keine Notiz von ihm genommen. Ganz im
Gegensatz zu ihm. Er hatte Finn wegen dieses Mofas
bewundert und wegen seines Helms mit dem gelb-
grünen Blitz.

Finn glaubte, er wäre davongekommen, aber da lag
er falsch. Das Schicksal meinte es gut mit ihm und gab
ihm die Gelegenheit zur Rache. Als Schwerbehinderter
hatte er die besten Aussichten auf den Job am Empfang
der Kanzlei gehabt. Statt mit seiner Beinprothese war er
von Anfang an mit dem Rollstuhl aufgetaucht. Niemand,
absolut niemand würde einen Rollstuhlfahrer eines
Mordes verdächtigen.

Er schlug abermals wütend auf das Lenkrad, als ihm
einfiel, dass die Polizistin ihn ohne Rollstuhl gesehen
hatte. Es blieb ihm gar nichts anderes übrig, als sie zu
töten, denn nun kannte sie sein Geheimnis.

34

Laura war wieder das elfjährige Mädchen, gefangen im Pumpwerk. Jeden Augenblick würde das Monster auftauchen. Es würde sie töten, so wie die anderen Mädchen vor ihr. Sie hob den Kopf, weil sie eine Möglichkeit zur Flucht finden musste, doch sie stieß an etwas Hartes und sank zurück auf den kratzigen Untergrund. Nach ein paar tiefen Atemzügen verwandelte sie sich langsam wieder in die Jägerin, die sie nun war. Sie war Spezialermittlerin des Landeskriminalamtes und kein Kind mehr. Sie war nicht gefangen, jedenfalls nicht in einem Pumpwerk. Laura spürte ein Rumpeln und hörte den Motor. Sie lag im Kofferraum eines fahrenden Wagens. Die Erinnerung an Daniel Kreutzer schoss in ihr hoch. Er hatte ihr ein Tuch auf den Mund gedrückt, das in Chloroform oder etwas Ähnlichem getränkt war. Sie hatte die Luft angehalten, um das Zeug nicht einzuatmen. Offenbar hatte es geholfen, denn ansonsten wäre sie Daniel Kreutzer jetzt hilflos ausgeliefert.

Sie durchforstete ihre Taschen nach dem Handy, doch Kreutzer hatte es ihr abgenommen. Auch ihre Waffe steckte nicht mehr im Halfter. Systematisch begann sie den Kofferraum abzutasten auf der Suche nach Schwachstellen oder einem möglichen Ausgang. Sie fand eine kleine Lücke zwischen dem Fahrzeugboden und der Rückbank. Dahinter befand sich ein Metallbolzen. Laura drückte fest dagegen. Zu ihrer Überraschung gab die Rückbank ein wenig nach. Behutsam, Millimeter für Millimeter presste sie die Rückbank nach vorn. Sie lugte durch den entstandenen Spalt und sah Daniel Kreutzer am Steuer des Wagens. Sie versuchte weiter, die Rückbank zu verschieben, doch der Spalt blieb zu schmal, um sich hindurchzuzwängen. Laura beschloss abzuwarten, bis Daniel Kreutzer anhielt und den Kofferraum öffnete.

Es dauerte eine schiere Ewigkeit, bis der Wagen endlich hielt. Sie schloss die Augen und stellte sich ohnmächtig. Kreutzer stieg aus und gleich darauf machte er sich am Kofferraum zu schaffen. Laura lag mucksmäuschenstill da. Sie spürte einen Luftzug und anschließend kräftige Hände an ihren Armen. Sie rührte sich auch dann nicht, als Kreutzer sie aus dem Wagen hievte.

Erst als er sie in seinen Rollstuhl verfrachten wollte, schlug sie blitzschnell zu. Ihre Faust landete auf seiner Nase. Kreutzer schrie überrascht auf und taumelte rückwärts. Bevor er überhaupt realisieren konnte, was geschah, stürzte Laura sich auf ihn und warf ihn zu Boden. Sie drehte ihm den Arm auf den Rücken, doch Kreutzer war stärker und schaffte es, sich aus ihrem Griff zu winden. Er rammte ihr die Faust in die Seite.

Stöhnend ließ Laura von ihm ab. Kreutzer holte zu einem weiteren Hieb aus, aber dieses Mal wich sie ihm aus. Sie trat ihm gegen die Kniescheibe und brachte ihn erneut zu Fall. Kreutzer schlug hart mit dem Hinterkopf auf und blieb regungslos auf dem Boden liegen. Im selben Moment hörte Laura ein Fahrzeug heranschießen. Sie sah auf und erkannte Max und Simon. Der Wagen bremste mit quietschenden Reifen und kam kurz vor ihr zum Stehen. Max hechtete aus dem Wagen, zerrte seine Pistole aus dem Halfter und richtete sie auf den am Boden liegenden Daniel Kreutzer.

»Keine Bewegung«, knurrte er und schaute Laura an. »Bist du verletzt?«

Laura antwortete nicht. Mit Entsetzen stellte sie fest, dass sich vor Daniel Kreutzers Mund Schaum bildete.

»Wir brauchen einen Notarzt. Schnell!«, rief sie und ging neben Kreutzer in die Knie.

»Verdammt! Was haben Sie getan?«

»Ich gehe nicht ins Gefängnis«, nuschelte Kreutzer. »Richten Sie Finn Altmann aus, dass er schuld am Tod dieser Leute ist. Katharina, Louisa, Mark, Carolin. Und Melissa wird es ebenfalls treffen.« Er grinste schief und atmete nur noch röchelnd. Sein Gesicht verzerrte sich zu einer hässlichen Fratze.

»Warum haben Sie all diese Leute umgebracht?«, fragte Laura.

Statt zu antworten, deutete er auf sein Bein. Erst bei genauerem Hinsehen erkannte Laura die Prothese.

»Er hat meine Familie getötet«, röchelte Kreutzer.

»Wo ist Melissa Greinert? Was haben Sie mit ihr gemacht?« Laura wurde plötzlich klar, dass sich die Frau in Lebensgefahr befinden musste.

Daniel Kreutzer antwortete nicht. Er glotzte sie mit starren Augen an. Ein Zittern ging durch seinen Körper. Als es aufhörte, atmete er nicht mehr.

»Verdammt«, rief Max und deutete auf ein paar Kapseln, die Daniel Kreutzer aus der Hand gerutscht waren. »Das ist bestimmt Zyankali.«

»Sieht so aus«, sagte Laura und erhob sich. »Ich denke, er ist tot. Hast du trotzdem den Notarzt gerufen?«

Max nickte. »Er sollte innerhalb der nächsten Minuten hier sein.«

Sie beide wussten, dass es für Daniel Kreutzer zu spät war.

»Wir müssen Melissa Greinert finden«, stieß Laura aus. »Kreutzer hat sie in seiner Gewalt. Wie habt ihr mich hier überhaupt gefunden?« Laura blickte sich um. Sie standen mitten im Wald. Außer Bäumen schien nichts um sie herum zu sein.

»Ich habe dein Handy geortet«, erklärte Simon und machte eine Grimasse. »Tut mir leid. Es war illegal, aber nachdem Max mit der Verstärkung ausgerückt war und die Nachbarin berichtete, dass du Finn Altmann verfolgst, blieb uns nichts anderes übrig.«

»Kannst du das auch mit dem Handy von Melissa Greinert machen? Kreutzer hat gesagt, sie wird es ebenfalls treffen. Er hat sie irgendwohin gebracht, wo sie sterben wird, wenn niemand sie findet.«

Simon Fischer rollte mit den Augen. »Das ist illegal, und im Gegensatz zu deinem Fall wäre es eine ernste Sache, sollte sie mich anschließend anzeigen.«

»Ich besorge einen Beschluss.«

»Das wäre zu spät, und außerdem ist es höchst unwahrscheinlich, dass sie das Handy bei sich hat. Den anderen Opfern und übrigens auch dir hat Kreutzer die Handys abgenommen.«

Laura stieß verzweifelt die Luft aus. Simon hatte recht. Melissa würde das Handy nicht bei sich haben.

»Ich habe eine Idee«, sagte Simon plötzlich und wählte eine Nummer. »Wenn Kreutzer dein Handy bei sich trug, dann vermutlich auch ihres, und anhand der Bewegungsdaten können wir vielleicht herausfinden, wo sie sein könnte.«

Ein leiser Klingelton wehte zu ihnen herüber. Max stürzte sich als Erster auf Kreutzers Wagen. Er riss die Beifahrertür auf, kroch hinein und kam kurz darauf mit einem Handy wieder heraus.

»Hier ist es«, rief er triumphierend.

»Super. Wir müssen sofort ins Büro. Dann kann ich den Code von Melissa Greinerts Handy knacken.« Simon nahm ihm das Telefon ab.

»Nein«, warf Laura ein. »Die Zeit haben wir nicht.« Sie ging zu dem Wagen und schaute hinein. In dem Fach der Mittelkonsole steckten zwei weitere Handys. Eines gehörte ihr und das andere musste von Daniel Kreutzer sein. Laura holte sie heraus, schob das eigene

Handy in die Tasche und lief zu dem am Boden liegenden Mann.

»Simon, du hast mir doch erzählt, dass er seine Opfer mit Nachrichten von gefälschten Absendern in den Wald gelockt hat. Ich hoffe, er hat auch Melissa Greinert eine Nachricht geschrieben.« Sie hielt das Handy vor Daniel Kreutzers Gesicht und atmete auf, als sich der Bildschirm entsperrte.

Simon nahm ihr das Handy ab. Innerhalb weniger Sekunden erhellte sich seine Miene.

»Hier steht eine Adresse in der letzten Nachricht«, verkündete er. »Er hat so getan, als wäre er Finn Altmann, und wollte sie dort treffen.«

»Dann lass uns dahinfahren«, rief Laura.

Sie sprangen in Max' Wagen und konnten nur beten, dass sie Melissa Greinert rechtzeitig fanden. Kaum dass sie fünfzig Meter weit gekommen waren, kündigten sich der Rettungswagen und die Verstärkung mit Blaulicht an. Max stoppte den Wagen und instruierte das Einsatzteam. Laura forderte gleichzeitig einen weiteren Krankenwagen und Verstärkung für die Adresse an, wo sie Melissa Greinert vermuteten. Das Gebiet befand sich zwischen den Fundorten der ersten beiden Opfer. Sie brauchten knapp zehn Minuten, bis sie einen Parkplatz erreichten, auf dem zwölf Autos standen.

»Haben wir eine Ahnung, ob eines dieser Fahrzeuge auf Daniel Kreutzer zugelassen ist?«, rief Laura, als sie ausgestiegen waren, und umrundete ein dunkelblaues SUV mit verdunkelten Seitenscheiben im hinteren Teil des Wagens. Mit der Taschenlampe leuchtete sie durch die vordere Seitenscheibe ins Fahrzeuginnere. Das Auto war leer. Durch die dunkle Scheibe des Kofferraumes konnte sie nichts sehen. Sie ging zum nächsten Wagen, einem Polo, bei dem sie auf Anhieb erkannte, dass niemand darin saß oder lag. Der Kofferraum erschien ihr viel zu klein, um jemanden hineinzupferchen. Auch im nächsten Wagen fand sie nichts. Sie blickte sich nach Max und Simon um, die schweigend die anderen Fahrzeuge überprüften.

Laura überkam ein merkwürdiges Gefühl. Sie befürchtete, Zeit zu verlieren. Zeit, die sie nicht hatten und die Melissa Greinert das Leben kosten konnte. Sie schaute noch in den nächsten Wagen und hielt dann inne. Der Parkplatz lag mitten im Wald an einem kleinen See. Zwei Zufahrtsstraßen führten zu ihm. Über eine dieser Straßen waren sie hierhergelangt. Sie beschloss, einen kurzen Blick auf die andere Zufahrt zu werfen.

Laura rannte quer über den Parkplatz und erreichte eine schmale asphaltierte Straße, an deren Rand dichtes Gestrüpp rankte. In ungefähr fünfzig Metern Entfernung blitzte etwas Weißes durch das Dickicht. Es passte nicht dorthin, zwischen all dem Grün. Laura lief darauf zu und erkannte einen Lieferwagen. Sie warf einen Blick hinein und wusste sofort, dass er Daniel Kreutzer gehörte. Auf dem Beifahrersitz lag eine Schiefertafel. Laura konnte am unteren Rand eine Raute und die Ziffer fünf erkennen. Außerdem war der Wagen auf der Fahrerseite behindertengerecht umgebaut. Bremse,

Kupplung und Gas konnten mit der Hand bedient werden. Ihr Herz krampfte sich zusammen.

»Hierher!«, brüllte sie aus vollem Hals und rüttelte an den Türen und am Kofferraum. Sie waren verschlossen. Laura verfluchte sich dafür, dass sie in Kreutzers anderem Wagen nicht nach Schlüsseln gesucht hatte. Sie sah sich nach einem Stein um, während Max und Simon sich näherten.

»Wir müssen die Scheibe einschlagen. Der gehört Daniel Kreutzer.« Sie hob einen Stein auf.

Max nahm ihn ihr aus der Hand. »Das erledige ich«, erklärte er und schlug mit einem kräftigen Hieb die Seitenscheibe auf der Beifahrerseite ein. Er löste die Verriegelung und öffnete die Tür. Das Wageninnere war leer.

»Sie muss im Kofferraum liegen«, sagte Laura.

»Ich sehe mich nach der Verriegelung um.« Max kletterte auf den Fahrersitz. Offenbar fand er nichts, um die Kofferraumklappe zu entriegeln. Er begab sich nach hinten und legte die Lehne der Rücksitzbank um.

»Verdammt! Was ist das?«

Laura stieg von der anderen Seite ein und blickte auf eine Wand aus Metall, die sich dahinter befand.

»Sie muss da drin sein. Der Mistkerl hat den Wagen umgebaut.« Laura pochte gegen die Metallwand.

»Melissa? Sind Sie da drin? Hier ist die Polizei. Wir holen Sie hier heraus.«

Sie lauschten auf ein Lebenszeichen, doch es kam keines.

»Sie bekommt wahrscheinlich keine Luft«, stieß Max

aus. »Wir müssen den Kofferraum aufbrechen.« Er sprang nach draußen und rannte zum Dienstwagen.

Simon Fischer rief in der Zwischenzeit die Feuerwehr, damit diese notfalls mit schwerem Gerät den Kofferraum öffnen könnte. Max kehrte mit einem Brecheisen in der Hand zurück. In der Ferne hörte Laura ein Martinshorn. Der Rettungsdienst war unterwegs. Max schob das schmale Ende des Brecheisens in den Spalt unter dem Schloss und hebelte. Die Karosserie verbog sich, aber der Kofferraum ging nicht auf. Er versuchte es erneut weiter rechts.

»Hier«, sagte Simon Fischer und drückte Max den Stein in die Hand.

Max hämmerte die Eisenstange mit dem Stein in den Spalt. Es dauerte eine gefühlte Ewigkeit, bis er das Schloss endlich aufgebrochen hatte. Die Klappe sprang auf und ein bestialischer Geruch schlug ihnen entgegen. Eine Mischung aus abgestandener Luft, Fäkalien und Urin. Doch das war nicht das Schlimmste. Ein schmaler lebloser Körper lag eingerollt im Kofferraum. Melissa Greinerts Lippen waren blau angelaufen. Ihre Haut wirkte fahl und blutleer. Die Augen hatte sie geschlossen. Laura tastete nach der Halsschlagader.

»Sie lebt noch«, rief sie und griff die Arme der zierlichen Frau. Max packte ihre Beine, während Simon seine Jacke auf dem Waldboden ausbreitete. Vorsichtig hievten sie die junge Frau aus dem Wagen. Als sie auf Simons Jacke lag, traf der Rettungswagen ein.

Sanitäter in orangefarbener Kleidung drängten sie zur Seite. Der Notarzt sprang mit seinem Koffer hinzu und erteilte knappe Anweisungen. Innerhalb weniger Minuten hatten sie Melissa Greinert in den Rettungswagen verfrachtet.

»Wird sie es schaffen?«, fragte Laura. Doch die Türen wurden zugeknallt und der Wagen brauste mit Blaulicht davon.

EPILOG

Ein paar Tage später

» Wir danken Ihnen für die Einladung«, sagte Laura und trank einen Schluck von dem Cappuccino, den Melissa Greinert für sie bestellt hatte. Max saß neben ihr und stopfte sich ein großes Stück Schokoladenkuchen in den Mund.

»Das ist das Mindeste, was ich tun kann«, entgegnete Melissa und lächelte.

Von den Strapazen der letzten Tage war ihr absolut nichts mehr anzumerken. Sie hatte glücklicherweise kaum Verletzungen infolge der Entführung durch Daniel Kreutzer davongetragen. Bereits nach einem Tag Krankenhausaufenthalt konnte sie wieder entlassen werden. Durch den Sauerstoffmangel in dem umgebauten Kofferraum war sie zwar ohnmächtig geworden, aber nur für kurze Zeit. Sie konnten von Glück reden, dass sie Melissa Greinert so schnell gefunden hatten. Wenige Stunden später wäre jede Hilfe umsonst gewesen.

»Die nächste Runde geht auf mich«, erklärte Finn Altmann und winkte die Kellnerin herbei, um erneut Kaffee und Kuchen für alle zu bestellen.

»Ich habe schließlich etwas gutzumachen.« Er senkte den Blick. »Es tut mir wirklich leid, dass ich weggerannt bin. Ich habe einfach Panik bekommen.«

Laura machte eine abwehrende Geste. »Schon gut. Sie haben sich ja bereits mehrfach entschuldigt. Ich verstehe, dass in Stresssituationen jeder Mensch anders reagiert. Im Grunde genommen hat uns Ihre Aktion geholfen, Frau Greinert zu retten.«

Sie hatten die vergangenen Tage damit verbracht, Daniel Kreutzers Leben zu durchleuchten. Als elfjähriger Junge hatte er bei einem schweren Autounfall seine gesamte Familie verloren. Nach dem Unfall gab es eine Ermittlung, die jedoch später eingestellt wurde. Der fünfzehnjährige Finn Altmann hatte angeblich den Wagen der Familie Kreutzer mit seinem Mofa von der Straße abgedrängt. Doch die Beweislage bestätigte diesen Unfallhergang nicht. Obwohl Finn Altmann offenbar keine Schuld an dem Unfall trug, waren seine Eltern mit ihm einige Zeit später nach Berlin gezogen, weit weg von dem Ort des Unfalls. Finns Leben verlief in normalen Bahnen. Zwanzig Jahre später hatte er zwar noch Erinnerungen an damals, er hatte sich allerdings nie wieder damit auseinandergesetzt. Als Daniel Kreutzer vor ungefähr zwei Jahren bei der Kanzlei Meier, Schild und Partner seine Tätigkeit am Empfang aufnahm, wäre ihm nie in den Sinn gekommen, dass er diesen Mann kannte.

Daniel Kreutzer jedoch hatte sich bewusst in der Kanzlei beworben, um sich an Finn Altmann für den Tod seiner Familie zu rächen. Er hatte den Anwalt vom ersten Arbeitstag an beobachtet und akribisch Tagebuch geführt. Schnell fand er heraus, dass Finn Altmann eine Affäre mit Katharina Waidhofer unterhielt. Doch das war nicht alles. Finn Altmann ließ generell nichts anbrennen. Schon immer hatte er offenbar oberflächliche Beziehungen mit Frauen gehabt, wie auch zu Louisa Travertini. Sein bester Freund, der Finns Hang zu kurzlebigen Affären kannte, intervenierte und brachte ihn dazu, diese Beziehung schnell wieder zu beenden.

Daniel Kreutzer war die Liaison trotzdem nicht entgangen. Deshalb setzte er Travertini auf seine Todesliste. Er wollte jede Person töten, die in Finn Altmanns Leben eine Rolle spielte. Am Ende sollte sich Finn genauso einsam fühlen wie er. Er bezeichnete sich als Lehrmeister und sandte Finn ein Buch mit Zitaten aus Goethes Faust, in dem er jene markierte, die sie später bei den Opfern auf den Schiefertafeln fanden.

In seinem Tagebuch hatte er festgehalten, dass er die verheiratete Katharina Waidhofer für eine Nutte hielt. Deshalb hatte er ihr das Zitat *Sünd und Schande bleibt nicht verborgen* zugedacht. Bei Louisa Travertini spielte seine Auswahl darauf an, dass sie nicht bei ihrer Familie in Italien geblieben war. Für Kreutzer hatte der Satz *Blut ist ein ganz besonderer Saft*, eine spezielle Bedeutung. Er hatte nicht verstanden, wieso Louisa Travertini ihre Familie freiwillig verlassen konnte. Das dritte Zitat, *Der ganze Strudel strebt nach oben. Du glaubst zu schieben, und du wirst geschoben*, war eine Anspielung auf Mark Friedbergs Karriereabsichten. Zitat Nummer vier, *Sie ist die erste nicht!*, hatte Daniel Kreutzer für Carolin Michels ausgewählt, weil es schlicht den Tatsachen entsprach. Finn Altmann hangelte sich von einer Affäre zur nächsten. Für Melissa Greinert hatte er das Zitat, *Im Anfang war die Tat!* herausgesucht. Hätte sie ihr Studium nicht abgebrochen, wäre sie niemals in Gefahr geraten. Und das letzte Zitat, *Ich gehe durch den Todesschlaf. Zu Gott ein als Soldat und brav*, hatte Daniel Kreutzer offensichtlich für sich selbst ausgesucht. Er hatte vorgehabt, sich das Leben zu nehmen und zu seiner Familie heimzukehren. Daniel Kreutzer hatte die Zitate aber auch benutzt, um eine Spur zu Finn Altmann zu legen, damit er später als Mörder verhaftet werden würde. Deshalb hatte er ihm das Buch mit den markierten Zitaten zugeschickt.

Daniel Kreutzer hatte für alle Fälle vorgesorgt, auch für die Möglichkeit, erwischt zu werden. Schon vor Monaten hatte er sich Zyankali-Kapseln besorgt, die er stets bei sich hatte. Laura überlegte, ob sie mit diesem Mann, der so ein schweres Schicksal trug, Mitleid empfinden sollte. Sie wusste es nicht. Die Trauer brachte

Menschen manchmal dazu, grausame Dinge zu tun. Kreutzer hatte vier unschuldige Menschen ermordet, um seine Rachegefühle auszuleben. Doch diese Morde holten seine Familie nicht zurück ins Leben, und sie hatten mit Sicherheit auch nicht die Leere ausgefüllt, die in seinem Inneren geherrscht hatte.

»Sie sind also in die Kanzlei gefahren, um bei Ihrem Chef Hilfe zu erhalten?«, fragte Max und unterbrach Lauras Gedanken.

Finn Altmann nickte. »Ja, ich dachte mir, er könnte mich als Anwalt vertreten. Als ich Frau Kern mit dem Buch in der Hand sah, fiel mir ein, dass sie mich nach Faust-Zitaten gefragt hatte. Ein unbekannter Absender hat mir dieses Buch in den Briefkasten gesteckt. Es klebte noch nicht einmal Porto darauf. Allerdings habe ich mir nicht viel dabei gedacht. Es hätte ja auch ein Versehen sein können. Da ich das Buch nicht einfach wegwerfen wollte, habe ich es ins Regal gestellt. Doch als ich den Blick von Ihrer Kollegin bemerkte, wusste ich, dass ich in Schwierigkeiten steckte. Ich wollte Zeit gewinnen und mich mit Doktor Schild besprechen. Das war natürlich bescheuert. Doch ich war wegen Marks Tod noch völlig durcheinander. Ich brauchte Rat von jemandem, der einen kühlen Kopf bewahren konnte.«

Tatsächlich hatten sie Finn Altmann in der Kanzlei angetroffen, nachdem Daniel Kreutzers Leiche geborgen und Melissa Greinert ins Krankenhaus gebracht worden war.

»Hätte ich gewusst, dass Daniel Kreutzer der Junge war, der den Unfall überlebt hat, dann hätte ich mich um ihn gekümmert. Er hat mir nie eine Chance dazu gegeben. Ich hätte so viel Leid verhindern können.« Er rieb sich übers Kinn und ließ bedrückt die Schultern sinken. »Ich hätte ihn erkennen müssen.«

»Daniel Kreutzer war zum Zeitpunkt des Unfalls elf Jahre alt. Sie konnten ihn nicht erkennen. Außerdem wollte er das anscheinend auch nicht. Er hat sich da in etwas verrannt.« Laura sprach nicht weiter, weil ihr Handy klingelte.

Es war Taylor.

»Komm bitte mal nach draußen. Ich muss dir etwas sagen. Ich bin vor der Tür.«

Augenblicklich schrillten sämtliche Alarmglocken in ihr. Sie warf Max einen vielsagenden Blick zu.

»Ich bin gleich wieder da.« Sie ließ alles stehen und liegen und verließ das Café.

Taylor trug ein T-Shirt und Jeans. Seine Miene wirkte ernst. Laura rutschte das Herz in die Hose.

»Ist das Ergebnis der Untersuchungskommission da?«

Taylor drückte ihr eine Mappe in die Hand.

»Unschuldig in allen Punkten«, verkündete er mit einem breiten Grinsen. »Annika Lippke hat sich bei mir entschuldigt. Sie hat sich den ganzen Mist ausgedacht, weil ich in einem Teammeeting über ihre Fallanalyse berichtet habe. Ich bin ihre Fehler durchgegangen, damit die anderen Kollegen daraus lernen.«

Laura runzelte die Stirn. »Das soll alles gewesen sein?«

Taylor schluckte und kratzte sich verlegen am Kopf.

»Das war ziemlich unsensibel von mir. Annika Lippke fühlte sich bloßgestellt. Aber du hast recht, da war noch mehr. Ich habe ihr eine negative Bewertung geschrieben, und die hat dazu geführt, dass sie die lang ersehnte Beförderung nicht bekommen hat. Ich hätte aber auch gar nichts ändern können. Ich habe sie so ehrlich bewertet wie jeden anderen auch.«

Laura bedachte Taylor mit einem zweifelnden Blick. Der hob abwehrend die Arme.

»Schon gut, ich bin kein Fan von Annika Lippke gewesen. Noch nie. Sie denkt immer zuerst an sich und ist überhaupt nicht teamfähig. Vermutlich hat sie meine Abneigung ebenfalls gespürt und deshalb diese Racheaktion angezettelt.« Taylor seufzte. »Ich habe gar nicht mitbekommen, dass sie deswegen gekündigt hat. Sie hat bei Christoph Althaus dieses Meeting sogar als Kündigungsgrund angegeben. Aber er hat mir nichts davon erzählt. Den Rest kennst du. Die Sache ist immer weiter hochgekocht. Eine befreundete Journalistin von Annika hat das Thema aufgenommen. Es wird jedenfalls eine öffentliche Richtigstellung geben.« Taylor verstummte für einen Augenblick und nahm Laura in den Arm.

»Danke, dass du nicht von meiner Seite gewichen bist. Ich weiß, wie schwer dir das fiel.«

»Ich hatte Angst, was aus uns werden würde, falls es stimmt«, gestand Laura. »Aber tief in mir drin konnte ich mir das einfach nicht vorstellen. Eines ist mir jedoch jetzt endgültig klar geworden: Ich muss dir vertrauen und ich darf nie wieder an dir zweifeln.« Sie lächelte Taylor an und stellte ein ums andere Mal fest, wie attraktiv er war mit seinen dunklen Haaren und dem markanten Gesicht.

»Ich liebe dich«, sagte sie und gab ihm einen leidenschaftlichen Kuss.

Ende

NACHWORT DER AUTORIN

Liebe Leserin, lieber Leser,

ich möchte mich ganz herzlich dafür bedanken, dass Sie meinen Roman gelesen haben. Ich hoffe, Ihnen hat die Lektüre gefallen und Sie hatten ein spannendes Leseerlebnis. Die Figuren in meinem Buch sind übrigens frei erfunden. Ich möchte nicht ausschließen, dass der eine oder andere Charakterzug Ähnlichkeiten mit denen heute lebender Personen haben könnte, dies ist jedoch keinesfalls beabsichtigt. Wenn Sie an Neuigkeiten über anstehende Buchprojekte, Veranstaltungen und Gewinnspielen interessiert sind, dann tragen Sie sich in meinen klassischen E-Mail-Newsletter oder auf meiner WhatsApp-Liste ein:

- Newsletter: www.catherine-shepherd.com

- **WhatsApp: 0152 0580 0860** (bitte das Wort *Start* an diese Nummer senden)

Sie können mir auch gerne bei Facebook, Instagram und Twitter folgen:

- www.facebook.com/Puzzlemoerder
- www.twitter.com/shepherd_tweets
- Instagram: autorin_catherine_shepherd

Natürlich freue ich mich ebenso über Ihr Feedback zum Buch an meine E-Mail-Adresse:

kontakt@catherine-shepherd.com

Zum Abschluss habe ich noch eine persönliche Bitte an Sie. Wenn Ihnen dieses Buch gefallen hat, würde ich mich über eine kurze Rezension freuen. Keine Sorge, Sie brauchen hier keine »Romane« zu schreiben. Einige wenige Sätze reichen völlig aus.

Sollten Sie bei *Leserkanone*, *LovelyBooks* oder *Goodreads* aktiv sein, ist natürlich auch dort ein kleines Feedback sehr willkommen. Ich bedanke mich recht herzlich und hoffe, dass Sie auch meine anderen Romane lesen werden.

Ihre Catherine Shepherd

WEITERE TITEL VON CATHERINE SHEPHERD

Zons-Thriller Band 1 bis 4

Zons-Thriller Band 5 bis 8

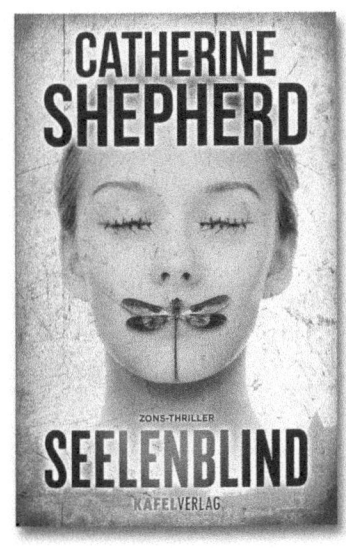

Zons-Thriller Band 9 bis 12

Laura Kern-Thriller Band 1 bis 4

Laura Kern-Thriller Band 5 bis 8

Julia Schwarz-Thriller Band 1 bis 4

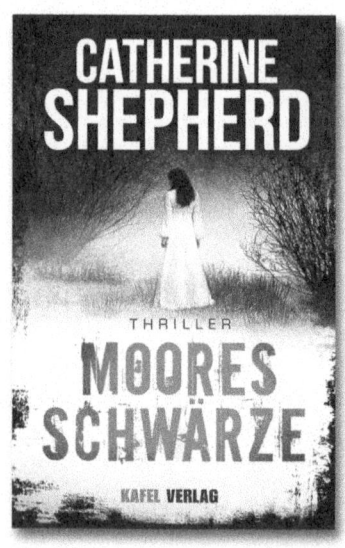

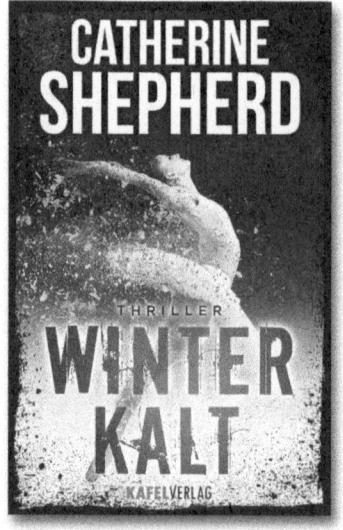

Julia Schwarz-Thriller Band 5 bis 8

ÜBER DIE AUTORIN

Die Autorin Catherine Shepherd (Künstlername) lebt mit ihrer Familie in Zons und wurde 1972 geboren. Nach Abschluss des Abiturs begann sie ein wirtschaftswissenschaftliches Studium und im Anschluss hieran arbeitete sie jahrelang bei einer großen deutschen Bank. Bereits in der Grundschule fing sie an, eigene Texte zu verfassen, und hat sich nun wieder auf ihre Leidenschaft besonnen.

Ihren ersten Bestseller-Thriller veröffentlichte sie im April 2012. Als E-Book erreichte »Der Puzzlemörder von Zons« schon nach kurzer Zeit die Nr. 1 der deutschen Amazon-Bestsellerliste. Es folgten weitere Kriminalromane, die alle Top-Platzierungen erzielten. Ihr drittes Buch mit dem Titel »Kalter Zwilling« gewann sogar Platz

Nr. 2 des Indie-Autoren-Preises 2014 auf der Leipziger Buchmesse. Seitdem hat Catherine Shepherd die Zons-Thriller-Reihe fortgesetzt und zudem zwei weitere Reihen veröffentlicht.

Im November 2015 begann sie mit dem Titel »Krähenmutter« eine neue Reihe um die Berliner Spezialermittlerin Laura Kern (mittlerweile Piper Verlag) und ein Jahr später veröffentlichte sie »Mooresschwärze«, der Auftakt zur dritten Thriller-Reihe mit der Rechtsmedizinerin Julia Schwarz.

Mehr Informationen über Catherine Shepherd und ihre Romane finden sich auf ihrer Website:

www.catherine-shepherd.com